캠Cam강 강가의 노란 수선화

기억과 회상의 숲

캠cam 강 강가의
노란 수선화

김정자 자전적 수필집

차례

4. 영국 연수, 다시 나를 찾아 떠나다
(2002. 2~2002. 9) ———— 93

5. 회상의 강물 따라

(자전적 글모음) 155

6. 내 삶의 단계들

1. 기억과 회상의 숲

오늘도 나는 길을 떠난다. 과거에로의 여행, 그 길은 회상과 기억을 통해 과거에로 연결되어 있다. 그 길은 숱한 나무들과 풀꽃들과 잡초들로 이어진 길이다. 기억과 회상의 숲으로 우거진 내 인생의 전반부를 돌아 후반부로 가는 길은 내게 좀 두렵다. 그래서 나는 다시 돌아가고 싶어진다. 잠시나마 뒤돌아보고 싶다. 바삐 걸어왔던 지난날의 길들을, 기억들을 되새겨보고 싶다. 앞만 보고 살아왔던 길, 직진으로만 걸어왔던 길, 더러는 조그만 길목들을 돌아가기도 했었지만, 그러나 언제나 목표점을 향하여 나 있던 길, 학교와 가족 외에는 별로 보이지 않던 그 길, 책 속에 길이 있다고 생각하고 살아온 길, 그래서 큰 어려움은 아니었지만, 조금은 외로웠던 길, 이제 바야흐로 인생의 후반부를 시작하려 한다.

내 인생의 후반부를 시작함에 있어서 나는 간단히 내 개인사를 뒤돌아보며, 지금까지 걸어온 내 삶의 시기를 네 단계로 정리하고 싶다.

1) 순수하고 세상몰랐던 어린 시절
2) 때 묻지 않은 정열과 의지의 젊음
3) 성취와 풍요를 향한 인내와 노력의 중년
   '가난한 날의 행복'
4) 아름답고 황홀한 석양의 오묘한 힘, 창조주 하나님
   '그 속 깊이 간직한 오묘한 힘을 찾으리라'

내 살아온 인생의 숲을 내가 적어 놓은 기록들을 통해서 대충 되돌아보니, 난 부모님 잘 만나 세상물정 모르고 자라왔고, 옆길 보지 않고 앞만 보고 살아왔다는 생각이다. 어린 시절부터 나의 꿈은 교수가 되는 것이었다. 남편은 무척 가난했지만 말도 잘하고 지식이 너무 많은 것 같아서 그 가난이 내 눈에는 보이지 않았다. 우리는 서로 목표가 같았기에 서로의 꿈을 응원하고 격려해 줄 수 있었다. 나는 옆을 보지 않았기에 누구와 비교도 아니 했고, 주어진 일을 즐거운 마음으로 성실히 완수해 왔다고 생각한다.

2013년 2월, 나는 1년의 강사생활을 합해 만 33년 동안의 목포대학교 교수생활을 마치고 은퇴했다. 그 후 1년간 더 강사생활을 했고, 2014년 2월 완전히 광주-목포 간 통근생활을 종결지었

다. 지금까지 우직한 나를 이만큼 지켜 주시고, 험한 길로 내치시지 않고 따뜻한 양지 길로 안내해 주신 하나님께 감사드리고 싶다. 무엇보다도 우리 부부, 험한 길 걷게 아니 하시고, 아니 험한 길도 험하다고 느끼지 않게 해 주시고, 우리 딸, 우리 두 아들, 그리고 손자 손녀들까지 모두 건강하고 성실하게 또 열심히 살아가게 하시니 참으로 감사하다. 좋은 친구들을 주셔서 만년을 함께 하게 하시니 감사하고, 또 교회와 순 원들을 통해 이웃을 사랑하고, 세상과 사회를 바라보게 하시며, 하나님을 더 가까이 영접하게 하시니 감사하다. 지난 삼십 년 가까이 일요일만 지키는 기독교인으로 살아온 내게 하나님 사랑, 자기사랑, 이웃사랑의 정신을 구체적으로 마음에 품고 또 행동으로 옮기며 살고 싶은 마음을 허락하시니 얼마나 감사한 일인가!

은퇴하자마자 나는 눈에 난 상처와 백내장을 제거하는 수술을 했다. 내게 막연하기만 했던 인생의 후반부를 더욱 가까이 더 환하게 내다보고 싶어서였을까. 수술 후 세상은 더욱 환하고 뚜렷해 보였다. 그러나 시간이 흐름에 따라 내 눈은 점점 더 나빠져 간다. 기억력, 암기력과 함께 내 몸의 많은 기능들이 떨어져 가는 것을 느낀다. 그러나 앞으로 내게 열려 있는 그 길을 찾아 나는 오늘도 열심히 생각하고 행동하려 한다. 어쩌면 그 길은 가족과 함께 하는 길, 친구들과, 교우들과 그리고 이웃들과 함께 하는 길, 곧 공동체적 삶의 길임을 깨닫게 해 주는 것 같다.

"여호와는 나의 목자시니 내게 부족함이 없으리로다. 그가 나를 푸른 풀밭에 누이시며 쉴 만한 물가로 인도하시는도다. 내 영혼을 소생시키시고 자기 이름을 위하여 의의 길로 인도하시는도다."(시편23:1-3)

2. 독일 연수, 학생이 아닌 교수로 떠나다

(1984. 2~1986. 2)

그 해 여름은 행복했네!

독일은 내게 언제나 가고 싶고, 만나고 싶고, 또 그리운 나라, 이상한 나라의 꿈과 환상 같은 동경의 나라이다. 그것은 나의 전공이 독일문학이기 때문인 것과 무관하지 않을 것이다. 고등학교 시절부터 배우기 시작했던 독일어 공부에 나는 무척 몰입했었고, 다른 어떤 공부보다도 내게 많은 기쁨과 흥미와 열정을 갖게 해 주었다. 책읽기를 좋아하던 나는 자연스럽게 독일문학을 전공하게 되었고, 독일에 대한 동경도 가지게 되었다. 하지만 나는 대학원 시절, 1973년 가난한 애인을 만나 결혼함으로써 당분간 유학의 꿈을 접을 수밖에 없었다.

나는 그렇게 가고 싶었던 독일유학을 1984년 2월, 대학교수 생활 3년 만에, 내 나이 서른여섯 살이 되어서야 갈 수 있었고, 마인츠 대학교에서 2년 동안 연구 체재를 할 수 있었다. 내가 그곳에서 체험했던 학교생활과 유럽여행, 만났던 사람들과 크고 작은 사건들은 내 지난 36년간의 모든 응축된 체험들을 뒤흔들어 놓기에 충분했고, 내가 가진 많은 것들, 생각, 지식, 느낌이나 정서 같은 것들을 송두리째 새롭게 정비시키는 충격을 주었었다. 1984년, 내가 처음으로 독일에 갔었던 그때는 불꽃같은 정열과 의욕으로 공부하고 적응하고 체험하기에 바빴었다. 그래서 경험했던 많은 일들, 지식들, 생각들을 기록으로 남길 여유가 없었던 것 같다. 유럽 많은 곳을 돌아다니기도 했었는데, 가계부와 간단한 일기장 정도만 남아 있었다.

그 해, 1984년 여름방학 때에 우리는 남부 독일을 거쳐 이탈리아와 프랑스 일대를 20일 가까이 돌아다녔었다. 우리가 갈망했

[사진 1] 로마원형경기장

[사진 2] 로마의 트레비분수

던 유럽문화에 대한 공부와 체험을 실행하면서 우리는 얼마나 행복했었는지…. 그때 남편이 했던 말이 생각난다. "우리 신혼여행은 제대로 왔네! …." 형편이 안 되서 신혼여행 갈 생각도 못했던 우리가 결혼한 지 꼭 십 년 만이었다. 그 이듬해, 1985년 여름방학 때는 독일 북부 지방을 돌아다녔었다. 내 박사학위의 테마인 토마스 만의 고향 뤼벡을 중심으로 해서 함부르크, 브레멘, 옛 한사동맹의 도시들, 북해 연안의 바닷가, 그리고 북부 독일의 몇 도시들이었다. 그 당시의 사진들은 그대로 다 소장하고 있지만, 글로 쓰지 못했음을 유감스럽게 생각한다.

하지만 그 당시 불꽃같은 정열로, 의지로 불태웠던 유럽문화와

[사진 3] 비인 근교의 다뉴브강의 잔물결

독일문학에 대한 향학열은 어느 유학생 못지않았다. 아침부터 저녁까지 강의실로, 도서관으로, 모임으로, 정말이지 열정적으로 배움에 임했었다. 아무 부담도 거리낌도 없이 그렇게 의욕적으로 공부했고, 많은 곳을 돌아다녔다. 그렇게 열심히 뛰다보니 글 쓸 여유도 없지 않았을까? 어떤 날 밤엔 꿈속에서도 독일어로 말하는 꿈을 꾸곤 했었으니까. 오로지 공부에 전념하겠다는 일념으로, 우리 부부는 아이들을 돌볼 자신이 없어서 부모님께 맡겨

놓고 출국하지 않았던가. 우리는 가난한 유학생들과 똑같았다. 먹을 것 이외에 쇼핑 같은 것은 독일 체제 2년 동안 생각도 못해 봤다. 심지어 나보다 먼저 독일로 떠났던 남편의 부탁으로 한국에서 내가 부쳤던 우산은 귀국할 때에 버려버렸다.

지금 회상해 보아도 그때 나는 남편과 함께 정말 열심히 공부했었다. 그리고 현지 교수들도, 학생들도, 그리고 사회그룹들도, 한국인 학생들도 정말 우리 부부에겐 즐겁고 행복한 친구들이 되어 주었다. 낯선 타국이란 느낌도 거의 없었던 것 같다. 그러나 아이들 생각에 뒷동산에 나가 울고, 밤에 울기도 많이 했었다. 공부만 매달리겠다고 두 남매를, 초등학교 4학년, 3학년생이었던 두 아이들을 부모님께 맡기고 갔었던 일은 지금 생각하면 잘못이었던 것 같다. 그러나 우리는 그 당시 공부에 대한 갈증이 너무 컸었기에, 독일에서 시간적으로도 경제적으로도 애들을 돌보기가 어려울 것 같았었다. 우리 부모님이 뒷받침을 해 주셔서 가능한 일이었지만, 그때는 가슴이 아팠고, 지금은 후회스럽다. 우리 아이들에게는 참으로 미안하다.

내가 독일에 도착한 후 석 달이 채 안 되어서 나는 독일인 그룹을 알게 되었다. 그들은 마인츠 대학교 평생교육 팀의 일원이었다. 그것은 내게 보물 같은 추억과 우정을 안겨준 커다란 행운이었다. 그 당시 남편이 나보다 1년 6개월 먼저 독일에 가 있었고, 그 그룹을 먼저 알고 있었기에 가능했었다. 그 당시 독일에서는 사회교육, 평생교육시스템이 정말 잘 되어 있었다. 프랑스 여성들 가방 안에는 화장품이 들어 있고, 독일 여성들 가방 안에는 책이 들어 있다던가, 하는 말이 그 당시 우리나라에서도 떠돌았었다. 박사학위를 두 개나 가진 사람도 있었다. 마인츠 대학교 철학과 교수인 슈프랭가드(Sprengaard) 교수님 소개로 만난 사람들이었다.

그들은 내게, 독일에 온 지 석 달이 채 안 됐어도 독일어를 그렇게 잘한 사람은 처음 봤다고 말해 주면서, 나에게 무척 잘해 주었다. 그들은 미헬스 부부, 바우만 부부, 슈타이어 부부, 그리고 사회교육에 함께 참여했었던 중년층의 그룹이었다. 현직 교사, 판사, 공무원, 가정주부 등으로 구성된 지식인 그룹이었다.

[사진 4] 사회교육원에서 만난 독일인 친구들

그들은 독일 체재 2년 동안 나의 절친들, 최측근이 되어 주었다. 주기적으로 만나 책도 읽고, 박물관이나 명소탐방도 하고, 집에 초대도 해 주고, 정말 잊을 수 없는 친구들이 되어 주었다.

그분들이 있었기에 나의 독일 체재는 외로움을 느낄 겨를도 없이 행복했던 것 같다. 그분들은 프랑크푸르트 공항으로 마중도 나와주었고, 공항까지 환송도 해 주었다. 한국에 돌아와서도 편지를 주고받았다. 그리고 1996년 겨울, 다시 독일 마인츠, 그분들 집에서 지내기도 했다.

찬란했던 문화의 고도 '황금의 마인츠'

마인츠는 로마인들이 세운 오래된 도시로 '황금의 마인츠'라 불리었다. 마인츠는 오래된 종교적 중심지였고, 인쇄술의 발명지였다. 1975년 마인츠는 대성당의 건립기념 천년의 역사를 경축했다. 그 행사의 일환으로 마르크 샤갈은 이러한 종교와 활자의 도시 마인츠에 자신의 그림예술을 첨가함으로써 마인츠의 종교적 문화적 예술성을 높이고자 했다. 지금은 고인이 된 마르크 샤갈은 그 당시 마인츠 대성당에 창문그림(스테인드글라스)을 그렸었는데, 십여 년 전 우리가 방문했던 그때 그 창문그림은 초저녁 겨울 햇살을 받아 신비스럽고 영롱한 푸른빛을 발하고 있었다. 성모마리아가 아기예수를 안고 있는 모습은 이른바 '샤갈 블루'라고 하는 짙푸른 청색에 쌓여 한층 신비감을 더해 주었다.

마인츠 대성당은 A.D. 975년 지어졌으며 초기 로마네스크건축의 대표적 건물이다. 훗날 다시 고딕 양식과 바로크 양식까지 복합된 장중하고 아름다운 건축으로 꼽히며 건축학적으로도 의의가 크다. 원래 로마네스크 양식의 건축은 건축주, 즉 주교나 대주교, 제후의 막강한 권력과 부를 상징한다. 마인츠는 천 년 전에는 프랑크푸르트에서도 조공을 받쳤던 로마 가톨릭 교회의 중심지였다. 대성당의 부속건물에는 구텐베르크 박물관이 있고, 그곳에는 A.D. 1440년 만들어졌다는 금속활자와 그 인쇄물들이 보관되어 있다. 또한 거기에는 한국의 금속활자체도 전시되어 있다. 우리의 금속활자가 년대상으로는 더 먼저 만들어졌지만 팔만대장경 외에 대중에게 보급되지 못했기 때문에 인쇄

[사진 5] 마인츠 카니발

술의 발달을 가져오지 못했다고 한다. 그래서 구텐베르크 금속 활자는 '세계 최초의 인쇄술'이라 불리어진다. 마르틴 루터가 번역한 성서는 인쇄술의 힘을 빌어서 전 독일과 유럽의 대중들에게 전파됨으로써 종교개혁을 수행할 수가 있었다. 인쇄술의 발명은 서양문화의 획기적인 발전을 가져온 시금석이었다.

마인츠 카니발은 중세 후기부터 발달한 독일 축제 중의 백미이다. 해마다 2월 중순쯤이면 시작되어 1주일 이상 거리축제로 이어지는 카니발은 원래 기독교적인 의식에 게르만적 악령추방과 추수감사의식이 함께 어우러져 발달했다. 독일 축제는 여러 형태로 발달했지만, 마인츠 축제는 각 지역의 특색을 과시하는 가장행렬과 정치와 사회 및 성직자와 지배자를 풍자하고 비판하는 독설과 노골적 야유와 반어적 언어유희로 유럽뿐 아니라 전 세계의 관심을 끌기도 한다.

마인츠는 포도주를 사랑하는 이 나라 사람들의 입맛과 기호를 좌지우지하는 포도주 집산지이다. 가까이 라인강 강변을 끼고 발달한 포도밭과 포도주 시음장 및 포도주 축제들이 이곳을 중심으로 한 크고 작은 도시들에서 열린다. 마인츠는 라인란트 팔츠의 수도로서 라인강의 강물이 이곳에서 크게 모여 북쪽 네덜란드를 거쳐 북해연안으로 흘러간다. 라인강의 유람이 시작되는 곳, 그곳에서 큰 배를 타고 쾰른까지 유람하면 전설의 로렐라이가 금방 다가오고 라인강 양변의 포도경작지와 허물어진 성터와 잔존하는 성들은 가히 중세의 고풍을 더해 주며 마법의

성을 향해 나아가는 기사들의 숱한 전설들이 낭만의 극치를 달린다.

　나의 여행의 출발은 언제나 마인츠에서 출발하고 마인츠로 귀결된다. 그것은 우연이 아니고 독일 최초의 나의 연구 체제지가 마인츠 대학이었기 때문이다. 또한 이곳의 역사성과 문화적 성격이 그것을 보장하기에 부족함이 없기 때문이다. 그리고 프랑크푸르트에 가까이 있어 비행기 타고 내리기가 쉽기 때문이기도 하다. 구텐베르크 대학, 일명 마인츠 대학은 나의 꿈과 청춘의 총결산이고, 비록 삼십대 후반의 늦깎이 유학이었지만, 꿈과 이상으로서의 독일적인 모든 것의 수용이 이루어졌던 곳이기에 나의 기행의 시종이 되기에 충분하지 않겠는가.

초청교수 만프레드 디크 씨와
친구 디르크 파클라스

마인츠 대학에 와서 연구하게끔 나를 초청해 준 교수 디크 (Dick) 씨는 첫눈에도 학자적인 순수함과 진지함이 드러나 보이는 사람이었다. 너무 진지하게 수업에 열중해서 학생들이 지루해 하거나 시들해지는 분위기조차도 전혀 개의치 않고 열성적으로 강의를 설파했다. 근대 독일문학 작가들을 강의해서 내게 많은 생각거리와 공부거리를 제공해 준 수업이었다. 휠덜린, 노발리스, 하우프트만, 프리쉬, 뒤렌마트 등 문학 장르를 불문하고 작가와 강의가 이루어졌었다. 주로 하우프트(주전공) 세미나로 진지한 준비와 열성을 요청하는 강의들이어서 내게 많은 도움이 되었다.

맨 처음 그를 찾아뵙는 날, 나는 그에게 인삼차와 우리나라에서 만든 자개 명패를 선물했었다. 명패에는 승천하는 용 두 마리가 좌우에서 부드럽게 그의 이름을 감싸고 있는 형태의 그림이 새겨져 있었다. 그의 얼굴이 갑자기 어두워졌다. 나는 뭔가 잘못 되었나 하고 순간 긴장했다. 여전히 난감한 표정으로 그가 말했다. 독일에서는 용이 불길한 징조를 나타내는 상징물이라는 것이었다. 한국에서는 그러나 꿈에 용을 보면 훌륭한 아들을 낳든지, 또는 출세할 꿈이라고 나는 설명해 주었다. 그제야 그는 경직된 얼굴을 풀면서 크게 웃었다. 인삼차는 독일인들에게 어느 정도 알려져 있었던지 정말 건강에 좋은 것이라고 찬양해 주었다.

가끔 한 번씩 그를 찾아뵈러 가면 그의 연구실에는 학생들이 줄을 이어서 대기하고 있었다. 주로 과제물 테마 작성, 리포트 작성 중 의문사항 물어보기, 드물게는 학적 사항이나 개인 신상에 이르기까지 상담내용은 다양했고, 목요일 오후는 늘상 그랬다. 나와 친하게 지내는 디르크(Dirk)라는 학생은 어느 날 이렇게 말했다. 디크 교수는 아마 결혼을 안했음에 틀림없다고. 왜냐하면 학생들이 장난치는 유머를 이해하지 못하니까. "그 분은 수업 중에 학생들만의 유모어나 속어를 잘 알아듣지 못하고 웃지 않으시거든요." 너무 순수하고 진지한 외골수적인 태도가 학생들에게 외경감과 동시에 거리감을 느끼게 하는 것 같았다.

어느 날 나는 디크 교수가 자기 아이들에 관해서 얘기하는 것을 듣고, 그도 여전히 나와 같은 부모이고 자식에 대해 비슷한 감정과 기대가 있음을 알았다. 더구나 혼자 살 거라는 디르크의 말이 얼마나 근거 없는지! 나는 하마터면 그렇게 믿었을 터였다.

그러나 나는 그에게서 참 인간적이고 따뜻한 면모를 보았다. 나이가 지긋하시고 어른 측에 속하는 교수이시기 때문일까? 나의 정서는 이곳 학생들보다는 아무래도 교수 측에 더 비슷한 것 같았다.

디르크는 내게 아주 좋은 독일인 학생 친구였다. 독일 북부 킬(Kiel)이 고향인 그 친구는 늘 혼자였다. 남편과도 잘 아는 사이였고, 남편이 먼저 귀국해 버린 후 내가 혼자 있을 때에도 가끔 날 기숙사로 찾아오고, 자기 집에 초대도 해 주었다. 그림을 아주 잘 그리는 화가 지망생이었다. 자취방 옆에 화실을 하나 따로 갖추고 있었고, 그곳에는 온통 그림들과 이젤, 물감, 종이들이 가득 들어 있었다. 영혼이 아주 맑고 순수한 사람이었다. 독일인이 일반적으로 그렇지만, 그 사람도 너무 속이 깊어 나이를 짐작하기 쉽지 않았다. 말 없고 신중한 성격이 나이를 조금 더 먹어 보이게 하는 듯했다.

언젠가 전람회를 한다기에 가보았더니, 넓은 강의실 같은 곳에서 그림들에 둘러싸여 덩그마니 홀로 그는 생각하는 로댕처럼 앉아 있었다. 주위에 한 사람도 없이. 그런데 나도 어쩜 그때만 해도 뭘 몰랐을까? 꽃다발 같은 것 하나 없이 멋쩍게 그림들만 훑쩍 둘러보고 그냥 와 버렸으니까. 지금 생각하면 나도 그때 너무 인색했다는 생각이 든다. 나이도 훨씬 많았던 내가 그 사람에게 좀 잘해 주면 얼마나 좋았겠는가. 나의 무심함이 그 어린 사람을 더욱 쓸쓸하게 하지 않았을까? 생각해 보면 그 사람이 너무 외로웠던 것 같다. 아버지와 어머니가 동독에서 공무원을 하고 있었고, 고향 킬에는 할머니만 계신다 했다. 독일 북부 킬은 마인츠에서부터 얼마나 멀던가! 급행 기차로도 일곱 시간, 여덟 시간은 가야 하는 곳인데….

토마스 만 세미나에서 만난 그는 지나치게 진지해 보이고, 언제나 혼자였던 외톨이 학생이었다. 그는 강의 시간에 발표도 했고, 하지만 수업이 끝나면 항상 혼자였다. 그는 우리 부부와 쉽게 친해져서 우리 기숙사 집에도 오게 되었고, 식사나 차를 함께 하기도 했다. 한 번은 그의 집에 가게 되었다. 마인츠를 벗어난 다른 소도시였다. 크고 동그란 대문을 거치고, 또 다른 작은 문을 거쳐서 다다른 골방 같은 방 안에는 그가 그린 많은 그림들과 이젤들이 널려 있었다. 언제나 혼자이고 또 어려운 문학 시간에서 함께 만났기 때문에 우리는 그가 독문학과 학생인 줄만 알았다.

그리고 몇 달이 지났을 때 그는 개인전을 열었다. 처음으로 그가 화가지망생임을 알았다. 인물, 풍경을 중심으로 약간의 추상성을 띤 유화였다. 우리가 미술전을 찾았을 때, 그는 그림들 앞에서 단순한 의자에 마치 하나의 그림처럼, 아니 죄수처럼 쭈그리고 앉아 있었다. 어쩌면 그것은 졸업 작품전이었을지도, 아니면 화가로서의 데뷔전이었을지도 몰랐다. 그러나 그 사정을 우리는 자세히 알 수 없었다. 독일에서는 '만년 대학생'이란 말이 있듯이, 우리는 그가 몇 학년이었는지, 심지어 대학원 과정이었는지조차도 잘 파악하기가 어려웠고, 또 그 사람의 나이조차도 가늠하기가 쉽지 않았다. 일 년도 채 안 되는 동안의 우리 우정은 우리가 귀국함으로써 일단락되어 버렸지만, 귀국해서도 그리고 시간이 엄청 흘렀어도 가끔씩 생각이 나는 친구다. 그의 고향이 키일 부근이니까 어쩌면 지금쯤 그는 북부 독일 슈토름(작가)의 고향 가까이 뤼벡에서 살고 있을지, 아니면 어디에선가 무슨 일을 하며 어떻게 살고 있을지 한 번 만나보고 싶은 친구이다. 떠날 때는 말없이 그렇게 서로 헤어지고 말았지만, 아마 지금쯤 그는 어디에서 화가가 되어 활동하고 있을 것 같다.

디크 교수는 천성적으로 순수하고 마음이 따뜻한 분이셨다. 더욱이 내가 10년도 더 지나서 다시 독일에 가야 했을 때, 나는 그에게 또 한 번 초청장을 의뢰했다. 그리고 나는 눈이 펄펄 내리는 겨울 1월에 마인츠 대학교에서 그 분을 만났다. 추운 날씨에도 불편한 몸을 이끌고 나와 주셨다. 신장 투석기 비슷한 것을 목과 팔에 걸고 있었다. 잘은 모르지만 좀 심각한 느낌을 받았다. 한국인 간호사가 자신의 주치의라고 말했다. 그리고 앞으로도 언제든지 필요하면 초청장을 보내줄 수 있으니 꼭 연락해 달라고 말하고, 앞으로의 나의 체류 계획을 이것저것 물어보았다. 왠지 마지막일 것이라는 생각이 들었다.

사랑하는 우리의 친구 미헬스 부인

독일에서 사귀었던 몇몇의 독일 친구들 가운데에서 유독 지금까지 십 년이 넘게 편지를 주고받으며 우정을 돈독하게 쌓아온 유일한 친구가 미헬스 부인이다. 그리고 이 친구를 중심으로 한 주변의 그룹들과도 무척 가깝게 지냈었다. 내가 미헬스 부인을 만난 것은 처음 독일에 체재했던 당시 1984년, 독일에 도착해서 석 달쯤 되던 봄이었다. 그곳 마인츠 대학교와 연계해서 이루어졌던 국민대학(사회교육원)의 주말세미나에 참석해서였다. 세미나 참석자들의 중심을 이룬 회원들이 미헬스 부인을 중심으로 한 그 동아리였다. 그들은 사십 세에서 오십 세 사이의 여성들이었다.

그 중에 딱 한 사람, 남성이 있었으니 그 이름이 보스였고, 그 보스 씨 또한 우리 부부와 친해지게 되어 몇 차례인가 그분의 집에 우리 부부만 따로 초대도 받게 되었었다. 나는 처음

[사진 6] 미헬스 부인 댁에서(바우만 부인과 함께)

세미나의 밤에 그 분이 어떻게나 바우만 부인과만 줄곧 붙어 다니며 얘기하는지라 바우만 부인의 남편인 줄 알았다. 알고 보니 그 분은 부인도 따로 있고, 다른 여자들과도 그렇게 자유롭게 대화했으며, 그 그룹의 모임 때에는 항상 함께 하는 남자친구였다. 물론 바우만 부인도 훌륭한 교장선생님 남편을 두고 있는 지성과 미모의 여인이었다. 십여 년 전 내가 남자와 여자 사이를 보는 눈은 그렇게 오래되고, 한국식이고 제한적이었던 것이다. 문화의 차이에서 오는 이런 오해들은 그 후로도 자주 있었다.

미헬스 부인은 그들 사이의 관계에서 상당히 중심에 서 있는 듯 했고, 특히 우리에게는 언제나 그 분의 배려와 조직력으로 그 모임에 참여할 수가 있었다. 그들의 생일 파티, 세미나 여행, 문화유산 답사, 밤 카페, 시골 한적한 곳의 숨겨진 크나이페(술집), 그리고 병문안이며 재혼하는 자리까지 그 그룹의 일원으로서 함께 했다. 그들은 독일에 온 지 석 달밖에 안 된 내가 독일어를 잘한다는 사실이 그렇게 신기했나 보았다. 그러나 나는 독일어를 배운 지 그 당시 이십 년이 다 되었지 않았는가. 오히려 말할 때마다 나는 부끄럽고 한심스럽기 짝이 없고 외국어로 공부를 한다는 것의 무한한 좌절감 속에 처해 있었다.

외국문학을 공부한다는 것, 그 사상을 연구한다는 것의 무능함과 공허함에 좌절하기도 했고, 독일어 문장 한 줄을 이해할 수 없어 좌절해 하던 그 당시의 나의 어려운 마음을 그들에게 전달하기는 더 어려웠다. 말을 정확하고 분명하게는 말하지만 자연스럽고 즉흥적으로 말하기는 어려웠고, 언어적 밀착감이 없어서 나는 밤마다 독일어로 말을 하는 꿈을 꾸어야 했다. 그들과 함께 노는 날은 노는 게 아니라 나의 모든 오관을 총동원하고 온 정신을 집중해서 그들의 대화에 참여하고 그들의 웃음의 의미와 행위의 근저를 분석해야 했다. 마치 열심히 공부하는 학생과도 같이. 나의 그런 진지한 태도가 그들의 맘에 들었던 것 같다. 나는 그들을 통해 독일 중산층 여자들의 살아가는 모습을 생생하게 접할 수 있었다.

한국에 돌아와서도 나는 그들과의 진실한 우정을 잊을 수가 없었고, 날이 갈수록 더욱 그리워지고 내 주변에 그들이 없음이 아쉬워졌다. 영원한 우정을 나누며 함께 인생을 살아가고 싶다는 생각을 많이 했었다. 나는 그러한 나의 생각들을 미헬스 부인에게 편지로 썼었고, 우리들은 비슷비슷한 내용들의 편지를 십 년이 넘게 주고받았다. 그러는 사이에 독일은 통일이 되었고, 어느 날인가는 미헬스 부인의 아들이 우리집에도 오게 되었다. 참으로 기이한 인연이었다. 아들 프랑크가 사랑하는 여자가 독일인 아버지와 한국인을 어머니로 둔 2세였다니.

프랑크는 단 하룻밤을 우리집에서 머물렀다. 한참 열애 중인 야스민과 떨어질 수 없어서 금방 전주에 있는 야스민에게로 돌아갔다. 프랑크는 그의 어머니의 편지와 책 선물을 두고 떠나갔다. "나의 아들이 한국인 핏줄을 가진 여인과 사랑에 빠질 줄은 정말 상상할 수도 없는 일이었어요. 운명이 허락한다면 나도 한번 당신의 나라에 갈지도 모르겠어요." 그래요, 꼭 한 번 오셔야 해요. 당신도 우리의 사는 모습과 한국을 함께 느끼셔야 해요. 그리고 전화도 없이 독일로 떠나가 버린 프랑크가 서운하게 느껴졌다. 어머니와 자식의 세대는 분명 다르니까.

그리고 일 년 반 후 1995년 여름 독일에서부터 난데없는 부고장이 날아왔다. 흰 사각봉투에 검은 윤곽선이 둘러진 편지를 보는 순간, 이것이 부고라는 것을 알 수가 있었다. 불안한 마음으로 열어본 봉투 안에는 미헬스 부인 남편의 부음을 알리는 부고장이 들어 있었고, 장사 지낸 지 칠 일 정도가 지나 있었다.

63세를 일기로 테니스를 하다가, 후려쳐진 공을 잡으러 가다가 그만 심장이 곤두박질치며 현장에서 그렇게 가셨단다. 죽음 앞에서 얼마나 넋을 잃었을까. 그런데 이 슬픔의 와중에서도 부음을 챙겨 전했다니, 그 아픈 마음이 더더욱 크게 다가오는 것이었다. 우리 부부는 그 휜칠하게 잘생기고 마음씨 좋아 보이는, 쾌활하고 밝은 미헬스 씨의 모습을 떠올리며 슬픔을 떨칠 수 없었다.

"인간은 짧은 동안 살다가 갑니다. 이 세상 끝까지 오직 한 사람만이 영원하며, 우리는 그의 손 안에 있습니다. 모든 세상이 다 그렇게 잠시 존재합니다."(마티아스 클라우디우스) 우리가 알고 있는 가장 순수하고 사랑스럽고 성실한 인간을 우리는 잃어야만 했습니다. 고인의 뜻에 따라 고인에게 바쳐지는 꽃값은 마인츠 라이온스 클럽에 헌사하겠습니다.

그는 정말 "우리가 알고 있는 가장 순수하고 사랑스럽고 성실한 인간"의 이미지를 갖고 있었다. 우리 부부는 고인에게 하늘에 오르는 사닥다리를 놓아드리고 싶었다. 마인츠 드레스덴 은행으로 조그만 돈을 송금했다.

3. 독일, 겨울 동화

(1996. 1. 12~1996. 2. 8)

이제 10여 년이 지난 1996년 겨울, 다시 독일에 찾아가서 미헬스 부인, 바우만 부인 집에서 1주일 이상 머물면서 그곳에 아지트를 두고, 독일 곳곳을 여행했다. 그 옛날 불꽃같은 정열로 수용했던 나의 독일 체험들을 현재의 시각에서 재확인하면서 떠오르는 이미지들을 글로 엮어보았다. 독일은 이제 더 이상 내게 동경과 꿈과 선망의 대상만은 아니다. 오히려 내가 극복해야 할, 비교하고 연구해야 할 지적 성찰의 대상일 뿐임을 깨달으면서 나는 독일뿐만 아니라 간단한 영국 여행을 하면서 느꼈고, 또 알게 된 체험들과 느낌의 흔적들을 여기에 적어 보고자 한다.

그 겨울 나는 남편과 함께 기차를 타고 주로 동독 지역과 남부 독일을 여행했다. 라인강 강변과 황량한 숲과 그림 같은 독일의 산골마을을 기차를 타고, 때로는 걸어서, 하염없이 내려 퍼붓는 눈발을 바라보며, 또 맞으며 그렇게 우리는 배낭을 메고 돌아다녔다. 겨울은 우리에게 현재 발붙이고 있는 우리의 삶을 벗어나게 하고, 따뜻함과 안락함과 포근함을 갈망하게 한다. 현실과 생활로부터의 무한한 거리, 어디에서도 찾기 어려운 따뜻함과 평화로움, 고독감과 동경과 현실이 함께 뭉쳐 어우러진 묘한 정서가 나로 하여금 겨울을 동화처럼 느끼게 한다. 오랫동안 갈망하고 가고 싶어 했던, 어디에서도 찾기 어려운, 먼 곳에 대한 그리움, 동경, 찾아 헤매기, 그래서 나는 그 겨울을 '독일, 겨울동화'라고 부치고 싶다.

「독일, 겨울동화」는 원래 시인 하이네가 자기 조국 독일의 암담하고 차가운 정치사회적 상황에 대해서 썼던 애정 어린 비판의 글, 에세이의 제목이다. 그런데 나는 여기에서 전혀 다른 의미로, 오랫동안 내가 가졌던 독일에 대한 동경과 꿈같은 것을 말해 주는 제목으로 이 글을 쓰고 있다. 그 해 겨울, 주로 내가 돌아다니면서 보았던 겨울의 독일 풍경과 삶의 체험에 대한 나의 기록인 것이다. 어린 시절부터의 나의 동경과 꿈같은 것이 동화처럼 느껴지고, 항상 독일은 동화처럼 나의 삶과 생각을 때 묻지 않게 만들어주고, 꿈꾸게 만들어주는 정신적 근원이요 자양분이었음을 생각할 때, 이 겨울에 했던 독일의 산하와 유럽의 체험은 내게 마치 어느 곳에서나 있고, 또 어디에도 없는 동화 같은 특이한 체험으로 승화되는 것이었다.

이 겨울은 내게는 하이네의 얼어붙은 조국의 암담한 정치적 현실이 아닌 사랑과 동경과 낭만의 겨울인 것이다. 나의 감성적

겨울은 절망이나 비판과는 거리가 먼, 사랑과 방랑과 희열의 겨울임을 말하고 싶다. 그 절절히 행복했던 느낌들이 아직도 내 가슴에 서려 있고, 그 평범한 것들이 나만의 특수한 것으로 다가오는 그 겨울은 오히려 따스하고 행복했다.

(1996. 2)

영국 기행, 겨울 동화의 서곡

겨울 여행의 시작은 영국에서부터였다. 독일로 가는 겨울 동화의 서곡이랄까…. 날씨가 봄날처럼 따뜻하여 가는 곳, 실내, 건물 안에서는 옷차림이 무척 무거웠고, 더웠다. 파리 현지시간으로 오후 4 시경에 도착해서, 얼마간 기다리다 6시 출발 런던행 비행기로 갈아탔는데, 런던에 도착하니 또 6시였다. 1시간의 시차로 런던이 늦은 편이다. 프랑스와 대한민국은 8시간, 런던과 대한민국은 9시간 시차를 갖는다. 어마어마한 건물의 구조 속으로 이동을 하는데, 김대영 목사님이 마중 나와 계셨다.

공항 내에서 절차를 밟고, 프랑크푸르트행 시간표와 값을 알아보고, 여러 가지 정보를 듣고, 공항을 탈출하여 목사님 차로 하숙집까지 왔다. 짐을 부리고 나서, 근처 중국집에 가서 식사할 때는 이미 런던 시간 오후 8시 30분이었다. 어떻게 배가 고프고, 피로가 한꺼번에 밀려오는지 속이 울렁거리고 소화가 안 될 지경이었다. 집에 와서 목사님의 설명을 다시 듣고, 밤늦게 10시 지나서 목사님은 가셨다. 목사님이 아니셨다면 얼마나 헤매었을까? (1996. 1. 13)

다음날 성중이 작은 아버지 김용철 차장님이 찾아 오셨다. 일단 호텔이 너무 비싸니 싼 곳으로 옮기자고 하시며, 짐을 차에 싣고서 관광을 시작했다. 옥스퍼드 대학으로 갔다. 옥스퍼드 대학은 40개의 단과대학으로 이루어져 있고, 옥스퍼드라는 도시 전체가 대학으로 이루어져 있다 해도 과언이 아니다. 일요일이라 닫혀진 곳도 많아서 그 중 트리니티 칼리지를 가장 많이 보았다. 낮은 건물들과 네모난 정원으로 통하는 길, 유서 깊은 전통과 역사의 현장에 들어섰음을 실감하면서, 마치 중세의 대학생이 다니는 분위기를 느꼈다. 제복을 입고 다니는 교수인지 학생인지 모를 사람들을 몇 사람 지나쳤다. 도제식 사제교육, 강의나 사교나 인간관계 등이 참으로 순수할 수밖에 없고, 영혼과 정신이 투명해질 것 같은 엄숙함과 학문적 분위기가 느껴졌다. 옥스퍼드는 세계에서 가장 오래된 대학이고, 거의 110여 년 뒤 1209년경 옥스퍼드 대학 출신들이 모여 캠브리지 대학을 건설했다는 이야기를 들은 적이 있었다.

옥스퍼드에서 처칠 생가를 거쳐, 셰익스피어(1558~1616) 생가가 있는 스트랫포드(Stratford upon Avon)로 향했다. Avon강 위의 '스트랫포드'라는 지명의 이 도시는 셰익스피어 시대부터 형성

[사진 7] 옥스포드 대학교

되어진 집들이 그대로 보존되어진 조그마한 도시 마을이었다. 셰익스피어 센터, 극장, 다녔다는 학교, 큰 읍 정도의 도시가 온통 15세기 분위기를 갖춘 관광의 명소가 되어 있었다. 비교적 현대에 지어진 집들도 15세기에 지어진 집들과 조화를 이루며 비슷하게 지어져 있어 완전히 15세기 마을을 보는 것 같았다. 셰익스피어의 아버지는 그 도시의 저명한 인사였다고 한다. 셰익스피어는 그 당시의 GrammerSchool(인문계중고등학교)에서 교육 받았고, 런던으로 건너가 주로 그곳에서 활동했다. 셰익스피어는 유럽의 르네상스 시기에 민족적이고 생명력 있는 연극을 써서 온 유럽의 지성들에게 영향을 준 최초의 국민작가였다.

[사진 8] 셰익스피어 생가

그는 영국의 연극이 온 유럽에 문화정신사의 개벽과 계몽과 깊
이를 알리는 최고봉이었다. 2세기 후의 독일의 천재 작가 괴테
도 셰익스피어의 찬미자였다고 한다. (1996. 1. 14)

　다음날 오전 10시 반경 김대영 목사님이 오셨다. 지하철을
타고 웨스트 민스터 수도원, 트라팔가 광장, 국립미술관 등을
관람했다. 성공회 수도원인 웨스트 민스터에는 역대 주교나 유
명한 시인 등이 묻혀 있었고, 그 무덤은 건물 바닥에 깔려 있었
다. 트라팔가 광장에는 눈부신 고운 햇살과 넬슨 해군 제독 동상,
그 아래 비둘기 떼 담뿍 꿈꾸듯 내려 앉아 있었다. 1824년 지어

졌다는 국립미술관, 13세기에서부터 20세기 초에 이르는 서유럽의 명화들을 소장하고 있었다. 저녁 6시경 런던에 도착하여 Bed & Breakfast라는 값싼 여관에 들었다.

이번 여행의 가장 큰 축복은 김대영 목사님과 김용철 차장님 (현대중공업)과의 만남이었다. 용의주도하게 헌신적으로 잘 안내해 주신 두 분들께 참으로 감사한 마음을 표한다. 35년 가까이 알아 온 나의 소녀시절 친구들, 영희와 정옥이, 그들의 우정의 힘이 이렇게 두 분을 우리에게 보내지 않았나 싶다. 목사님과 차장님은 임영희와 구정옥의 가까운 친척들이셨다(1월 15일).

다음날 오전 대영 박물관을 방문했다. 오후에 캠브리지를 방문하려 했으나 오후 시간이 너무 짧아 포기하고, 히드로(Heathrow) 공항에서 프랑크푸르트행 비행기표를 예매했다. 다음날 12시 히드로 공항에서 독일 프랑크푸르트행 비행기를 타고, 1시간 반 이상 날라서 오후 3시경 프랑크푸르트 공항에 도착했다. 바우만 부인이 마중 나와 있었다. 우리는 서로 금방 알아볼 수 있었다. 만 십 년 만이었다. 미헬스 부인은 딸집에 손자를 보러가셨다고 한다. 우리가 그 댁에 도착함과 거의 동시에 미헬스 부인도 돌아오셨다. 모든 것을 우리를 위해 미리 배려해 놓으셨다. 세심한 배려와 성실한 대접에 우리 부부는 깊은 감동을 받았다.

(1996. 1. 17)

다시 찾은 마인츠, 미헬스 부인 댁에서

1996년 일월 겨울, 우리 부부는 그렇게 오랜 동안 그리던 독일 땅에 다시 가게 되었다. 영국에서 오박 육일을 머물고, 드디어 프랑크푸르트행 비행기에 몸을 실었을 때 우리는 다시 고향에 온 것 같은 기분이었다. 런던 히드로 공항을 출발해서 두 시간 가까운 비행 끝에 프랑크푸르트에 도착하니 출구에서 바우만 부인이 기다리고 있었다. 꼭 십 년 만의 만남이었다. 그 분은 예전의 모습 그대로 우리를 반겼고, 우리는 몇 단계 계단을 오르 내리다가 차 속으로 들어갔다. 이제는 마중 나온 사람에게 모든 것 다 맡기고, 우리 부부는 아늑한 피로와 반가움에 젖어 그간의 애기들을 나누면서 마인츠로 접어들었다.

미헬스 부인은 딸집에서 손자아이를 보고 있으니, 우리가 그 분 집에 도착할 때쯤, 그 분이 집으로 돌아오신다고 했다. 공항 에서부터 느낀 것이지만 차창 밖으로 독일은 온통 정적과 안개에 젖어 있었다. 이번 겨울은 유난히 추웠고, 유럽 전체가 전대미문의 한파에 뒤덮인 것이 바로 얼마 전 일이었다. 지금은 한참 따뜻하고 따라서 안개가 많았다. 겨울 안개는 독일의 하늘과 풍경을 온통 회색빛으로 휘감았다. 그것은 나에게 독일의 전형적인 겨울이기도 했다.

미헬스 부인은 남편의 죽음 이후 슬픔과 아픔에서 헤어나지 못하는데, 우리가 온다고 집안과 침실을 정리하고 우리가 쓸 모든 것을 적소에 지정하느라고 요즈음엔 좀 바빴고 심경도 더 밝아지셨다고 한다. 집에 도착하자마자 거의 동시에 미헬스 부인이 오셨다. 부부가 쓰던 침실을 정돈해서 우리에게 내주었다. 세면대도 옷장도 우리 몫으로 지정해 주고, 침실 전체는 우리가 떠날 때까지 집에 있는 것처럼 편안하게 지낼 우리의 왕국이라고 했다. 눈물이 나도록 정이 느껴지고 고마운 마음이었다. 우리는 이 집을 기점으로 해서 독일과 벨기에, 네덜란드로의 여행을 시작할 판이었다. 대충 우리의 여행 계획을 말하고 일찍 잠자리에 들었다.

다음날 아침 언제 가게에 나갔었는지 신선하고 맛있는 바게트 빵과 햄과 소시지와 커피와 레몬주스가 식탁에 차려져 있었다. 우리가 얼마나 맛있게 먹었는지! 미헬스 부인은 우리를 위해 빵에 버터를 바르고 계셨다. 햄도 두둑이 넣어서. 독일 사람들은 여행을 가면 대개 빵에 버터를 발라서 쏘시지를 넣고 눌러서, 커피와 함께 가지고 다니는 것이 보통이다. 마인츠에서 베를린까지는 일곱 시간 이상 걸렸다. 그 빵이 없었더라면 우리는 털털 굶었을 것이다. 적어도 맛없고 비싼 간식의 빵을 먹었을 것이다.

세심한 배려의 마음이 위장 끝까지 전해지며 늘 걱정하시는 어머니 같은 따뜻함을 느꼈다. 헤어지기 아쉬워도 각각의 길을 걸어가는 것이 우리네 인생살이일 것이다. 감사의 편지와 함께 봄이 되면 이장할 남편의 무덤 위에 봄꽃이라도 단장하시라고 꽃값을 조금 넣은 하얀 봉투를 남기고, 자연 공원이 아름다운 마을 헤이츠하임을 떠났다. 그리고 한 팔 일쯤 돌아다니다 마인츠로 다시 와서 하룻밤을 지냈고, 그 다음 네덜란드, 벨기에로 한 오 일쯤 돌아다니다 다시 마인츠로 와서, 이제는 마인츠에 줄곧 머물렀었다.

일월 삼십일부터 이월 칠일 아침까지 우리 여행의 대미는 마인츠에서 장식했다. 그날도 눈이 펄펄 내렸다. 이 근래의 가장 큰 눈이라고 온 세상이 쥐 죽은 듯이 고요한 낮이었다. 낮과 밤의 구별이 따로 없을 듯이 그렇게 마인츠 헤히츠하임 공원지대의 고요함은 컸다. 미헬스 부인을 따라 우리 부부는 미헬스 씨가 누워 있는 공원묘지에 들렀다. 꽃다발을 바치고 삼가 고인의 명복을 빌면서 부인의 쓸쓸한 가슴에 얼굴을 묻었다.

이월 칠일 새벽 프랑크푸르트 공항을 이륙해서 파리공항으로, 그곳에서 한 시간 정도 체류하다 서울행 비행기에 오를 참이었다. 언제 다시 또 만날까? 기약 없이 떠나가는 우리의 발걸음을 축복해 주고자 바우만 부인이 차로 공항까지 우리를 태워다 주었다. 바우만 부인과 남편은 마인츠에 머무는 동안 많은 배려를 우리에게 해 주었다. 우리를 집에 초대해 주기도 했지만, 또 비행기 출발 전까지 바우만 부인은 차와 음료를 나누며, 담소를 나누며, 우리가 출발 수속을 위해 들어갈 때까지 함께 있어 주었다.

10년 전의 귀국을 생각했다. 그때에는 참 많은 분들이 우리와 함께 마인츠에서 프랑크푸르트 공항까지 기차로 동행해 주었다. 바우만 부인, 슈타이어 부인, 미헬스 부인, 그리고 나와 남편은 한자리에 앉아서 오랜 우정을 되새기며 행복한 이별을 축하하는 분위기였다. 미헬스 부인은 비행장 안에서 어쩌면 필요할지도 모른다고 조그만 돈을 주었다. 왜냐하면 우리는 남은 돈을 전부 달러로 바꿔버렸기 때문이었다. 필요 없다고 생각했지만, 하도 강권을 함으로 그냥 기념으로 받았었다. 언제까지라도 그 사랑, 기억하고 싶은 분들이었다. 독일 체재 동안 우리 부부에게 정말 고맙게 해 준 분들이었다. 그런데 이번 독일여행에서는 슈타이어 부인을 못 만났던 게 너무 서운했다. 잘 생겼던 그녀의 남편 슈타이어 씨가 그 사이 돌아가시고, 그분에게도 약간의 건강상의 불편이 있었다고 한다. 건강하고 행복한 노후를 빌어본다.

(1996. 2. 7)

라인강 강가에 내리는 눈

하얀 눈이 펑펑 쏟아지던 날 우리 부부는 마인츠에서 베를린으로 특급열차 ICE를 타고 함께 여행을 시작했었다. 함박눈이 라인강 강변을 따라 하염없이 내렸었고, 기차가 보파르트역을 지나칠 때쯤에 남편은 십여 년 전에 있었던 보파르트에 대한 회상에 잠기는 듯 했다. 나도 마치 그 회상들을 내 것인 양 즐기고 있었다. 물론 남편의 회상의 절반도 채 못 느끼겠지만, 나도 한번 보파르트에 있었던 것 같은 착각이 들었다.

십여 년 전 독일에서 삼 년을 대학에 머물면서 연구와 박사과정을 함께 했던 남편은 독일 체류 첫 코스로 보파르트의 괴테 인스티튜트에서 두어 달 이상 독일어를 훈련했었다. 당시 그곳에서의 체험을, 어느 일본 여인과의 이야기를 나는 몇 번이고 들었었다. 독일인이 그 여인을 귀찮게 쫓아다녔고, 어느 날 남편에게 구조를 청했다는 일화와 저 강 건너 언덕 고성에서 데이트를 하다가 집으로 못 돌아올 뻔 했을 때에도 남편이 동행하고 또 데리고 나왔다는 이야기에서도 약간의 로맨스를 암시하고 싶었겠지만, 내게 남편의 이야기는 행동이 없는 연애감정을 꿈꾸는 사춘기 소년같이 느껴졌다.

그 후 오사까에서 살았던 그 여인은 일본에서도 전통 일본식 옷을 입고 찍은 사진과 함께 긴 편지를 남편에게 날렸었다. 그리고 또 한 번 결혼했다는 소식이 전해졌고, 그 이상은 없었다. 남편이 오사까에 갔을 때 어쩌면 만날 뻔 했는데, 그녀에게 소식이 전해지지 않았던 것 같다. 약간 로맨틱해 보이는 추억의 현장을 잽싸게 지나치는 기차 안에서 나는 그들의 로맨스를 그려보면서 절로 시가 생겨났다.

라인강에 대한 추억은 온통 눈이다.
차창 밖으로 하염없이 내리는 눈,
십수 년을 되짚어 포구로 가면
그곳에 벌레 먹은 사과 바구니와 보파르트의 여인이 서 있다.
상점도 언덕도 포구도 하얀 눈으로 뒤덮여 달려가는 기차는 보지 못한다.
사락사락 눈 날리는 소리에 귀 기울이면
문화원 뒷길에서 어느 일본 여인의 러브 콜이 들려온다.
젊음이 짐스럽고 고통스럽던 그날의 사치스러움에 눈물짓는다.
그날의 고독과 어둠을 몰아내며 하얀 눈은 잘도 내린다.

잘생긴 독일 남자보다도 동양인인 내가 더 친근했을까....

1996년이 시작되는 겨울, 십 년 만의 폭설을 뒤집어쓰고, 체험과 회상의 보따리에서 희미해진 기억은 되살아 오른다. 온 천지를 하얗게 덮어 버릴 기세로 내리는 눈발의 속도만큼, 기차의 속도만큼… 기차가 멈추지 않으므로 내리고 싶어도 나는 내리지 못한다. 겨울은 더욱 깊어가고, 나이만큼 내 인생도 풍요로워지기를 꿈꾼다. 기억은 뒤돌아서며 지난날에 이별을 고한다. 창밖의 포구여, 젊은 날의 내 여인이여, 안녕!

박물관의 도시 베를린

독일은 어디를 가나 그 지역의 특징적인 문화적 유산들이 박물관이라는 형태 속에 응집되고 정리되어 있다. 전통적인 문화를 잘 보존하고, 그 문화의 영역을 조금이라도 넓히고 재창조에 기여하고 싶은 독일인들의 노력이 곧 박물관의 건설과 설비로 이어졌다. 경제적으로 부강하고 풍부한 문화의식을 가진 그들의 영리한 발상은 옛것을 갈고 닦는 것을 그들의 국가적인 목표로 세웠던 것이다. 지역마다 그들의 특징과 오래된 삶의 형식들을 되새겨보는 축제들이 많고, 발전과 첨단의 변화 속에서도 실제의 삶은 옛것과 새것을 적절히 조화시키려는 의식이 아주 꿋꿋하고 옹골차다. 물론 옛것의 수용과 현대적 문화의식이 잘 조화되어 있는 곳이 지상의 어느 곳보다도 독일이 아닌가 싶다. 그들은 경제를 부강시켰고, 1990년 통일을 이루었고, 첨단의 과학과 기계문명을 발달시켰다. 그들은 이제

지나친 산업화와 첨단의 끝에서 여가와 소비와 오락에 관심을 갖는다. 전통과 여가문화가 적절히 어우러져 있는 곳이 그곳이다. 반면에 격변하는 변화와 개혁의 시기에 우리의 삶의 패러다임은 늘상 바뀌고, 올곧은 가치의식이 사라져간다. 변화와 개혁만이 지상의 목표인 우리의 현실을 생각하면 벌써 숨이 가쁘고 가슴이 터질 것 같은 답답함을 느낀다.

베를린은 대도시로서 정치와 문화의 중심지답게 많은 박물관과 문화예술 시설들이 산재해 있다. 국제적 이해관계와 정치적 계산과 난민들과 테러까지, 그리고 구동독 지역의 복구까지 역동하는 곳이지만, 서베를린의 여유와 풍요로움과 견고한 전통의식과 문화의식이 공존하는 도회적 매력이 풍기는 곳이다. 수많은 음악회와 오페라를 즐길 수 있고, 구도시의 정취를 찾을 수 있고 역사적 문화적인 박물관을 방문할 수 있는 곳, 그래서 무시무시하고 스산한 국제적 테러가 있어도 베를린은 여행가들이 그들의 가방을 놓아두고 돌아다니다가 또 다시 그곳으로 돌아오는 그런 곳이다.

슈프레강과 베를린 장벽, 그리고 그 강 위로 구 동베를린과 서베를린을 이었던 다리 슐레지안문, 그리고 브란덴부르크문이 통일의 숙원을 지닌 우리에게는 무척 인상적이었다. 국립박물관과 회화박물관엘 갔었다. 박물관을 찾는 사람들이 많다는 것에 우선 놀랐고, 조그만 아이들이 부모님이나 선생님들과 함께 와서 설명을 듣고 노트에 적고 질문하고 하는 모습들이 정말 부러웠다. 그것은 비단 이곳뿐 아니라 유럽의 어떤 박물관에서도 볼 수 있는 정경이기도 했다.

베를린에서 뺄 수 없는 인상적인 체험은 베를린 서남쪽으로 포츠담까지 가는 길목의 그뤼네 숲과 반 호수의 풍경이었다. 한 시간 가까이 숲길을 달려 반 호수에 이르면 끝을 알기 어려울 만큼 커다란 호수에 이르는데, 수평선 저 너머에는 망망한 바다가 있을 것만 같았다. 지난겨울에는 그 호수가 얼어붙었다. 여간해선 얼기 어려운 그 호수가 얼어서 그 위에서 유람선 대신에 스케이트를 지치는 사람들이 아득하게 흩어져 보였다. 마치 물 위에 떠 있는 백조나 오리들만큼 까마득한 형체로 호수 위를 노닐고 있었다. 같이 간 학생은 반호수가 다 얼었다고 얼마나 좋아하는지. 지난겨울에 유럽이 얼마나 혹한에 떨고, 또 사고도 많이 났는지 알만 했다. 그런 혹한도 아랑곳 않고 빵을 준비하고 커피를 보온병에 담고 관광을 할 수 있는 그 기쁨, 너무 추우면 햄버거집에 들어가서 또 차 한 잔이면 충분히 용무도 보고, 언 발도 녹일 수가 있었으니 그땐 아무것도 부럽지 않았다. 단지 역사의 현장인 포츠담 궁전과 아름다운 건축인 프리드리히 대왕의 별궁, 상수시(Sanssouci)궁을 볼 수 있다는 것만으로 가슴이 뜨거웠으니까.

상수시궁과 공원을 지었다는 프리드리히 대제는 막강한 군인 정신을 가진 부왕과는 달리 비정치적이고 정신적이고 예술가와 작가를 꿈꾸는 개인적이고 이기적인 성향을 지녔다고 한다. 아

[사진 9] 상수시궁전 앞에서

버지는 그의 이기주의를 이해하지 못하고 자기 방식으로 억압과 독재와 형벌을 통해 그를 교육시키려 했지만, 그럴수록 그의 성격은 냉소적이고 정신적으로 비뚤어진 성격으로 되어졌다. 그러나 훗날 그는 무시무시한 독서와 저술을 통해 학자들과 교류했으며, 그 중에서도 볼테르와의 만남은 지배자로서의 윤리를 일깨워 주었으며, 자유와 자기규정과 정신적인 독립의 영역을 제시함으로써 마키아벨리즘에 반대하는 지배자의 화해의 정신을 주장하게 했다. 그는 사상가로서도 저술가로서도 만족스럽지 못했었지만, 그의 독특한 이율배반적인 방식, 즉 역사적이고 시적인 관찰 방식을 통해서 유럽의 정치에 관여함으로써 그의 시대정신을 재편성하고자 했다.

변경에 그는 라인스베르크라는 조그만 성에서 자기 취향대로 살다가 훗날 포츠담 교외에 상수시 궁전을 지었다고 한다. 그의 취미와 정열과 사상이 다 투자되어 있다는 상수시 궁전은 1744년부터 지어지기 시작했다는 프리드리히 대제의 여름 별장으로 고전주의 건축의 대표적 건물이다. 밑으로 광활한 공원이 내려다보이는 높은 언덕 위에 지어진 이 성은, 그러나 자연의 지형과 어울리고 국민들과의 평등한 관계를 상징하기 위해 높지 않고 낮은 형태를 하고 있다. 그 밑에는 프리드리히 대제의 무덤이 안치되어 있고, 바깥 정원으로 내려가는 언덕은 몇 단계의 계단과 평지를 통해 아득히 멀리 내려가게 되어 있었다. 그 중간쯤에 분수대가 있고, 계단들 옆에는 유리창이 설치되어 있고, 그 안에는 나무들이 자라고 있었다. 독특한 계단식 정원을 가진 쌍수시의 아름다움에 취해 겨울의 찬바람도 평지마다 쉬어가는 듯 했다. 주 정원 옆쪽으로는 숲과 나무들이 무성한 공원이 형성되어 있었다. 마치 커다란 자연공원처럼 조성된 공원을 프리드리히 대제는 말을 타고 달렸을 것이고, 이제는 자동차로 달려도 한참 걸릴 듯싶었다.

오는 길에 베를린 슈판다우 지역을 들러서 휴식을 취했다. 크고 번잡한 도시와 오래되고 아담한 정겨운 옛 도시가 공존하는 곳, 그리하여 옛것과 새것을 함께 융화하여 느낄 수 있는 곳, 서독적인 분위기를 가장 잘 느낄 수 있는 곳이 아닌가 싶다.

집으로 돌아오니 다섯 시도 안 되었는데 겨울의 밤은 빨리 온다. 고요하고 춥고 긴 밤, 부산하고 춥고 짧은 낮, 학생들 기숙사 방에서 차단된 셔터 너머로 불빛마저도 숨겨져 버리는 독일의 겨울은 나그네에겐 기막히게 적막한 곳이다. 만일 혼자였다면 나는 숨이 막혀 질식하지나 않았을까. 내 옆에 길동무가 있어 준다는 것이 이렇게 고마울 수가 없다.

괴테와 쉴러, 고전주의의 완성 바이마르

베를린에서 세 시간 남짓 기차를 타고 구동독의 유서 깊은 도시들을 관통하며 바이마르에 이르렀다. 문화적으로 자긍심이 높은 도시답게 조그만 도시지만 사람도 비교적 많고 안내나 숙박시설이 잘 되어 있었다. 괴테는 1775년 스물여섯의 나이로 바이마르의 황태자 아우구스트 공의 초대를 받고 잠시 머무르려는 생각으로 그곳을 방문했었다. 그곳에는 당대의 유명한 소설가 비일란트가 황태자의 사부로 있었고, 그 외에 유럽의 많은 예술가들이 그곳에 모여 황금의 바이마르를 예비하고 있었다. 황태자의 모후 아말리아가 서른넷의 나이로 가장 나이 많은 예술애호가였다니, 그 당시 바이마르는 예술과 문화의 젊은 꽃봉오리를 피우고 있었던 셈이다.

그러한 분위기에 매료되어 괴테는 그곳에 머물며 십여 년 동안 많은 체험들을 이곳에서 했으니, 이 시대의 괴테의 예술은 젊은 정열의 시기를 거쳐 정신적 승화의 고전적 이념을 향해 정진하고 있었고, 독일문학사의 황금기인 고전적 정신의 온상이 되었다. 칠 년이나 연상인 슈타인 부인과의 사랑은 감정의 격정을 진정시켜 주고, 괴테로 하여금 정신적 사랑과 깊은 인간애를 추구하도록 이끌어준 지적인 사랑이었다. 황태자의 신임과 존경으로 공국 바이마르의 총리대신까지 지내며 괴테는 궁정의 예법과 문화적 식견을 고루 구비하게 되었다. 천성의 시인 괴테의 예술성과 위대한 시민정신이 함께 어우러져 위대한 인간성의 괴테가 탄생하게 되었다.

괴테보다 십 년 늦게 쉴러가 그곳에 도착했으니, 쓸쓸하고 고독했던 만년의 괴테와 이제 피어나기 시작한 쉴러의 우정이 문학사적으로 일회적인 찬란한 인간성의 꽃을 피우게 했으며, 이를 일컬어 독일문학사는 고전주의 문학이라고 한다. 독일 고전주의는 다른 유럽의 고전주의와는 깊이나 폭을 달리한다. 그것은 지금까지 내려온 기독교적 경건주의적 영혼의 내면성 위에 질풍노도적 비합리적 정감의 깊이를 강조하고, 인간의 자기 책임에 대한 합리주의적 의식을 함께 추구하기 때문에 어느 나라에서도 볼 수 없는 인간에 대한 끝없는 낙관과 신뢰와 도의성과 인간성의 깊이를 획득하고 있기 때문이다. 자유와 인류애와 신에 닮아 감을 이상으로 하는 살아 있는 존재들 중 최고의 존재를 지칭하는 '아름다운 영혼'은 고전주의 인간상을 대변한다. 나는 개인적으로 괴테가 『빌헬름 마이스터의 수업 시대』 제6권에서 표방했던 '아름다운 영혼'이란 말을 참 좋아한다. 어떤 문명과 문화의식의 추구 앞에서도 이 고전주의적 인간의식은 가장 빛나는 인간성의 예찬임을 이해하기 때문이다.

고전주의적 인간성의 개념은 작은 거인 쉴러에게서도 자유와 정의에 근거한 도덕성의 실현이라는 면에서 첨예하게 표출된다. 10년 연하인 쉴러가 먼저 세상을 떠났을 때 괴테는 '그리스도적 기질의 소유자'라고 찬양하며, '내 생애의 절반을 잃어버렸다'고 슬퍼했다. 괴테와는 반대로 불우한 운명과 생활고에 시달리며 살았으나 자유의 정신과 인도주의적 정신을 끊임없이 추구한 구도자적 문학가로서 고전주의 문학을 괴테와 함께 완성한 쉴러, 그 사람의 동상이 괴테의 그것과 함께 바이마르 국립극장 앞에 나란히 서 있다.

그러면 그 시대의 서민들의 삶은 어떠했을까? 물론 지금처럼 민주주의도 자유주의도 또 산업화도 이루어지지 못한 아직 덜 문명화된 사회 속에서 약간 가난하게 살았을 것이다. 영국과 프랑스와 미국의 혁명의식 속에서 시민적 지식인들은 조국의 장래를 암담하게 우려했을 것이다. 그러나 그들의 삶속에는 신과 인간 사이의 갈등과 투쟁의식이 아직 첨예화되지 않았고, 신과 인간에 대한 끊임없는 신뢰와 구도적 체념과 겸허함이 있지 않았나 싶다. 인간자존이 보장되었던 시대, 타락하기를 두려워하며 신을 경외했던 시대, 그 분열되지 않은 온전한 인간애의 평화로움이 느껴지는 그 시대가 그리워진다. 가끔은 그 순박한

[사진 10] 괴테와 쉴러 동상

퇴영의 그림자 속에 빠지고 싶어진다. 그러나 이렇게 비뚤어져만 가는 세상일지라도 그 일원으로서의 나의 책임을 회피해서는 안 되겠지. 정직이라는 신조대로 열심히 살아가는 것이 오늘을 살아가는 미덕이 아닌가 싶다. 정직, 이것만큼 오늘날 우리 사회에 요구되는 덕목은 더 없다고 생각한다.

바이마르는 구동독 사회주의 체제하에 있었지만, 집이나 도로나 문화적 유산들이 잘 보존되어 있어서 유엔이 정한 문화유산의 도시가 되었다. 쉴러 박물관, 쉴러가 살았던 집, 괴테 박물관과 정원, 비일란트 박물관, 슈바이처 박물관, 리스트 박물관 등이 있었지만, 겨울이라 복구와 보존 장치 중이어서 다 볼 수 없었던 게 유감이다. 대문호이자 재상이었던 괴테와 가난한 문필가였던 쉴러가 살았던 집과 환경은 커다란 차이가 있었다. 쉴러 죽음의 방의 조그만 탁상시계는 저녁 6시 15분 전을 가리키고 있었고, 괴테 죽음의 방의 괘종시계는 밤중 12시경에(안내원의 말) 멈춰 있었다. 두 사람의 방에서는 임종 시각을 알리는 작은 탁상시계와 큰 괘종시계만큼보다도 더 큰 신분상의 차이가 곳곳에서 느껴졌다. 괴테와 쉴러의 전신이 함께 조각되어 있는 동상이 서 있는 바이마르 국립극장 앞에서 이백여 년 전의 그들 사이의 우정과 노인 괴테의 쓸쓸함과 쉴러의 고뇌가 느껴진다. 아내와 아들마저 먼저 보내고 다른 두 아들은 독신으로 죽었다 하니 아무리 위대한 시성 괴테, 시공을 무한히 초월하는 천재적 정신의 소유자라고 할지라도 그 인간적 허망감이 어떠했을까.

낮은 언덕으로 둘러싸인 바이마르 시내 중심의 한 찻집에 들렀다. 괴테, 쉴러 당시부터 있었다는 그 카페에서 뜨거운 커피와 생맥주 한 잔으로 나그네의 외로움과 겨울의 차가움을 털어내는 기분이 그렇게 황홀할 수 있다니! 이런 기분은 평소의 나 자신에서는 생각할 수 없었던 일이었다. 여행이 가져다주는 일탈의 느낌, 일상의 모습이 아닌 또 다른 나를 바라보며 나는 가수처럼 화가처럼 소리치고 싶었다. 문화와 예술의 도시에서 호흡하는 자유와 정신적 순화를 맛보며 나는 소리로 빛으로 색깔로 형상으로 무언가 그려보고 싶었다. 그러나 내게서는 아무 것도 달라진 게 없었다. 나는 항상 글을 쓰는 사람이 되고 싶었다. 그러나 마음뿐이었지 그렇게 되도록 노력해 보지는 못했었다. 다시 시작한다면 글 짓는 수업을 열심히 하리라.

여관이 있는 언덕배기로 서서히 걸어 올라가는 길목에서 우리는 돌돌거리며 흘러가는 작은 실개울을 만났다. 고요한 밤의 정적을 깨며 소곤거리는 물소리는 낮에 보아두었던 맑고 투명한 물색과 훤히 들여다보이는 자갈돌들과 어우러져 손에 잡힐 듯이 정겹게 느껴졌다. 그 물가에서 괴테와 쉴러가 산책하고 괴테와 슈타인 부인, 괴테와 그의 유일한 부인 마리안네가 만났었을 그 자리가 손에 잡힐 듯 했다. 괴테가 슈타인 부인과 함께 사륜마차를 타고 별궁까지 오고 갔다는 그 길을 뒤로하고 밤늦게 팡지온(여관)으로 돌아왔다. 유네스코가 지정한 문화도시 바이마르 시가지가 내려다보이는 언덕에 새로 지어진 팡지온은 아담하고 조용해서 '안 데어 알텐 부르크(옛 성터에서)'라는 이름처럼 바이마르의 옛 정취를 한결 더해 주었다. "여름에 또 한 번 오세요." 하숙집 아주머니의 순박한 말투가 더욱 정겨운 곳, 바이마르는 다시 한 번 더 여유를 갖고 찾아오고 싶은 곳이다.

벨기에의 고도 안트워프,
암스테르담의 고흐 박물관

「프랑다스의 개」라는 동화 속에 나오는 소년 네로와 개와 그림의 이야기가 나는 화가 루벤스의 이야기이려니 대충 그렇게 알고 있었다. 그러나 그 이야기는 루벤스와는 아무 관계도 없는 문학적인 허구라는 사실을 나는 안트워프에 가서야 알게 되었다. 프랑다스 지방 작은 마을의 네로는 개와 함께 우유 배달하는 할아버지를 도와가며 살았고, 화가를 꿈꾸었고, 특히 루벤스의 그림 〈성모승천〉을 보는 것이 꿈이었다. 끝에 가서 네로는 안트워프 대성당 안에서 달빛에 비춰진 루벤스의 그림을 보며 행복한 미소를 띠고 하늘나라로 떠나간다는 이야기였다.

안트워프는 루벤스가 태어난 곳은 아니지만, 그곳에 가까이 위치해 있으며 주로 그가 살았고 활동했던 곳이다. 루벤스는 대단히 부유한 상류사회 출신이며 그가 살았던 집은 너무 커다랗고 훌륭해서 관공서를 연상시켰다. 이 저택은 오늘날 루벤스

박물관으로 사용되고 있었다. 박물관에는 루벤스뿐 아니라 벨기에가 낳은 다른 화가들의 그림도 함께 있었으며, 정작 루벤스의 그림은 그곳에 다 모아져 있지 않았고, 그가 그렸던 그림의 현장에 붙어 있었다. 몇 개 성당의 벽과 창에, 그리고 천정에 그려져 있었다. 그러나 그 성당들마다 다 입장료를 내야 했고 흩어진 곳을 찾아가야 했기 때문에 다 가볼 수 없어서 아쉬웠고 관광지로서의 인심이 원망스럽기도 했다.

안트워프는 북해 연안에서 암스테르담 다음가는 큰 항구이고, 많은 물량의 상품들이 이곳을 통해 서유럽과 중부 유럽으로 들고 날고 했다. 그래서 세계의 많은 상사들이 이곳에 정주하며 외국인들이 많이 살고 유동인구들이 많아서 안트워프역은 아주 분주했다. 나라 자체가 작아서 안트워프도 그렇게 큰 도시는 아니지만 유럽도시 치고는 작으면서도 분주하고 활동적인 곳으로 서울의 분주함과 역동성이 느껴지는 곳이었다. 그런데 나의 머리 속에 그려진 안트워프는 목가적이고 한가한 산골 같은 오지처럼 그려져 있었던 게 아닌가. 알지도 못하고 체험해 보지도 않은 대상에 대해 사람들은 얼마나 편협하고 엉뚱한 인상들을 가지고 있는 것일까? 사람에 대해서도 마찬가지일 것이다. 세상사에 대해서 가능한 한 공정한 눈과 귀를 가져야 된다는 생각이 들었다.

이번 여행에서 가장 소중하고도 행복한 것은 그동안 내가 알아 왔던 사람들을 통한 타인과의 만남이었고, 그보다 더 행복한 것은 십여 년 이상의 세월 동안 만나지 못했던, 그러나 만나고 싶었던 지인들과의 재회였다. 런던, 암스테르담, 베를린, 마인츠, 비스바덴, 회펜하임, 그리고 안트워프에 이르기까지 나는 내가 쌓은 사람들과의 인연을 통해 새 사람들을 만났고, 그들의 도움을 받았고, 또 지기들을 재회함으로써 지나간 세월들을 다시 체험할 수도 있었다. 따스한 인연들이 너무 고맙고 뿌듯하게 느껴졌고, 언제 다시 만나더라도 우리들은 서로 반갑고 도움을 줄 수 있다는 우정과 신뢰를 확신할 수 있었다. 따뜻한 인간애의 불꽃을 보듬고 돌아다녔기에 우리의 겨울여행은 춥지 않을 수 있었나 싶다.

안트워프에서 나는 손덕자를 만났다. 허구 많은 날들의 서울에서도 만나지 못했던 덕자를 그곳에서 만났으니 그 반가움을 어떻게 말하랴! 마인츠에서 쾰른, 쾰른에서 기차를 갈아타고 독일 국경지대 아헨을 거쳐, 벨기에의 작은 도시들을 지나, 드디어 안트워프에 도착했었다. 춥고 어두컴컴한 초저녁 겨울, 이국의 기차역 도착 홈에서 우리는 덕자를 기다리고 있었다. 안트워프 역은 독일처럼 그렇게 환하지도 따뜻하지도 아늑하지도 않았다. 한국의 어느 큰 기차역처럼 무표정한 사람들이 그렇게 바쁘게 움직였고, 매섭고 스산한 바람이 불고 있었다.

덕자는 그 스산함을 뚫고 정겨운 모습으로 나타났다. 한 20분 정도를 차로 달려서 도달한 곳은 나무와 숲이 우거진 공원 가까이 위치한 아파트였다. 유럽의 아파트 단지는 대개 오륙 층 정도의 나지막한 몇 개의 건물들로 이루어져 있으며, 우리처럼 대단위 단지를 이루지 않는다. 서울에서 대학에 다니는 딸이 방학 동안 잠시 와 있었고, 친구 남편은 퇴근길로 우리 뒤에 곧장 따라 들어왔다. 전성 씨, 그는 나 다녔던 대학 같은 학과 3~4년 선배로, 친구와는 캠퍼스 커플로 그 당시 유명했고, 친구와 나는 대학 같은 과 동기로 항상 붙어 다니는 단짝이었다. 그러나 우리는 대학 졸업 후, 그녀가 결혼하기 전에 한두 번 만나고 헤어졌으니 이게 몇 년 만일까, 거의 23년도 더 됐을 성싶다.

군더더기 없이 정갈한 마을과 주택들에 살고 있는 유럽 사람들의 삶은 어느 나라나 비슷하다. 정직하고 일에 충실하고 인간에 대해 성실하다고 할 그런 신뢰감 같은 게 느껴진다. 과시나 허영이나 사치스러움의 껍질을 입지 않는 그들의 순박하기까지 한 모습이 몹시 좋아 보인다. 불필요한 삶의 장식들로부터 자유롭고, 어떤 비본질적인 것으로부터 자유롭고 싶은 그들의 삶의 모습이 나는 부럽다. 한국인들도 유럽에서 살면 그런 모습으로 산다. 환경이 그렇게 만들어주나 보다. 조금은 정제된 듯한, 허전한 듯한, 그리고 고즈넉함이 묻어나는 삶의 모습! 이국에서의 한인들은 그 모습을 사랑하고 편안하게 느낀다. 한국에선 좀처럼 가까워질 수 없는 사람들도 이곳에선 반갑고 귀하게 느껴진다.

지구 반대편 벨기에의 한 구석에서 대학시절의 친구와 사흘 밤을 함께 보내는 감동은 남달랐다. 특히 대학 시절을 함께 나눴던 친구이고 보니 그 귀한 기쁨이라니! 게다가 친구와 함께 구역 예배에 참석했던 그 나눔의 친교는 기쁨을 배가시켰다. 각 가정마다 요리 한 접시들을 들고 와서 함께 나누는 모습도 인상적이었다. 똑같은 요리가 하나도 없었다. 그 또한 신기했다. 한국에 돌아가면 우리도 그렇게 하고 싶었다. 대학시절 지금의 덕자 남편 전성 씨가 처음 덕자를 밖으로 불러내어 데이트하고자 했을 때, 나와 함께 들러리를 섰던 다른 남학생은 지금 어디에서 무엇을 하며 살고 있을까. 전성 씨가 몹시 아파서 덕자가 학교에 결석을 했었을 때, 나랑 친구들이 전성 씨 자취방을 찾아갔었지. 덕자는 용감히도 병간호를 하고 있었고, 우리 친구들은 그제야

[사진 11] 손덕자와 함께(전성 씨, 그의 딸, 덕자, 그리고 나)

둘 사이의 관계를 확실히 알고서 재미있어 했지. 내가 졸업하고 독일 가기 위하여 일 년 이상 다니던 직장을 그만두고 있을 때, 그리고 현재의 내 남편에게 슬슬 말려들기 시작해서 독일행도 포기하고 있을 때, 나는 다시 덕자의 후임으로 용인에 가게 되었었지.

집으로부터 생활비나 용돈도 끊기고 대학원 비용과 생활비도 벌기 어려웠던 그 시절, 나와 내 남편은 가난한 연인들이었다. 사실 그때 덕자는 자신의 자리를 내게 넘겨줌으로 해서 나의 그 어려운 시절을 넘어가게 해 주었다. 지금도 나는 내 남편과 함께 이곳 덕자 집에서 머물며 이곳저곳 안내까지 받고 있으니, 나는 계속 도움만 받고 있는 셈이었다. 살다 보면 도움을 줄 때도 있고 도움을 받을 때도 있겠지만, 되돌아보니 내 경우에는 항상 남의 도움을 받기만 했지 베풀어본 적이 없는 것 같다. 그런데 나는 그러한 것을 전부 하나님의 돌보심이고, 한편으로는 나의 인덕이라고 내심 자만을 떨고 있다. 그날 밤 나는 또다시 하나님의 돌보심에 감사드리며, 조금씩 나 자신을 하나님을 향해 내놓기를 원했다.

이튿날 아침 꽁꽁 얼어붙은 발걸음을 종종거리며 우리는 암스테르담 시가지를 걷고, 국립박물관과 고흐 박물관을 방문했었다. 암스테르담의 얼어붙은 운하를 배경으로 사진도 찍고 햄버거만 먹어대며 짧은 하루가 원망스러웠다. 고흐 박물관은 정말 감동적이었다. 고흐의 어린 시절부터 타이티 시절, 프랑스

시절, 그리고 어려웠던 인생의 단면 하나하나를 미적 현실로
끌어올린 고호의 감성과 예술성, 그렇게 아름답게 바라본 현실
로부터의 무한한 소외감과 거리감이 그를 미치게 하지 않았을
까. 어렵고 가난한 사람들, 사물들을 바라다보는 그의 눈은 어쩜
그렇게 아름답게 빛으로, 색깔로, 분위기로 형상화되어 있을까.
사실적 현실을 미적 현실로 추상화시킴으로써 우리의 삶을 승
화시켜 주고, 삶의 원형질을 느끼게 해 주는 예술의 힘, 그것을
위해 우리는 미술을 관람하고 박물관을 찾는다.

타우버강이 내려다보이는 로텐부르크
(Rothenburg ob der Tauber)

연일 눈이 쌓이는 특별하고도 유난한 겨울, 그 날도 무지하게 많은 눈이 왔고 바깥 날씨는 추웠다. 지난여름 한국은 유난히도 더웠다. 겨울에 떠나는 여행은 말만 해도 낭만과 흥분이 넘실거린다. 더욱이 삼복더위의 열대야가 계속되던 지난여름을 뒤로하고 떠난 눈 내리는 이국의 여행을 생각해 보라. 그날 여행은 게루시카트 부부가 우리를 동반했다. 로맨틱 가도의 중심인 로텐부르크까지 마인츠에서부터 떠나게 되었다.

아침 일찍 미헬스 부인이 챙겨준 바게트 빵과 햄, 레몬주스, 커피를 싸들고 집으로 찾아온 게루시카트 부부와 함께 집을 나섰다. 삼십여 분 마인츠를 벗어나고, 프랑크푸르트를 빠져나가더니 이제 그림을 따라 수없이 그려봤던 로맨틱 가도를 달려가는 것이었다. 한참을 달려 뷔르츠부르크를 내다보며 지나가는데, 그곳에서도 내리고 싶었다. 역시 가보고 싶은 많은 도시들

중의 하나로 남겨두고, 다음 기회를 기약하면서 차창 밖으로 내달리는 눈 쌓인 숲들 사이를 지났다. 아무것도 남기지 않고 다 던져버린 발가벗은 나신의 겨울 숲은 장관을 연출하며 끝없이 이어졌다. 꼭 도시의 아름다움이 아니더라도 차창 밖으로 스치며 지나가는 자연의 장관은 마음속에 끝없는 동경을 불러일으키기에 충분했다. 이 지점에서 오른쪽으로 빠져나가면 슈베비쉬 알프라는 초원과 언덕의 요양지대에 도달할 텐데… 조금만 더 그 방향으로 계속 달리면 슈베비쉬 그뮌트에도 갈 수 있을 텐데… 카프카가 마음의 연인 밀레나 부인을 만나러 프라하에서 그곳까지 달려갔다는 그 도시를 마음으로 그리면서, 끝없는 날개를 타는 동경과 공상의 응어리를 삭여 가면서 목적지에 접어드는가 싶었다.

유럽에서 중세 유적이 가장 잘 보존되었다고 하는 중세의 보석 로텐부르크! 종교개혁의 시작과 함께 개신교를 표방했던 로텐브르크는 '30년전쟁'의 와중에서 참화를 당할 뻔했다. 30년전쟁은 독일이 텃밭이 되어 전 유럽이 관여했던 신교와 구교 권의 분쟁이었고, 이 참화로 인해 독일은 전 국토가 황폐화되었고, 전 국민의 절반 이상이 목숨을 잃었으며 많은 문화재들이 손실되었다. 로텐부르크는 가톨릭 군대의 점령을 당하고, 시청사에 진입한 가톨릭 군 장교는 시장과 성직자들을 체포하고 처형시키려고 했다. 그러나 그 정복자 장군도 이 도시의 아름다움에 취해 도저히 그 도시를 파괴할 엄두를 내지 못했다. "만약 이

잔의 포도주를 단숨에 마시는 자가 있다면, 이 도시를 파괴하지 않고 참수형도 거두겠다." 이 소식을 듣고 전 시장 게오르그 누쉬가 나서서 많은 사람들이 보는 앞에서 3리터 정도의 엄청난 양의 포도주를 단숨에 마셔버렸고, 그 덕에 로텐부르크는 오늘날의 모습을 남길 수 있었다고 한다. 그것을 기념하여 시청 옆의 건물 외벽에는 시계 속에서 매시간 문을 열고 나와 맥주 마시는 모습을 보여주는 시계인형 '마이스터 트룽크'(음주의 대가)가 달려 있다. 그 후로 낭만주의 시대의 많은 시인과 예술가들이 이곳을 찾아 중세의 유물과 독일 땅과 도시의 아름다움을 기리며 찬양함으로써 예술과 문학과 문화의 중심지로 자리 잡았다. 이같은 영웅적인 미담을 소개하고 기념하기 위해 1881년부터 매년 성령강림절에 이 광장에서 '마이스터 트룽크' 축제가 열리고 있다.

2차 세계대전 중에도 연합군의 공습으로 도시 동쪽의 유적 일부가 파괴되었으나 드레스덴 같은 도시와 비교해 볼 때 큰 피해는 아니었고, 이곳 주민들이 원래대로 고스란히 복원했기 때문에 도시의 특색을 그대로 지킬 수 있었다. 도시의 기틀이 세워진 것은 960년경, 데트방이라는 성 페터와 파울 교회가 세워지면서부터이고, 12세기경 독일제국의 성이 지어지고, 신성로마제국 황제의 배려로 자유도시와 무역도시로 번성의 틀을 다졌다. 중세와 르네상스, 바로크 시대의 건물들을 고스란히 보존하고 있는 로텐부르크 역시 중세와 바로크 풍의 뷔르츠부르크에서부

[사진 12] 로텐부르크 성문 앞(가운데 게루시카트 부인과 함께)

터 출발하여 로텐부르크, 아우그스부르크, 그리고 알프스 전방 지대로 이어지는 퓌센까지 26개 도시와 마을을 잇는 길을 독일 사람들은 로맨틱 가도라고 한다. 꿈과 낭만과 환상의 로맨틱 가도, 독일 낭만주의 시대의 예술관에서 비롯되는 이름에 걸맞게 멀고 아득한 어떤 곳으로 우리 마음에 날개를 붙여준다.

　돌로 쌓은 성문과 고풍스럽고 완고한 성벽의 통로를 따라 걸어가다 보면 온 시가지가 올망졸망, 마치 동화 속의 나라같이 내려다보인다. 지붕에서 지붕으로 빨간 뾰족지붕들이 서로 인사하는 듯 정겹고, 그 안에서 사람들이 살고 있을까 싶게 고즈넉한 곳. 천년된 성 페터와 파울 교회, 14세기 초에 지어진 고딕식 성 야곱 교회, 15세기에 지어지고 일명 목자 교회라 일컬어지는 후기 고딕식 성 볼프강 교회 앞에서 우리는 사진을 찍었다. 오래된 교회들 내부에 틸만 리멘슈나이더라는 중세의 유명한 조각가의 조각품들이 봉헌된 제단들. 중세 속에 현대가 숨 쉬는 곳. 현대의 산업과 문명이 잠시 숨죽이고 쉬어 가는 곳. 어린 날 옆집의 엘리자벳, 뒷집의 라인하르트, 그들은 어느 대도시로 결혼해 가서 잘 살고 있을까? 이웃 도시에서 일하는 젊은이들, 집안에는 사람들이 남아 있을까 싶게도 조용하고 고즈넉한 곳, 푸줏간의 한스 아저씨는 여전히 활기차고 건강하신지, 그리고 아침마다 외롭게 남아계신 늙으신 부모님을 위해 집으로 찾아주시는 목사님, 오후의 향기로운 커피타임, 그런 곳이 바로 이 도시의 정경이 아닐까 싶다.

[사진 13] 르네상스식 시민가옥 앞에서

중세적 넓적한 돌멩이가 달아져서 미끈미끈해진 뒷골목 같은 보도들, 양쪽에는 대개 600년 내지는 300년 정도 되는 오래된 가옥들이 크리스마스 용품, 인형과 인형의 집, 장난감들을 진열한 박물관, 관광 기념품들을 파는 상점, 음식점 또는 카페로 사용되고 있었다. 범죄박물관, 수공업자의 집, 통나무 골조와 나무 격자무늬의 정면을 가진 르네상스식 시민가옥들과 바로크풍의 화사한 장식들로 꽉 채워진 이 도시에서 우리는 마치 중세의 한 길목을 빠져나와 르네상스의 푸근한 인간의 품에 안기는 듯했다. 종교성과 인간성이 함께 어우러진 곳, 얼마나 추운 날씨였는지 발이 꽁꽁 얼어붙었지만 추위를 잊었었나 보다.

　조용하고 아늑한 통나무집에서 모처럼 스테이크 요리와 뜨거운 커피로 몸을 녹였다. 여행하는 동안 거의 줄곧 우리는 햄버거 정도의 식사를 면치 못했는데, 한사코 권유하는 게루시카트 부부의 호의대로 호사스런 점심을 먹게 되었다. 외국에서의 여행은 사람들을 구두쇠로 만든다던가! 그들은 몇 년 전 한국에서의 우리의 환대를 감사해 하고 있었다. 같은 길을 되돌아 집으로 돌아오는 로맨틱 가도! 양옆의 낮은 구릉들 사이사이 마을들이 보이고 여름의 짙푸름을 상상하기에 충분한 숲과 나무들이 낮게 또 멀리까지 펼쳐져 있었다. 미헬스 부인 집으로 돌아오니 벌써 새까만 밤, 독일의 겨울 낮은 유난히 짧다. 꽁꽁 얼어붙은 발을 녹이며 미헬스 부인과 이야기를 나누다 잠자리에 들었다.

애교 있고 예의바른 게루시카트 부인

처음 게루시카트 부부를 알게 된 것은 1985년경이었다. 그 댁에는 귀여운 두 남매와 예쁜 한국인 부인과 잘생긴 독일인 남편이 있었다. 친절한 한국인 부인은 나보다 두세 살 연상이었고, 광주출신인데다 아이들도 우리 아이들과 나이가 비슷해서 우리 부부는 가끔 그 댁을 방문하곤 했었다. 독일인 남편은 매우 지적이고 포용력이 넓은 분이었다. 두 남매를 한국에 떼어놓고 그들을 그리워하며 살고 있던 우리에게 연령이 비슷한 이 아이들은 꼭 우리 아이들 같았다. 우리가 한국으로 돌아와 있었을 때에 두 부부는 아이들과 함께 고향인 광주에 와서 오래 머물기도 했었다. 그 가족과 함께 했던 선암사와 송광사, 그리고 운주사 여행은 우리 가족에게도 큰 사건이었고 또 보람을 남겨주었다. 특히 화순 도곡에 있는 운주사는 그 당시 우리 아이들 초등학교 시절에는 아직 개발이 되기 전이어서 한국의 신비한 비경으로 소개되어 있었다. 들어 누워 있는 와불과 수많은 돌멩이 탑들과 아무도 찾지 않는 태고의 고즈넉함은 가히 독일인 가족 여행의 백미가 될 만한 것이었다. 게루시카트 씨는 그 분위기를 정말 좋아했고, 성능 좋은 카메라를 연신 들이대었다. 그리고 산드라의 예쁘고 진지하기까지 한 그 모습은 아직도 눈에 선하다.

우리 애들이 보고 싶을 땐 그 애들을 보고 눈물짓곤 했던 때가 엊그젠데, 그 사이 그들이 한국엘 다녀갔고, 또 다시 십 년도 더 지나서 이 겨울에 그들을 만나게 되었다. 누나는 집을 떠나 실업학교에서 도자기 수업을 받는 견습생이었고, 동생은 이제 김나지움 마지막 학년에 있었다. 독일에서는 자기의 적성과 취미에 따라 직업을 선택하는 것을 소중히 생각하기 때문에 꼭 대학생만 되려고 하지 않는다. 예쁘게 잘 자란 그들을 보며 감탄했고, 더욱이 저녁 식사 때에 나타난 누나의 남자친구를 보고는 참 놀랐다. 왜냐하면 토요일마다 누나가 실업학교에서 집으로 돌아오는데, 그 남자친구가 집에 놀러왔다가 그냥 그 집에서 자고 간다는 것이다. 한국에서는 상상할 수도 없는 일이었기에, 그 말을 이해하기가 어려웠다.

독일 사람들의 삶의 모습은 우리와 대충 비슷하다고 생각했지만, 청춘의 생활은 크게 달랐다. 언젠가 동남아에서 알았는데, 거기에서도 열여섯 살 이상만 되면 아이들은 거의 결혼을 하고, 그러기에 여학교에는 심지어 탁아소가 붙어 있다고도 했다. 세계의 청춘은 다 이와 비슷하지 않을까? 한국의 젊은이들만이 좀 특이한 생활을 한다고 생각되었다. 독일에선 젊은이들이 결혼과 관계없이 이성을 사귀어본다는 것이다. 돈을 많이 벌어야 된다는 억압감도 갖지 않고, 물질이 행복을 가져다준다고는 더더욱 생각하지 않는 독일의 젊은이들, 게다가 자유로운 감성의 해방과 자유연애, 그리고 자유결혼, 인간의 고귀함을 추구하는 것 빼고는 어떤 것에도 매이지 않으려고 생각하는 그들의 사고와 행동이 우리와는 사뭇 달랐다.

동생은 머리를 빡빡 밀어붙이고 닭꼬리같이 머리 쪽을 늘어뜨렸었다. 귀엽고 발랄하고, 율부린너 같은 인상이었다. 젊음이, 아니 인생 전체가 무리나 억압이 없이 살아지는 삶의 모습을 보면서 나는 우리 한국 젊은이들의 삶이 너무 안타까웠다. 어렸을 때부터 틀에 맞추어 길러지는 우리 아이들, 입시, 과외, 경쟁의 늪에서 숨도 못 쉬고 아까운 청춘을 마음껏 발휘하지 못하고 살아가는 우리의 아이들은 과연 이 아이들보다 더 큰 행복의 열쇠를 찾는 것일까? 경쟁 속에서 놀지 못하고 욕구를 죽이고 산 그만큼 더 누릴 수 있는 어떤 이점을 약속 받는 것일까? 그날 밤 내내 나는 잠을 이룰 수가 없었다. 고향에 두고 온 우리 아이들 생각에, 미안감에, 불쌍하기까지 해서. 그러니까 한국의 부모들이 이민도 가고, 조기 유학도 보내고 하는 것일 거라고 생각했다. 그래도 그 험한 경쟁사회에서 그들이 무슨 일을 하든지 사회에 덕이 되는 일을 해야 할 텐데… 하나님께서 귀히 쓰시기에 합당한 능력을 주시면 좋을 텐데… 막상 우리 두 아이들을 위해서 내가 할 수 있는 일은 무엇일지 아무리 생각해 보아도 답이 나오지 않았다.

로맨틱 가도의 끝 퓌쎈

로텐부르크에서 계속 남으로 얼마간 달려오면 로맨틱 가도의 끝 퓌쎈에 닿는다. 그러나 우리의 여행은 베를린에서부터 시작해 뮌헨을 거쳐 퓌쎈까지 달렸었다. 뮌헨에서 기차로 한 시간가량 걸리는 곳에 퓌쎈역은 아늑한 포구처럼 다소곳이 앉아 있었다. 여행의 기쁨 중 하나는 여러 가지 교통수단을 이용해 볼 수 있다는 것이다. 늦은 밤 열 시 반에 출발하는 이체에 ICE(도시간 특급열차)를 타기로 하고 우리는 가슴 설레었다. 이체에의 쾌적함과 스피드감, 안락감을 가늠해 볼 수 있겠기에. 침대칸은 한 사람당 구십 마르크 웃돈을 줘야 하기 때문에 그냥 보통 칸으로 예약을 했다. 예약하지 않으면 좋은 자리, 금연석을 확보하기가 힘들므로 꼭 밤 열차는 예약이 필요하다. 의자가 뒤로 많이 제쳐지고, 차 안도 깨끗하고, 자리가 꼭꼭 차지 않기 때문에 침대칸이 아니더라도 쾌적하고 좋았다. 몇 번씩 잠이 깨고 다리도 붓고 허리도 아팠지만 여행의 기쁨은 그것을 달랠 만했다.

기차는 할레에서 멈추고, 그 다음 아우그스부르크(Augsburg), 그리고는 종착역 뮌헨에서 멈춘다. 새벽 다섯 시쯤 아우그스부르크에서 사람들이 부산히 움직이더니 차내 카페테리아에서 빵과 커피를 들고 와서 먹고는 조용히 내렸다. 남에게 방해가 되지 않아야 할 경우에는 그들은 언제나 그렇게 조용하다. 말도 못하는 사람들처럼. 새벽의 여명이 부스스하게 깨어나기 시작하자 여기저기서 소리와 움직임이 느껴졌다. 우리도 빵과 커피를 가져다가 여유 있게 먹으면서 조반까지 해결했으니, 생각지도 않은 떡까지 챙겼다는 심정으로 만족스럽게 종착역을 기다렸다.

한 시간쯤 더 갔을까, 뮌헨에서 내렸다. 뮌헨역에서 짐을 자동함에 집어넣고 가벼운 차림으로 시가지를 구경했다. 예정대로 미술관 알테 피나코텍, 노이에 피나코텍으로 향했다. 뮌헨 방문의 주목적은 박물관, 미술관 관람이다. 그곳에서 우리는 영국이나 기타 미술관에서 보지 못한 미술품들을 보았다. 오직 미술관 위주의 뮌헨 방문은 참 만족스러운 인상을 남기긴 했지만, 지금 이 글을 쓰는 시점은 그 시기와는 상당한 거리가 있어 생생한 인상을 남길 수 없으니, 기행문은 무릇 즉시 써야 함을 느낄 뿐이다. 우리는 그때 뮌헨역에서 한국인 여행자 한 명을 만났고, 그 남자는 우리에게 짐 넣는 장소와 방법을 안내해 주었었다.

점심을 먹고 다시 기차를 타고 한 시간쯤 거리의 퓌센으로 향했다. 대도시를 빠져나와 시골길을 달리는데, 그 고즈넉한 농촌 풍경이 오래 전 '기찻길옆 오막살이'라는 노래를 연상시키며 가슴 뭉클하게 했다. 퓌쎈역은 동네의 집마냥 조그마했다. 인포 (정보) 창구에서 이것저것 물어서 좋을 듯싶은 여관 Pension을 찾았다. 우선 가도가 지도에 나온 대로 정확히 뻗어 있고, 한눈에 보일 듯 잘 정비된 지대에 신축된 아담한 집을 찾아 들었는데, 이 집의 인상이 무척 컸었다. 주인아주머니가 조용히 저녁식사를 식당 방에서 차려 주었다. 내일 아침 새벽에 이곳을 떠나야겠다 니, 그럼 아침을 마련해 놓을 터이니 먹고 적당한 시간에 이곳을 떠나시라고 하며 열쇠꾸러미를 우리에게 맡겼다. 사용한 열쇠는 방에 놓아두고 가라는 것이다. 우리 식으로 사람을 전혀 의심하 지 않는 그 태도가 너무 인상적이었다. 약속된 이른 새벽시간에 식당방에는 푸짐한 조반이 차려져 있었다. 호텔식을 빼고 유럽 어느 곳에서도 그렇게 풍성한 아침식사를 대해 보지 못했었던 우리는 이곳 사람의 인심과 순박함에 감동했다. 여행객들은 유럽 에서 독일의 식사가 가장 풍족하단 것을 알아차렸으리라.

루드비히 2세와 바그너의 城 노이슈반슈타인

정성과 풍요가 넘치는 대접을 받은 것 같은 흐뭇함으로 우리는 이른 아침 공기를 가르며 노이슈반가우행 버스를 타고 차창 밖의 물안개 피어오른 풍경을 즐기며, 그렇게 사십 분 가까이 산과 호수가 있는 슈반가우 성 마을에 이르렀다. 우선 호수가 크게 눈에 띄었고, 알트 슈반가우 성이 다정하고 고풍스럽게 우리를 맞이했다. 알트 슈반가우 성은 바이에른의 광기 왕 루드비히 2세의 아버지 성이었다. 루드비히 2세는 자신이 왕이 되자 평소에 심취했던 바그너 악극과 음악, 예술적인 분위기를 살려 호수와 산이 있는 이곳저곳에 성을 구축했다.

알트 슈반가우 성 맞은편 산자락에 지어진 이 노이슈반슈타인 성은 뒤로 하늘과 산과 호수가 맞닿아 있는 그런 배경을 취하고 있다. 바그너의 악극의 배경이자 무대였던 중세적 전설과 기사들의 성과 가인들과 동화적 소재들이 이 성 안에 어디선가

[사진 14] 노이슈반슈타인 성

용을 틀고 있을 것 같은 공간과 무대 배경을 구축해 놓았다. 그 안에 들어가면, 가히 동화와 전설 속으로 들어갔다 나오는 것 같은 독특한 신비감을 준다. 낭만주의의 대표적 건축양식인 이 성은 훗날 미국의 디즈니랜드의 모델이 되었고, 월트 디즈니는 그의 어린이와 동화들을 위한 환상의 도시를 건설하게 되었다고 한다.

망명 중인 리하르트 바그너를 이곳에 초빙해 그의 음악을 밤마다 연주케 했다는 루드비히 2세, 그는 광기 어린 자신의 예술적 정열과 꿈을 잘 다스리지 못하고 사십 세 가량의 젊은 나이에 끝내 성 발치에 내려다보이는 큰 호수, 슈타른베르거 호수에 빠져 죽었다고 한다. 바람기 많은 바그너와의 동성애 설도 있었다는 잘 생기고 총명한, 아직 소년 같은 그의 해맑은 초상화가 아직도 눈에 아른거린다. 산자락 밑에서부터 성까지 올라가는 긴 산책로, 주변의 높은 나무들이 겨울이라 이파리들을 다 벗어 버리고 비탈길가에 하늘 가까이 의연하게 뻗어 있는 모습들이 고고한 왕의 기상을 말해 주는 듯 했다.

천국으로 가는 계단처럼 가파르게 돌아서 오르막길에 오르면 눈발 사이로 자꾸만 가라앉는 슈타른베르거 호수와 산골 마을, 순결하고 정열적인 외톨박이 왕의 고독과 아픔이 서려 있는, 그러나 화려하고 거대한 성은 푸르른 하늘을 향해 올라가는 듯 싶다. 그들의 고즈넉함과 티 없이 깨끗하고 고요한 풍경은 많은 관광객들의 발걸음으로도 어떻게 더럽혀지지 않을 신성한 아름다움을 지니고 있다. 멀리, 그리고 가까이에 세 개의 호수들에 둘러싸여 마치 커다란 호수 위에 떠 있는 것 같은 노이 슈반슈타인 성! 신 백조의 성 구석구석에는 바그너와 루드비히 2세의 예술혼이 신화가 되어 되살아나고, 박쥐나 예언자나 요정들이 아직 숨어 있을 것만 같다. 우리는 밤에 다시 기차를 타고 프랑크푸르트를 거쳐 마인츠로 되돌아왔다.

(1996. 2)

4. 영국 연수, 다시 나를 찾아 떠나다

(2002. 2~2002. 9)

내 마음의 초가을 정원, 칸나와 실비아

내 마음의 초가을 정원에는 언제나 칸나와 실비아가 가득 피어 있다. 키가 큰 칸나와 키가 작은 실비아가 한데 어우러져 눈부신 여름의 마지막 정열의 불꽃을 피우는 듯하다. 정원 한 끝으로 코스모스, 들국화가 듬성듬성 피어 있으며, 그리 크지 않은 잔잔한 나무 몇 그루 그 옆에 자라고 있는 그러한 정원을 이 가을에 나는 갖고 싶다. 정원이 조금은 넓어서, 잔디 마당이라도 한편에 있어 들깨, 부추, 말라가는 옥수수라도 심어져 있는 텃밭을 호미질이라도 할 만큼 가졌으면 좋겠다. 이 가을날 문득 나는 아파트를 떠나서 이러한 텃밭이 있는 조그만 주택에서 살고 싶다는 생각을 한다. 서재 하나와 부엌, 안방 그리고 아이들 방이 각기 하나 있으면 족하고, 남쪽으로 창을 내어 가을빛을 받고 글을 썼으면 좋겠다. 논문이 아닌 아주 쉬운 글을 썼으면 좋겠다. 시인은 아니더라도 나의 느낌과 생각이 철철 넘쳐나는 그런 글들을 썼으면 좋겠다. 읽기에도 골치 아픈 논문 같은 글, 의무적으로 쓴 글이 아니라 내 마음속의 소리, 진정한 내면이 우러나오는 그런 글을 쓰고 싶다.

중학교 1학년 때부터 나는 많은 책들을 닥치는 대로 읽었었다. 그 중에서도 한국 문학전집은 내게 내용뿐만 아니라 작품의 배경들 하나하나가 오랫동안 나의 뇌리에 깊게 각인되어 있었다. 그 책들의 내용은 잊었지만 박화성, 이광수, 심훈, 박계주, 김내성, 이육사, 윤동주, 이런 작가들의 작품이었던 것 같다. 「청포도」의 그리움 이육사, 「별 헤는 밤」의 동경 윤동주, 먼 이국땅에서 죽어간 그리움과 슬픔과 외로움과 처절함의 서정시들을 외우면서 언제나 나는 가슴 먹먹하다. 책 속에 그려진 칸나는 짙고 붉은 정열을 가슴에 품고 있으면서도 표현하지 못하고 끙끙 앓고 있는, 여리지만 순정적인, 그리고 옹골찬 여인의 사랑 같은 꽃이었다. 오직 한 남자만을 연모하고 목숨 거는 순결한 여인의 뜨거운 사랑 같은 것이었다.

칸나는 나에게 가을을 열어주는 출발점이다. 바삐 살아가는 오늘의 삶 가운데서도 어느 날 문득 학교 정원에 빨갛게 달아오른 칸나의 빛을 느끼며 나는 어느새 가을의 문턱에 와 있음을 깨닫곤 한다. 칸나, 가을의 시작과 여름의 끝에 설 무렵, 너는 나의 내면에서 언제나 나와 함께 만났었다. 그것은 칸나와 관련된 특별한 일화와 추억이 있어서가 아니라, 어린 날 중학교 시절부터 내 마음속에 각인된 칸나의 특별한 이미지 때문이다. 특별하다고 함은 다른 꽃보다 강하게 내 마음속에 자리하고 있다는 뜻이다. 언제나 가을이 시작되는 이 무렵이면 칸나는 나의 감성을 자극한다. 칸나를 보면 가을을 느끼고, 여름이 아쉽게 사라져 감을 안타깝게 바라다본다. 가을 학기가 시작되는 9월의 초순, 아직도 빨간 정열의 빛으로 의연하게 교정 한 끝에 피어 있는 칸나. 한 잎 시들어 내려뜨려진 넓은 꽃대와 꽃잎, 그리고 누렇게 말라가는 넓은 열대의 잎사귀, 사라져가는 여름에 대한 아쉬움과 다가오는 가을에 대한 기대감 속에서 내 마음은 잠시 출렁인다.

칸나는 내 유년시절 우리집 뜰에 피어 있었던 꽃들 중 가장 화려했다. 우리 옆 마을에도, 그 옆집에도 칸나는 피어 있었다. 채송화, 맨드라미, 나팔꽃, 접시꽃 등과 함께. 이름에서는 외래어 냄새가 나는데, 칸나는 가장 한국적인 꽃처럼 우리들 집 안마당에 뿌리내려 피고 있었다. 작품 속의 이미지와 어린 시절 우리집에 피어서 여름과 가을의 중간을 스산하게 보내고 있었던 칸나의 추억은 어른이 된 지금까지도 찬란하게 아른거린다. 특히 여름방학을 마치고 가을 새 학기가 시작될 무렵, 더위가 한 풀 누그러져 이젠 따스하게까지 느껴지는 가을의 햇빛을 만나면, 동시에 그 자리에는 언제나 칸나가 있다. '조금만 더 뜨거운 빛을 주소서' 하고 애원하듯 가련하게, 또 처연하게 칸나는 다시 올 내년의 계절을 기다리는 자세로 있다.

이제 칸나는 사라지고, 그 옆자리에 더 강한 관목들이 작은 꽃잎들을 매달고 서서 나와 눈싸움하잔다. 생소하고 이름 모를 키 작고 딱딱한 관목들은 정원에서 눈이 오나 비가 오나 참으로 질기게 생명력을 피워내고 있다. 꽤나 비싸고 귀해 보이는 그 관목들은 이제 봄이 오나 겨울이 오나 그 자리에 요지부동으로 빛깔만 다르지 모양은 그대로 나의 사철을 동반한다. 칸나는 어디로 갔을까? 그리고 실비아, 키는 더 작지만 칸나 옆에서 더 빨갛게 옹골찬 정열을 내뿜던 실비아는 또 어디로? 채송화, 달리아, 봉숭아, 접시꽃, 그 알록달록하고 빨갛던 빛깔들은 우리의 농촌에서, 우리의 마음의 정원에서 영원히 사라지고 말았을까? 그러나 내 마음의 정원에 칸나와 실비아는 언제나 피어 있을 것이고, 가을빛 부서지는 이맘때면 언제나 그리워질 것이다.

(2001. 9)

늦가을 내 마음 풍경, 영국으로 떠나야지

이맘때 가을의 끝자락에 서면 왜 그리 가슴이 아릴까? 가슴이 쿡쿡 찢기는 것일까? 시린 바람이 솔솔 가슴을 파고드는 아침 출근길, 종강을 해 버린 날의 만추의 텅 빈 오후, 캠퍼스에 나 홀로 서 있는 것 같다. 영국으로 떠나야지. 다시 올 기약에 기대어 나는 힘차게 출발하리라. 뜰은 노랑과 갈색과 빨강과 초록으로 뒤섞여 있다. 느긋한 생명력으로 아직은 탄력을 품고 있는 나무들의 모습이 너무 풍요롭고 화려한데, 밤 사이 매서운 바닷바람에 우수수 떨어진 은행잎 거리를 걸으며 겨울을 예감한다. 일 년 후 이 자리에 나는 어떤 모습으로 다시 설까? 더욱 풍만하고 건강한 나무로 되돌아와 이 뜰에서 젊은 그대들과 함께 멋지게 한 번 폼을 재볼까? 학문과 인생의 새로운 패러다임을 열고, 또 다른 충족과 행복, 여유와 깊이를 뽐내어볼까?

나이를 먹어서도 영국으로 떠날 수 있음을 기뻐한다. 하나님께 감사한다. 채워지지 않는 나의 갈망들과 동경들과 욕구와 설렘을 안고 낯선 나라에로, 미지의 사람에게로, 미지의 세계로 나의 잠재워지지 않는 심장의 벅찬 박동을 느끼며 나는 영국으로 떠나고자 한다. 홀로 떠나가게 해 준 나의 가족들에게 감사한다. 아내이자 엄마의 역할을 기대하기보다는 꿈을 키우고 능력을 기르고 목표를 향해 노력하는 전문가로서의 삶을 후원해 준 나의 남편과 아이들, 그리고 부모님 모두에게 감사하며 당당하게 떠나고 싶다.

뜰은 노랑과 갈색과 빨강과 초록으로 뒤섞여 있다. 느긋한 생명력으로 아직은 탄력을 품고 있는 나무들의 모습은 너무 풍요롭고 화려한데, 밤 사이 매서운 바닷바람에 우수수 떨어진 은행잎 거리를 걸으며 깊은 겨울을 예감한다. 일 년 후 이 자리에 나는 어떤 모습으로 다시 설까? 더욱 풍만하고 건강한 나무로 되돌아와 이 뜰에서 젊은 그대들과 함께 멋지게 견주어볼까? 자연은 늙어가는 모습이 더 아름답고, 아니 단계마다 아름다움이 있으니, 사람도 늙어가면서 단계마다 더 여유와 품위와 실력을 뽐낼 수 있으리니, 일 년 후 더욱 싱싱한 자양분을 머금고 돌아와 다시 캠퍼스에 서서 학문과 인생의 새로운 패러다임을 열고, 또 다른 충족과 행복, 여유와 깊이를 뽐내어볼 수 있기를 기대해 본다.

이제는 나이 먹어 부끄러움도 적당히 줄고, 나름대로 세상에 대한 안목도 생겨 있고, 내 감성의 진위를 알아챌 수도 있다.

그에 대해 감사하며, 나이 듦을 서러워하지 않는다. 이제 잠자고 있는, 굳게 쌓아두고 있는 감성의 두께들을 풀어헤치고, 내 마음의 방을 열어 보이는 거다. 내면에서 곰삭아 있는 감성과 정열의 끝없는 해체와 여과, 느낌으로 남아 언제나 제자리로 돌아가 웅크리고 만다 할지라도, 그런 것이 있다면 꺼내서 지금이라도 글로 써서 나를 표현해 보는 거다. 팽개쳐 두었던 젊음의 부스러기들이 있다면 모아서 통일된 창조적 에너지로 바꾸는 거다.

오십대 중반에 접어든 나의 인생을 한번 점검하고 지금까지 살아온 나를 형성해 주고 지탱해 준 원동력과 원형들이 무엇이었는지 살펴보고 싶다. 내가 무엇이었든, 지금의 나는 어떻게 있을 수 있었으며, 지금의 내 모습은 어떠한지 거울을 들여다보며 현재의 내 모습에 과거의 나를 덮어씌우고, 그리고 미래의 내 모습을 슬쩍 얹어보고 싶다. 인간에 대한 끝없는 신뢰와 성실성으로 나는 영국에서의 체재를 온몸으로 이용할 것이다. 타국의 이질적 문화와 삶과 그 인간들을 열린 마음과 열린 눈으로 받아들이고 교류하며, 서양과 동양의 이질적 삶을 온 정신과 몸으로 통일시킬 것이다. 내 것이 되게 할 것이다. 아직도 태양은 작열하며 거울 속의 내 모습을 뚜렷이 비춰준다. 미래의 내 모습은 그 위에서 슬그머니 함몰하고 말지만 나는 잘 알겠다. 커다란 기대도 없이, 실망도 없이 내 모습의 미래는 그렇게 다가올 것이며, 나는 지금처럼 그것을 부드럽게 맞이하리라는 것을.

(2001. 11)

캠브리지에서의 또 다른 삶

떠날 것을 결심할 때는 늦가을이었는데, 이제 나는 봄 자락에 앉아 있다. 삶의 모습은 어느 곳이나 비슷하련만 아직은 나의 눈에 익숙지 않고, 어쩌면 전혀 낯선 것 같은, 독일과는 또 다른 모습의 캠브리지다. 우선 그들의 말은 한국에서 더듬거리며 들었던 영어는 더 이상 아니다. 어쩌나 빠르고 윙윙거리는지 내가 전혀 모르는 어떤 외래어같이 들린다. 사람들은 왠지 초췌해 보이고, 말이 없고, 말이 안 들리니까 말하지 않은 것처럼 느껴지는 걸까? 대화가 꽉 막혀 버린, 교감이 전혀 이루어지지 않은, 그런 답답함 같은 것이 있다. 이방인 같은, 낯선 외계인 같은 느낌, 이제 교수들을 만나고, 독일어하는 사람들을 만나고, 말동무가 될 만한 한국인이라도 만나면, 이곳에 대한 또 다른 이해가 생겨나겠지.

그러나 경치와 볼거리는 정말 많다. 12세기부터 지어졌다는 고색창연한 건물들, 잉글리시 고틱과 유럽식 르네상스가 어우러져 있는 성당과 교회, 담벼락에 붙어 있는 담장이 덩굴, 건물 벽 구석마다 산재해 있는 비둘기 똥들, 그리고 키 작은 꽃들, 프리지아, 수선화, 그리고 이름을 알고 싶은 작고 우아하고 귀여운 꽃, 들꽃 같지 않은 고귀함이 서려 있는 꽃들, 그 앙증맞은 꽃밭들이 정말 정겹다. 잉글리시 가든, 겨울을 타지 않은 푸른 잔디밭, 위풍당당, 고색창연한 회색빛과 거무튀튀한 건물, 빛바랜 대리석 풍의 누르스름한 건물, 그 무거움을 한 번에 깨뜨려주는 푸른 잔디밭, 톰 존스의 〈고향의 푸른 잔디(Green green grass of home)〉라는 노래가 절로 흘러나오는, 푸르른 생명을 잉태하고 있는 초봄의 웅크린 나무들, 동시에 연둣빛 수양버들은 멀리서도 완만하고 느슨한 곡선을 이루며 유려한 자태를 드러낸다. 멀리 아득한 곳에서 도시의 선들은 하늘선, 지평선과 맞닿아 있다. 고요하고 아담하고, 거대하고 화려하고, 부산함과 고즈넉함이 함께 하는 곳, 아직은 낯선, 그러나 매력으로 다가오는 캠브리지여! 오늘밤도 잠을 설치며 동트는 새벽을 맞이하리라.

돌이켜보면 내게 있어서 삼십대는 기대와 동경과 성취를 위해 날아가는 희망의 시대였고, 사십대는 실현의 환상 속에 깃든 여유와 낭만의 계절이었고, 오십대는 변화의 시대에 엇갈리는 도전과 성취의 시련기처럼 생각된다. 가장 안정적이고 자유로웠던 시기는 그러고 보면 사십대였지 않았을까 싶다. 급변하는 시대의 또 다른 기대에 부응하고 뭔가를 해야 한다는 마음속의 부담을 안고 나는 이곳 유럽에 오게 되었다. 오로지 가르친다는 직업상 지식과 교양의 재충전을 위해 이곳을 선택했지만, 사실 가정적으로 나는 아무것도 정리하지 못하고 이곳으로 오게 되었기에 떠날 때의 내 마음은 여러 가지로 착잡했다. 여행을, 그 것도 장기간의 여행을 떠날 때는 무언가 인생의 한 단면을 완결했다는 홀가분한 마음의 자세로 떠나야 한다고 생각한다.

그러나 나는 가정에 세 남자들을 남겨두고, 그 중에 어느 하나도 나를 필요로 하지 않는 사람이 없는 상태에서 한국을 떠나왔다. 누구보다도 어린 중현이가 걱정이었다. 고등학교 1학년에 입학하게 되어 있는 막내아이의 고등학교 생활의 새로운 시작을 보살펴주지 못한다는 아쉬움과 안타까움이 나의 유럽행을 무겁고 우울하게 만들어 버렸다. 무엇을 찾으려고? 유럽행에 대한 많은 생각들과 회의들 속에서 몇 개월 동안 마음 무겁게 보내다가 그래도 나는 가야만 한다고, 나를 이곳으로 몰고 온 것은 과연 무엇이었을까? 그 물음을 나는 계속해대며 아직도 그에 대한 답을 내리지는 못하겠다. 그러나 나는 이 글들을 써가면서 확신하게 되었다. 어쩌면 그 것은 이 글을 쓰고 정리하기 위해서였을 거라는 생각을 말이다.

한국에서도 줄곧 나는 이 일을 생각했었으니까. 이번에는 어떤 식으로든 유럽에서의 나의 경험들, 생각들, 느낌들, 그리고 성찰들을 정리할 거라는 계획 같은 것이 있었던 것이다. 그래도 나는 이 얘기를 못하고, 절친 여 교수님들과 함께 식사를 하면서,

그저 쉬고 싶어서라고, 또는 더 배우고 싶어서라고, 재충전하고 싶어서라고 어설프게 농담 삼아 얘기했었다. 나는 이제 새로운 희망의 싹을 틔우고 있다. 잠시 일상의 교수직을 쉬고, 하고 싶었던 일을 하면서, 새로운 배움을 갖고, 채울 수 없는 나의 빈 가슴을, 빈 머리를 조금씩 충족시키려는 의욕에 가득 차 있다.

지금 생각하면 잘 왔다. 이곳에서는 한국의 시시콜콜한 문제는 절실하게 느껴지지 않는다. 다만 나는 이제 갓 고등학교에 배정 받아 있는 우리 중현이가 나를 따라 나서지 않는 것만이 마음에 걸린다. 그러나 중현이 형도 누나도 이미 초등학교 때부터 2년 이상을 외가에서 학교 다니지 않았던가. 우리 중현이가 자신의 일을 지혜롭고 씩씩하게 해 나가리라 믿는다. 더러는 힘들 때도 있겠지만, 멀리 봤을 때 그는 더 독립적인 사람으로, 창의적인 사람으로 성장하지 않을까 하는 게 나의 바람이고 위안이다. 그래서 일 년 간의 엄마부재가 그에게 정서적으로 미칠 수 있는, 좋지 않은 영향, 그런 건 없으리라고 확신한다. 그의 말대로, 오히려 한참 예민한 사춘기인 그에게는 친구들과 유리되어 있을 때가 더 문제일 것이다. 든든한 아버지, 형이 옆에서 함께 하고 있는데 무슨 문제이겠는가! 어른 두 남자들, 남편과 큰 아들은 어떻게든 잘 꾸려나갈 것이라는 확신은 있다.

정말 감사한 것은 큰 아들 택동이가 원하는 의과대학에서 공부할 수 있게 되었다는 것이다. 한국을 떠나기 직전 하나님께서는 내게 두 아들의 거취를 분명히 만들어주셨다. 잊고 잘 갔다

[사진 15] 두 아들(내가 캠브리지에 있었을 때)

오라고. 캠브리지에서의 너의 소명이 무엇인지 잘 수행하라고. 아빠와 형, 두 남자들은 어떻게든 잘 꾸려나갈 것이고, 또 그들이 있기에 중현이도 내 빈자리를 덜 느끼게 될 것임으로 나는 떠나기 전의 불안감과 걱정거리는 내게서 다 사라졌다. 하루하루 내 생활이나 철저히 관리해야지 하는 생각으로 나는 오늘도 무거운 가방을 메고 캠브리지 대학으로 향한다.

그런데 어제는 병원엘 갔다. 열이 나고 머리가 어지럽고 기운

이 쭉 빠지고 가슴이 벌렁거린다. 이곳 병원 시스템이 내게 익숙하지 않았는데 마침 감기로 열이 난 딸을 따라서 가게 되었다. 감사하게도 사위가 캠브리지 대학 공학 계열 연구소에 근무하고 있어서, 딸네 집에 머물게 되었었다. 이곳에선 개인병원이라는 게 아마 없고, 의사는 공무원급이라는 얘길 들은 것 같다. 어쨌든 나는 감기 걸린 것이 아니다. 다만 "당신은 영국에 너무 늦게 오셨다"라는 말로 내 병원 방문은 끝이 났다. 55세, 내 나이가 그렇게 많은 것일까? 나는 무엇을 그리도 마음 아파하는 것일까? 오늘도 나는 내가 챙겨주지 못하는 우리 중현이를 생각하고 있다. 나는 중현에게 김현승 시인의 '플라타너스' 같은 큰 그늘, 그리고 그를 지켜 주는 이웃이 되어 주고 싶을 뿐이다.

(2002. 2)

꿈을 아느냐 네게 물으면, 플라타너스

너의 머리는 어느덧 파아란 하늘에 젖어 있다.

너는 사모할 줄을 모르나, 플라타너스

너는 네게 있는 것으로 그늘을 늘인다.

먼 길에 올 제, 호올로 되어 외로울 제, 플라타너스

너는 그 길을 나와 같이 걸었다.

(..............)

나는 오직 너를 지켜 네 이웃이 되고 싶을 뿐

그곳은 아름다운 별과 나의 사랑하는 창이 열린 길이다.

초청교수 요아힘 훼일리(Joachim Whaley)

어느 날 갑자기 편지로만 대하던 사람을 실제로 만나볼 때의 기분은 어떻든 확인과 실증의 충만감이 있어 좋다. 많은 상상으로 두렵기도 했고, 기대하기도 했던 대상에 대한 확인은 몰라서 두려웠던 불안감에서 벗어나는 순간의 행복을 가져다준다. 성실성과 신뢰성을 바탕으로 만나면 인간에 대한 불안은 가질 필요가 없다는 생각을 다시 확인한다. 훼일리, 그는 무엇보다도 젊었다. 40대 초반의 수려한 용모의 그 남자는 수줍은 듯 쾌활한 듯, 대단히 상냥한 인상으로, 초청자로서의 최대의 의무를 성실히 수행하려는 자세로 나를 맞이했다. 교수로서의 내가 오늘 유서 깊고 자부심 많은 대 캠브리지 대학에 손님으로 환대를 받고 있다니 참 행복한 순간이다. 어쨌든 내가 30년 이상 한 우물을 파다보니 이만큼 커서 오늘 이 자리까지 왔구나. 비서실과 함께 이어 있는 학과장방에서 그는 간단히 나를 맞았고, 나의 정체성을 증명해 주는 편지를 두 장이나 써주었다. 하나는 대학교 체류 인증카드를 위한 것이었고, 또 하나는 대학교 도서관 출입 인증카드를 위한 것이었다.

그가 하라는 대로 오후에 다시 와서 대학교 체류 인증카드를 만들었다. 세 강사들과 함께 쓰는 연구실을 배정 받았다. 그 안에 커다란 책상과 컴퓨터, 전화, 서랍장도 있었다. 그러나 그 방보다는 내게 학과 도서실이 더 친근하고 안정감 있게 느껴졌다. 전공도서관(패컬티 라이브러리)은 밖의 접수실에서 보기엔 조그만 시골학교 교실 같은 인상이었는데, 그 안에 들어가니 2층으로 이어지는 거대한 공간에 스페인어, 불어, 라틴어, 이탈리아어, 러시아어 등의 책들이 독일어 책들과 함께 있었다. 말하자면 내가 속한 학과는 현대 언어와 중세 언어학부의 독일어학과인 셈이다. 가운데 서가를 중심으로 해서 빙 둘러서 창가로 혼자 쓰는 책상들이 띄엄띄엄, 그리고 그 위에는 스탠드가 놓여 있었다. 아무 책도 준비되어 있지 않은 내 연구실보다는 이곳이 내가 있어야 할 곳임을 직감했다.

대학 도서관도 비슷하게 개가식 서가를 둘러싸고 책상에 앉아 자료를 연구할 수 있는 점은 비슷했다. 방대한 도서관 규모가 그 많은 연구자들의 수요를 어떻게든 다 충족시키고도 남았다. 물론 고대와 중세 때의 문헌실에 들어가면 숨이 막힐 듯 케케묵은 먼지와 노란 책 종이들, 그리고 알 수 없는 글자들, 고대어 중세어, 히브리어, 라틴어, 헬라어 등등 숨이 막힐 듯 했다. 그러나 쉴러가 발행했던 『호렌』 잡지를 만나는 순간 숨이 틔어 왔다. 인류문화의 엄청난 사건들이 이곳에서 숨 쉬고 있구나. 과거와 현대가 이렇게 이어져오는구나. 다시 근대도서관으로 들어와서 나는 괴테와 쉴러를 만나고 드로스테 휠스호프를 만나고 토마스 만을 만난다. 그래도 나는 그들 주변만을 빙글빙글 맴도는 기분이다. 핵심에서 그들을 정복할 수 없는 무력감과 실망감, 자괴감, 나태함, 그 연속 가운데서도 일말의 희망은 책을 보고 있으면 안정감이 생긴다는 것이 아닐까?

학문의 공간은 어둡고 출구를 알 수 없는 그런 터널 같은 곳, 틈새로 비추는 한 가닥 빛을 향하여 꿈틀거리며 통과해 가는 카프카의 절망을 이해한다. 잠시 허튼 생각에 잠겨 있다. 두 권의 책을 빌려들고 대학도서관 문을 나선다. 밖에서 바라다보는 도서관 전경은 거대한 성 같기도 하고, 둥글게 엎드려 있는 한 마을 같기도 했다. 마을이 끝나는 곳에서 또 다른 대학들의 마을들을 수십 번 통과하여 내가 사는 곳에 이른다. 캠브리지 시내는 온통 대학들의 집산지로 여러 대학들과 그 관계 건물들이 전시가지를 이룬다. 그리고 대학들과 공원들과 상가들이 끝나는 곳에 내가 사는 집이 있다. 지리도 사정도 잘 모르는 상황에서 하나하나 일을 해 가는 기쁨을 누리면서 오늘은 참으로 큰일을 해치웠다 싶다.

(2002. 3)

일리 성당의 견고한 영화와 평화

한때 캠브리지 해안의 온 종교와 신앙을 관장했던 일리의 대성당은 13세기 초에 세워졌고, 캠브리지 해안 몇 마일을 내다볼 수 있는 거대한 옥타곤 탑을 갖고 있다. 일리는 도시 전체가 대성당과 교회, 교회 교육관, 그리고 왕립중고등학교, 그리고 올리버 크롬웰의 생가로 이루어져 있다. 대주교 성당의 도시 일리는 오늘날 거대하고 화려한 자태로 한때의 거룩한 신앙과 그 영화를 비추고 있다. 캠브리지 대학 교회가 학생들과 교수들을 위한 것이었다면, 이곳의 대성당은 종교적 수행을 위한 대주교들의 예배당이었고, 사제와 수사들의 수도원이었고, 신앙의 중심지였다. 오늘날도 여전히 주교들이나 사제들의 집회 장소요, 신앙인들과 성직자들의 교육 장소요, 피정이 이루어지는 곳이다. 그러나 너무 거대한 이 성당 내부를 누가 다 들여다볼 것인가, 평화롭지만 고독한 하나님만의 공간이 아닐까?

일리는 또 다른 역사적인 인물 크롬웰의 생가를 통해 신앙의 도시이자 시민혁명의 도시라는 자부심으로 관광객을 끌어들인다. 크롬웰은 18세기 영국에 왕정을 물리치고 공화정을 시도했던 혁신적인 정치가였다. 일리는 오랜 옛날엔 조그만 섬이었다가 지각변동에 의해 육지와 이어졌단다. 일리는 오늘날은 어촌을 배경으로 한 수려한 경관과 보트경기와 보트유람, 포도주나 과일주 같은 특산품으로 살아가는 것 같았다. 수평선 여기저기 작은 섬들이 걸려 있고, 아득히 먼 곳에 하늘과 바다가 맞닿아 있는 무한한 곳이 내려다보이는 언덕 푸른 초지 위에 하얀 양떼와 말 몇 마리가 그림처럼 고개 숙이고 풀을 뜯고 있었고, 몇 무리들은 작은 바위처럼 웅크리고 드러누워 있었다.

(2002. 3. 8)

캠강 강가의 노란 수선화

내 방의 창은 무덤으로 나 있다. 무덤을 머리맡에 두고 잠을 잔다. 늙음을 두려워하지 않고 죽음조차도 가까이 느낄 수 있게 하기 위해서 이런 어이없는 환경에서 자야만 하는 거라고, 이곳의 삶은 내게 그것을 일러주나 싶다. 도시 한가운데는 아니지만 시내로 걸어갈 수 있는 동네여서 우리가 그 집을 택했는데, 그집 뒤쪽으로 길이 나 있고, 길 너머에 묘지가 면해 있다. 나는 밤이면 잠을 설치면서 죽음의 흔적들과 친숙해지려 한다. 짐승들과 사나운 바람과 낯선 외국인과 고대와 현대와 요정과 유령과 거인과 소인이 함께 어우러져 살아가는, 하늘과 땅과 중간계가 어우러져 살아가는 것이 자연인으로서의 인간의 삶이 아닐까. 〈반지의 제왕〉이나 〈해리포터〉 같은 영화들을 보면서, 그들은 이러한 인간적인 운명의 진실을 알려주는 것이란 생각을 했다. 아무튼 나는 밤마다 악몽 아닌 꿈을 꾸면서 인생의 깊이에

도전장을 던진다. 불그스레한 태양이 흘끗 얼굴을 비친다.

하얗게 새벽이 열려오면서 비둘기들이 재재거리며 날아가는 모습, 나뭇가지들이 심히 흔들리는 모습이 창문너머로 보인다. 오늘도 바람은 여지없이 불어제낄 모양이다. 웬 바람이 그렇게 드센지! 아마 북대서양 바람일까. 바닷바람은 비교적 훈풍이라고 생각되는데, 알 수 없다. 검은 구름들 사이로 희끗 희끗, 동터 오는 아침 바람이 너무도 스산하다. 그런가 하면 이내 햇빛이 처연하게 비치고, 이내 또 비가 뿌린다. 음산한 잿빛이다가도 하얀 햇살이 뜨면, 그 화사함과 찬란함이라니! 하늘의 영광이 내려오는 듯싶다.

참으로 오랜만에 맘 편히 푹 잘 수 있었다. 영국에 온 지 거의 3주일이 지나서였다. 시차 때문에, 무서움 때문에, 그보다 너무 좁은 침대 때문에 몸을 뒤척이기 어려워서 잠자리가 불편했었는데, 이제 좀 적응이 되었나보다. 아무튼 불편하고 고된 잠자리로 숙면을 취해 보지 못했는데 너무 반가워서 소리라도 치고 싶게 상쾌한 아침이다. 딸 친구들이 방문하는 날, 일찍 나와서 도서관으로 갔다. 떠나오기 전의 불안감과 걱정거리들을 다 던져버리고 계획대로의 새로운 생활을 위해 오늘도 수선화 밭을 따라 캠강 강가를 열심히 걷는다.

길거리에 한 처녀가 옷을 깔고 앉아 있었다. 길 잃은 아이, 가엾은 미뇽? 마약을 하는 처녀? 부모 잃고 고향을 잃은, 그리워할 게 너무 많은 어린 미뇽의 얼굴 같았다. 캠브리지 도착한 이후 가장 우호적인 날씨다. 오늘 처음으로 완연한 봄 날씨, 한국의 따뜻한 봄을 느낄 수 있었다. 모든 것이 홀가분하고 즐거운 기분에 노래라도 부르고 싶고 의욕이 넘쳐흘렀다. 도서관에서 이것저것 훑어보며 괴테 문학과 그리스 신화에 대한 테마를 붙잡았다.

잊기로 했다. 이제 한국을 마음 한 귀퉁이 깊은 곳으로 처박아 두는 거다. 그래서 한국에 가게 될 때 다시 고이 꺼내는 것이다. 모든 걱정, 근심, 가슴앓이들을, 그리고 가족을 애달프게 생각하는 일을 다 접어두는 거다. 이 생활이야말로 내게 주어진 전부임을 알자는 것이다. 사람의 마음이 고향에 가 있는 한, 그는 이곳에서 마음의 안정을 찾기 어려울 것이다. 많은 것을 캠브리지 식으로 살다가 밤에 들어와 전화하는 순간, 그 순간만을 한국과 공유하는 시간으로 할애하는 거다. 어차피 가족들에게 내가 해줄 수 있는 게 아무것도 없으니까, 그들로 인해서 걱정스러워하기보다는 행복한 부분만 함께 나누고 생각하자. 가족을 생각함으로 해서 나는 행복해지고, 도서관에서의 생활이나 산책, 그리고 가벼운 여행 이런 것들이 또 나를 풍요롭게 해 주는 것이려니… 하나님께서 왜 나를 이곳으로 부르셨는지, 왜 이곳까지 내가 오게 되었는지, '현재와 이곳'의 사명을 생각하며 소명을 완수해야 하는 것이다.

돌아오는 길에도 그 하얀 얼굴의 아이는 그 장소에 그대로 옷을 깔고 앉아 있었다. 바나나 껍질이 옆에 가득 있었다. 해퍼스(Heppers) 책방에 들렀다. 독일로 주문할 책 ISBN 번호를 알려주려고 갔는데, 안내 아가씨 옆에 웬 신사 한 분이 오랫동안 상담을 하고 있어서 책을 찾는 척하다 몇 권의 책만 사들고 돌아왔다. 거리마다 나 같은 나그네들이 들끓는 곳이 캠브리지다. 도심을 몇 발자국만 벗어나면 금방 공원에 이르고, 또 이런 도심이 공원 몇 개를 중심으로 동서남북의 구역, 또는 대학들의 구간으로 나뉘어 있다. 이곳에 거주하는 대부분의 사람들은 캠브리지 대학생들, 교직원들, 그리고 외국인 연구자들, 또는 이 대학과 연결된 직업을 갖고 있는 사람들이라고 한다. 소위 말하는 대학도시이다.

캠브리지(Cambridge), 캠강의 다리, 양 언덕에 노란 수선화들이 환하게 웃고 있다. 하얀 햇살이 부서지며 초록빛 물결 위에 쏟아져 내린다. 그 물결 위로 노란 수선화 그림자가 해맑게 춤추듯 흔들리고 있다. "그대는 나의 창작집 속에서 가장 아름답게 빛나는 불멸의 소곡, 또한 나의 작은 애인이니, 내 사랑 수선화야, 나도 그대를 따라 저 눈길을 걸으리." 수선화는 봄이 오는 길목에서 가장 아름답게 피어나는 나의 작은 애인이니, 내 그대를 따라 햇살 따사로운 캠강 강가를 걷는다. 가운데 꽃 수술 하나를 여섯 개의 꽃잎이 에워싸고 있는, 작고 화사하고 신비스러운 아름다움을 풍기는 나의 작은 애인, 노란 수선화는 나의 캠브리지 생활에 대한 기대와 설렘과 꿈을 안겨주며 나와 동행한다.

황금빛 오후가 신의 경이로움과 따뜻한 사랑의 축복으로 이 세상을 감싸는 듯싶다. 클롭슈토크의 「봄 잔치」란 시를 떠올리며, 젊은 베르터와 로테가 서로 함께 공감했을 자연의 경이로움, 여호와의 축복에 나도 함께 젖어드는 것을 느낀다.

"내리 퍼붓는 호우에 숲이 '여호와', '여호와' 하고 소리치며 수증기의 호흡을 토한다. (......)
보라, 지금 여호와는 폭풍 속에서가 아니라 고요하고 부드러운 산들바람 속에서 여호와는 오시다. 그리고 그 밑에 놓이는 평화의 무지개다리."

클롭슈토크는 계몽주의 시대의 작가이지만, 조국에 대한 사랑과 찬미, 장엄한 자연의 신비와 신에 대한 열정을 나타내는 송가를 주로 썼다. 가뭄 끝에 쏟아지는 소나기를 맞아 숲이 젖어들며 김을 내뿜는 소리가 "여호와, 여호와!" 하고 숨을 내뿜는 소리로 느껴지는 시인의 상상적 자아, 경건한 자아, 그리고 시적 자아에 나 스스로 함몰되는 순간이다.

(2002. 3. 12)

그란체스터, 오래된 목사관
(The Old Vicarage, Grantchester, by Rupert Brooke, 1912)

내 작은 방 앞에 여전히 지금 라일락은 만발하고,
꽃 침대들 안에서 카네이션, 패랭이꽃 웃음 지으며,
양귀비, 삼색 제비꽃 향기 불어오는…
거기 밤나무들은 여름 내내 어둡고 푸른 구름터널을 만들어주고,
위에서는 깊은 잠, 밑으로는 시냇물 신비스럽게 소리 없이
흘러가는, 꿈처럼 파랗고 죽음처럼 깊은 그곳,
오 하나님, 나는 알아요, 오월의 들판이 어떻게 황금빛으로
빛나며, 날이 채 밝지 않은
신선한 아침 목욕하러 뛰어가는 맨발들을
얼마나 찬란하게 물들이는지를,
여기 나는 땀 흘리고 아프고 열나는데, 거기 그늘진 물은
싱싱한 물살로 발가벗은 내 살갗을 간질이며,
여기 변덕스런 독일 유대인들은 둘러앉아 맥주를 들이키는데,

거기 이슬방울들은 황금빛 여명 아래 부드럽게 솟아나며,

여기 튤립들은 관상용으로 피어나는데,

거기 뒤엉킨 생 울타리 주변에는

야성적인 영국식 장미 한 송이 나부끼는 것을....

루퍼트 브룩은 1912년 5월 베를린의 한 카페에서 조국 영국을 그리워하며 장시를 썼다.

오, 신이여, 짐을 챙기고, 기차를 타고 다시 한 번 영국으로 가로 싶어요. (......) 온 영국에서 캠브리지 지방 사람들은 모두 빛나는 가슴으로 내가 왜 그란체스터의 사랑스런 햄릿을 선택하는지 이해하지요. (......) 오 그란체스터, 거기에는 평화와 신성한 고요함이 깃들어 있고, 커다란 구름조각들 태평양 하늘 따라 흐르며, 남자와 여자들은 똑바른 시선으로 쳐다보며, 꿈보다 더 사랑스러운 나긋나긋한 아이들이 있고, 녹음 우거진 숲과 살랑살랑 시냇물, 어스름한 시골구석을 반은 잠들게 만드는, 살금살금 바람 기어드는 그곳, 그란체스터....

그란체스터는 그렇게 캠브리지 시내에서 약 2마일 떨어져 있는, 그란타강 윗쪽의 한적하고 전원적인 시골 마을이다. 루퍼트 브룩은 1909년에 이곳 오래된 목사관 옆의 한 과수원집으로 이주해 왔다. 브룩은 캠브리지의 소란스러운 도시생활을 도망치

고 싶어 이곳으로 왔지만, 매력적인 젊은 브룩의 주변에는 언제나 물결처럼 방문자들이 넘나들었다. 브룩을 좋아하는 일군의 친구들은 과수원집에 모여서 차를 마시고, 그 부근으로 와서 살기도 하면서 자연스럽게 젊은 지성들의 그룹을 형성했다. 그들은 루퍼트 브룩(시인)을 중심으로 러셀과 비트겐슈타인(철학자), 포스터와 버지니아 울프(소설가), 케인즈(경제학자), 어거스트 존(미술가)이었다. 훗날 세계의 혁혁한 지성들의 배경이 된 이 집은 오늘날도 여전히 많은 아마추어 애호가들의 산책로로, 자전거 도로로, 휴식처로 애용되고 있다.

브룩은 이곳의 전원생활에 탐닉했으며, 베를린에 잠시 체류하는 동안 향수에 젖어 "교회당 시계는 여전히 세시 십분 전에 멈추어 있고, 뜨거운 차에는 아직도 꿀이 녹아 있을까?"라고 위의 시의 마지막 연을 썼던 것이다. 그는 주로 이 집에서 공부하며, 달리기와 수영, 맨발로 산책하기를 즐겼고, 과일과 꿀을 따서 먹었으며, 캠브리지 대학에 갈 때는 주로 통나무배를 저어서 갔다. 지금도 캠브리지에서는 아르바이트 학생이 저어주는 배를 타고 대학 주변을 유람하는 놀이가 관광객들에게 인기가 많다. 햇빛이 찬란한 날씨에 펀팅을 한다면, 잠시 낙원을 들여다보는 듯한 착각과 즐거움에 젖을 수 있다. 한 번은 브룩과 울프가 달밤에 바이론 풀에서 발가벗고 수영을 했다고 한다. 바이론 풀은 과수원 부근에 있는 꽤 큰 웅덩이인데, 시인 바이론 경이 캠브리지 대학생이었을 당시 이곳에서 줄곧 수영을 하곤 해서

부쳐진 이름이다. 이들은 자연을 벗 삼아 자연을 탐색하면서, 자연의 질서를 숭배하며, 세계의 고민을 논의하며, 세계의 지성의 틀을 마련했다.

그는 잠시 북아메리카, 남태평양 제도들을 여행하기도 했고, 1914년 영국으로 돌아와서, 1차 세계대전이 발발하자 군에 입대하고 안트워프에서부터 부상당해 돌아왔다. 1915년 3월 그는 다시 군인 함대에 승선했지만, 선상에서 대단히 아팠고, 그해 4월 이십칠 세의 나이로 죽고 말았다. 그날 밤 그는 그리스의 스키로스섬에 묻혔다. 공교롭게도 그가 죽기 몇 달 전에 썼던 시 「병사」는 그의 비극적인 결말을 암시하고 있다.

내가 만일 죽게 되면, 이것만은 생각해 주오. 어느 낯선 들판의 한 모퉁이에 있더라도, 그곳 또한 영원히 영국이라는 것을.

(If I should die, think only this of me. That there's some corner of a foreign field. That is forever England.)

브룩은 죽은 후에 더 유명해지고, 그의 시는 영국 전역으로 전파되었다. "젊은 아폴로", "지구상에서 가장 잘생긴 남자", 그는 조국애의 이미지를 새롭게 부각시켰으며, 갈수록 그의 숭배 의식은 커진다고 한다. 토마스 만과 비슷한 해에 태어났지만, 브룩은 위대함과는 관계없이 그 아름다움으로, 그 젊음으로 영원한 젊은 초상이 되어 대중들 마음속에 남아 있고, 순수 무구한 청춘의 상징이 되어 있다.

나는 즐겨 이곳 그란체스터를 찾았다. 큰 사과나무 아래서 어지러이 돋아난 풀잎들과 오래되고 삐걱거리는 의자에 기대어 옛날을 음미해 보고 책을 읽고, 앞으로 한국에서의 나의 삶의 방식을 그려보는 것이 좋았다. 그리고 하늘의 축복 또한 고마웠다. 갈 때마다 나는 이곳에선 만나기 쉽지 않은, 눈부신 햇빛을 받을 수 있었던 것이다. 적당한 그늘 속으로 피해서 의자를 여러 번 옮겨 앉아야 했다. 영국 사람들은 그러나 풀밭 위에 그대로 앉거나, 매트나 타올 같은 것을 깔고 앉았다. 오래된 영국식 정원의 오후, 치열한 삶의 한가운데를 잠시 비켜서서 문학과 이것저것 맘대로 환상을 쫓고, 가족들과 한국을 생각하며, 그리움과 쓸쓸함이 함께 자리하는 정원의 사색, 고즈넉한 이 순간이 내게는 영국에 온 보람 같은 것을 느끼게 해 주었다.

그밖에도 나를 줄곧 떠나지 않은 생각이 있으니, 브룩에게 울프는 어떤 사람이었을까? 그 둘이 발가벗고 헤엄을 쳤다는데, 과연 서로 남녀를 초월한 행위였을까? 극단적인 이성의 실험 행위, 아니면 자연 친화적인 나체주의자들의 정신을 실험해 본 것일까? 울프가 이들 그룹을 '신이교도들'이라고 명명한 것은 우연의 일은 아닐 것이다. 소위 이들 7인의 그란체스터 그룹 중 하나인 미술가 존은 이동가옥 카라반에서 두 명의 부인과 네다섯 명의 아이들과 함께 살았다고 한다. 물질과 문명의 시대를 거슬러서 정신의 교화를 위해 투쟁했던 이들의 삶들이 하나

[사진 16] 오래된 목사관(그란체스터에서 딸과 함께)

하나 고통스럽게 느껴졌다. 이 엠 포스터는 어떠했나? '하워즈 앤드'라든가 '전망 좋은 방' 속에서 문명의 한 시대에 무너져 내리는 인간성과 정신적 몰락감 등이 감각적 문체로 드러나 있다. 그는 울프의 표현에 의하면 '현대적인 여성인 자신 앞에서 무척 도사리는' 남자로, 여성들과 쉽게 편안해지지 않는 남자였던 것 같다.

캠브리지에서 내가 받은 충격은 그 대학의 유서 깊은 전통과 귀족성과 역사성 때문이었고, 뛰어난 정신들의 배출지라는 것임은 말할 것도 없다. 칠팔백년, 육백년의 전통은 보통이고, 그곳을 거쳐간 수많은 인류 정신사들의 발자취들은 한결같이 예배당 바닥이나 박물관, 거리이름, 극장, 기숙사 다락방이나 단장된 카페의 장식물에 이르기까지 배어 있지 않는 곳이 없다. 놀랍게도 그란체스터의 과수원집은 캠브리지의 외곽에서 1차 세계대전이 시작될 무렵의 한 시대, 젊은 지성들의 숨결이 살았었고, 이 마을의 고요하고 평화롭고 신선한 자연의 아름다움은 칠백년 이상 역사적 인물들의 마음을 홀기고, 뉴튼, 다윈, 크롬웰, 밀튼, 워즈워스, 코울리지, 테니슨, 말로우, 스펜서를 걸어오게 했고, 또 말을 타거나 보트를 타고 찾아오게 했다. 근처 트럼핑턴 마을은 쵸서의 이야기 속에 밀러와 아내, 딸, 그리고 캠브리지 두 대학생들의 이야기의 배경이 되고 있다.

버지니아 울프의 옥스브리지와 휜엄

캠브리지에서 내가 받은, 가장 즐거운 놀라움은 버지니아 울프의 흔적을 체험할 수 있다는 것이다. 울프는 그녀의 오빠가 다녔던 캠브리지에 놀러다니면서, 오빠는 일찍 죽었지만, 독자적인 작가적 통찰력과 현대성으로 캠브리지 지성들과 대등하게 친교하며 지냈다. 그녀가 살았다는 생가는 런던에 있지만, 그녀가 자주 함께 했던 캠브리지와 그란체스터를 체험할 수 있음에 행복하다.

작품 속에서 그녀가 무심코 들어갔다가 쫓겨났다는 캠브리지 도서관 앞 잔디밭에 앉아도 보고, 옥스브리지와 휜엄으로 표시되어 있는 작품속의 장소들, 캠브리지와 뉴은험 대학을 거의 매일 지나다닌다. 옥스브리지는 옥스포드와 캠브리지를 지칭하고, 휜엄은 뉴은험 여자대학을 말한다. 울프는 옥스브리지 남자대학이 12세기에 왕이나 귀족들의 풍부한 투자로 세워졌는 데

비해, 여자대학은 가까스로 많은 사람들의 성금으로 간신히 그 것도 19세기 후반에야 세워졌다는 사실에서 전통적으로 여성의 권리와 여성성의 억압이 그렇게 오랫동안 이어져 왔음을 성찰한다.

울프는 여성의 경제적인 자립과 「자기만의 방」을 여성 해방의 전제 조건으로 내세웠다. 여성 해방문학의 초석을 이루는 작품 「자기만의 방(A Room of One's Own)」(1929)은 여성 작가들이 직면한 성적, 사회적 제약과 억압적 상황을 다루고 있다. 여성들이 정말 문학성이 높고 '리얼리티'를 관조하는 작품을 쓰기 위해서는 여성들에게 연간 500파운드의 수입과 자기만의 독립적인 방을 가져야 한다고 주장한다. 울프는 '여성과 픽션'이라는 강연 주제를 자신의 경험과 주장들과 융합하여 의식의 흐름 수법을 써서 여섯 장으로 분류하여 쓰고 있다. 이 작품을 통해 울프는 가부장제와 남성 우월주의 체제가 빚어낸 모순과 억압을 희화화하여 제시하며, 남성 우월적 주장의 허구와 왜소함을 유머러스하게 무너뜨리고 있다.

어린 시절 울프는 캠브리지 대학에서 강의하며 편집장까지 지냈던 아버지와 활동적이며 오지랖 넓은 어머니와 함께 부유하지는 못했지만 비교적 온화하고 자유로운 분위기에서 살았다. 하지만 부모의 재혼으로 인한 많은 형제들과 기울어진 가세로 인해서 여자형제는 대학에 진학하지 못하고 남자형제만 대학에 보내졌다. 울프는 오빠가 다니는 캠브리지 대학에 놀러가서 그곳의 학문적 분위기를 접하고 오빠 친구들과 사귈 수 있었다. 이러한 교유(交遊)는 울프를 정신적으로 성장시켜 준 동력임과 동시에 상실감과 아픔을 주기도 했다.

울프는 이곳에서 젊은 지성인들과의 모임을 형성하면서 자신의 문학적, 사상적 모험을 확대시켜 갔다. 이들은 그란체스터 그룹과 블룸즈베리 그룹으로 울프의 문학생활과 사생활에 지대한 영향을 끼쳤다. 울프는 그 그룹의 일원이었던 레너드와 결혼했고, 레너드는 출판사를 차려 런던 근교에 살면서 연약한 울프의 창작활동과 건강을 지켜 주었다. 사실 울프는 어린 날 이복오빠의 성적 희롱으로 인해 성적 불감증에 이르게 되었었고, 시대적 아픔과 유약한 정서의 민감성은 울프를 극도의 신경쇠약에 시달리게 했었던 것이었다. 급기야 건강이 악화되어 울프는 그토록 희구했던 아이를 갖지 못하게 되자 자신의 집 근처 우즈강에 빠져 자살하고 만다. 그녀의 나이 59세였다.

그 거리에 나는 와 있다. 반세기도 더 전에 떠나간 버지니아 울프의 억눌림과 분노에 대해 가슴 아픈 경의를 표하면서. 몸이 아프면서도 아이를 갖고 싶어 하는 그녀에게 보호를 앞세워 멀리했던 그녀의 남편을 이해하지도 용서하지도 못하면서, 폐쇄적 마음의 공포 속에서 죽어 버린 버지니아 울프의 한많은 생을 가슴 아파하면서. 지금의 이 거리에는 덕분에 잘 보호받고 유복한 아낙네들의 여유와 낭만이 지천에 깔려 있다. 반대로 남성들은 오랜 동안 슈퍼맨 콤플렉스에 쌓여 스스로 무력해지고, 기죽고 피폐해 있지 않을까 싶다. 남성들이 슈퍼맨 짐을 벗어 던지고, 여성들의 해방을 성찰하고, 양성이 서로 능력껏 의지하고 사는 모습을 이상으로 꿈꾸며 그녀는 죽었다.

우리가 즐겨 불렀던 노래, 〈지금 그 사람 이름은 잊었지만〉의 시인, 모더니즘의 선구자 박인환(1926~1956)은 그의 시에서 울프에 대한 숭배의 감정을 토로한다. 박인환은 울프의 서글픈 생애와 죽음, 한탄과 서러움과 고립감을 노래하며, 그가 처해 있던 해방과 육이오의 아픔에 대해 절망하고 서러워한다.

> 한 잔의 술을 마시고
> 우리는 버지니아 울프의 생애와
> 木馬를 타고 떠난 淑女의 옷자락을 이야기한다.
> 木馬는 주인을 버리고
> 그저 방울 소리만 울리며 가을 속으로 떠났다
> 술병에서 별이 떨어진다.
>
> —박인환, 「木馬와 淑女」 중에서

> 지금 그 사람 이름은 잊었지만
> 그 눈동자 입술은 내 가슴에 있네,
> 바람이 불고
> 비가 올 때면······
>
> —박인환, 「세월이 가면」 중에서

식민지배하에서 비전이 보이지 않는 비관적인 미래, 억압과 차별이 없는 세상에 대한 비전의 사라짐, 울프의 안타까운 죽음에 대해, 간직해야 할 것들이 사라져감에 대해 시인은 서글퍼한다. 어쩜 그는 허무하고 속된 현실을 차마 버리지 못해서, 한탄할 그 무엇이 남아 있어서, 아직 그래도 포기할 수 없는 그 어떤 것이 있어서 그리 서글퍼하는 것은 아닐까? 폐허 가운데, 미래가 보이지 않는데도, 절망을 노래하면서도 차마 버릴 수 없는 인간의 존엄성에 대한 안타까운 희구의 표현이 아니겠는가.

(2002. 3)

브론테 자매들의 고향 하워스, 히스 꽃의 향기

샬로트(1816~1855)와 에밀리(1818~1848), 그리고 앤 브론테(1820 ~1849)의 고향 하워스. "모든 세상에서 숨어 끝없이 펼쳐지는 황무지, 찬란한 하늘과 빛나는 태양밖에 보이지 않았다." 에밀리 브론테가 묘사한 대로 그들의 고향 하워스는 요크셔 지방의 아름다운 고원지대였다. 하워스 마을 뒤쪽으로 이어지는 낮은 언덕과 계곡과 초지들, 그 위에서 한가로이 노니는 작은 돼지와 양떼와 들소들, 초지를 경계 짓는 낮은 나무 울타리와 돌담들, 그리고 무한히 펼쳐지는 키 작은 관목들, 히스나무와 풀꽃들이 한데 어우러진 풀냄새 짙은 황야였다. 황무지하면 모래가루 휘날리고 나무라곤 거의 없는 땅에 아무 것도 살 수 없을 것 같은 그런 땅을 연상했던 내게 이곳의 황무지는 그게 아니었다. 얼어붙은 땅에서도 히스꽃은 피어나고 라일락 향기 가득할 수 있다는 것을 나는 처음 알았다.

아버지 브론테 목사는 아일랜드에서 태어나 갖은 고생 끝에 영국으로 건너와 케임브리지 대학에서 공부한 후 영국의 벽촌 인 하워스 지방에 정착하여 평생을 목사로서 일했다. 아내가 일찍 죽고 두 딸들도 어려서 죽고, 남겨진 아들 하나와 세 딸들 을 홀로 길러냈다. 샬로트는 그 중에서 큰딸이었다. 남동생도 일찍 죽고, 에밀리도 30세에 죽고, 앤도 29세에 벌써 죽고, 샬로 트 만이 그나마 오래 살아 39세에 죽었다. 오직 아버지, 브론테 목사만이 84세까지 오래 살아 고향의 교회를 지켰다고 하니, 그 외로움과 고통이 얼마나 컸을까? 우울하고 경건한 이 목사는 아이들에게 충분한 애정을 주지 못했으며, 따라서 비좁고 답답 한 목사관의 자매들은 오직 날마다 집 근처 야산을 헤매는 일이 유일한 낙이었다. 그들은 자신들의 넘치는 끼를 주체하지 못하 고 온 산야를 헤매었다. 집 주위에 펼쳐진 야산과 언덕과 구릉의 초원지대를 뛰어다니는 재미와 문학에 대한 비상한 흥미는 그 들의 삶을 지켜 주는 든든한 버팀목이었다. 목사 자녀들을 위한 기숙학교에 다녔고, 벨기에에서 불어를 공부하기 위해 잠시 체 류한 것 외에는 고향을 떠나본 적이 없는 그들에게 하워스 고향 마을의 산과 들은 그들의 문학적 감수성과 환상을 자극하는 근 원이었던 것이다.

브론테 자매들은 일생 하워스 마을과 그 너머 작은 언덕들, 구릉들, 키 작은 히스나무, 억새풀 우거진 늪지대 요크셔 지방을 떠난 적이 없었다. 세 자매가 모두 삼십, 사십의 나이에 죽기도 했지만, 19세기 초반 여성들에게는 먼 곳으로의 나들이는 생각 지도 못했을 것 같다. 단지 앤 브론테만은 일찍부터 스카보로우 지방을 동경하고 좋아하여 그곳에서 살다가 죽었고, 그곳에 무덤이 있다. 그 밖의 브론테 가정의 온 식구들은 일생 살았던 그들의 가정 목사관과 교회의 정원에 묻혀 있다.

브론테 자매들은 똘똘 뭉쳐 매일 인근 마을이나 산야를 헤매며 먼 나라를 동경하며, 상상의 세계에 불을 지피며, 해가 지는 줄 모르고 히스나무 숲속이나 물줄기가 흐르는 계곡의 다리에 앉아 이야기꽃을 피웠다. 그리고 혼자일 때면 글을 쓰면서 끝없는 문학적 상상력을 넓혔다. 고집 세고 감성에 충실한 캐서린이 곧 에밀리 브론테 자신이라고 생각하면, 에밀리는 폭풍의 언덕을 돌진하며 자신의 한과 꿈과 열정을 삭였을 것이라는 상상은 충분히 가능하다. 인근 마을 섬유공장 아저씨에게 동화나 이야기를 들으려고 자주 놀러 다녔었다. 언니로서의 늠름한 모습이 작품 속에서도 그대로 드러나는 제인 에어가 곧 샬로트 브론테 자신이라고 생각한다면, 샬로트는 식구들을 위해 가사를 챙기고 이웃사람들에게 동정과 우정의 봉사를 했을 것이다. 그녀의 행위와 생각들은 좀 더 높은 이념들을 위해 꿋꿋하고 온당한 생각으로 가득했을 것이다.

목사관에서 10킬로미터쯤 떨어진 언덕 위에 그 집은 하늘과 맞닿아 있었다. 탑 위덴즈라 불리는 쓰러져 가는 집, 그곳까지 매일 쏘다니면서 에밀리는 자연을 닮은 순수한 열정과 폭풍을 닮은 격렬한 애정을 꿈꾸었던 것 같다. 드디어 어떤 것에도 구애받지 않고 문명의 떼를 벗어던진 야성의 사나이 히스크리프와 강인한 감성의 여인 캐서린을 만들어냈다. 활동적 자아와 사회적 자아가 분명했던 제인 에어는 나의 어린 시절에 멋있는 선진 여성의 타입이었다. 그러나 이제 나이 먹어 생각해 보면 영원불멸의 원초적 감성과 순수한 자연의 정열을 위해 모든 것을 뛰어넘는 캐시의 눈부신 사랑과 히스크립의 지순한 감성의 몰두, 이것들이 더 맘에 와 닿는다. 어쩌면 우리 사람들이 상실해 버린, 영원히 불가능한, 그러나 갈망하고 있는 근원적인 애정의 모랄을 제시해 준 에밀리 브론테의 폭풍의 언덕에 서서 나는 마음속으로 눈물을 흘렸다.

그때처럼 눈보라가 치거나 비바람 몰아치는, 그 음산하고 굉음처럼 몰아대는 바람과 폭풍의 언덕은 아니었지만, 삼월 말의 따뜻하고 바람도 없고 비도 없는 유례없이 따뜻하다는 봄 언덕에 올라 나는 난데없이 가슴 시리고 눈부시게 아름다운 인간의 감정의 폭과 깊이를 가늠하는 것이었다. 도덕성과 허위와 치장을 벗어던지고 하늘과 맞닿을 듯 높은 언덕배기에 소박하게 서 있는 폭풍의 언덕, 그리고 청춘의 언덕을 지나 높지 않고 둥그스름한 히스언덕들을 몇 개나 지나고 또 마을을 지나 제인 에어의 장원(莊園), 폐허가 되어 버린 저택의 와이칼라 홀에 이르렀다.

조그만 시내가 앞으로 흐르고 뒤로는 넓은 초지들, 앞으로 올려다보이는 언덕배기 산중턱, 그 사이에 희끄무레한 성(城)

같은 저택은 웅장했을 예전의 위용을 가늠시키며 허허롭게 서 있었다. 어쩌다 젊은 날의 바람기로 태어난 딸을 데리고 이 별장에서 살았을 로체스터 씨, 고독하고 못생긴 이상한 분위기의 그를 이해하고 사랑한 제인 에어, 결혼식을 앞두고, 그러나 숨겨져 있는 로체스터 부인의 발광으로 집안이 불타게 됨으로써 그 정체를 깨닫고 바깥세상으로 떠나가는 제인 에어, 훌륭한 일자리와 구혼자가 생겼어도 로체스터를 다시 찾아 돌아오는 제인 에어, 순수한 사랑에의 충성이 가슴을 미어지게 한다.

부인이 불을 지른 집터에 뎅그렇게 앉아서 제인 에어를 쳐다보는 로체스터의 눈이 멀어 있었던가? 제인 에어의 발소리만

[사진 17] 폭풍의 언덕, 탑 위덴즈

[사진 18] 와이칼라홀, 폐허가 된 제인 에어의 장원

들고도 그녀를 인식한 로체스터도 분명 제인 에어를 영혼 끝까지 사랑했음에 틀림없다. 결국 에밀리 브론테의 캐서린이 보여주는 사랑의 집념과 몰두는 샤로트 브론테의 제인이 보여주는 사랑의 완성과 충성을 통해 보다 성숙한 인간성의 세계에로 들어간다고 보여진다. 물론 제인의 사회적 봉사와 신뢰의 길을 거쳐서. 제인 에어가 이념소설이라고 한다면, 폭풍의 언덕은 감정소설이라고 할까 싶다.

(2002. 3. 29)

지구상에서 가장 아름다운 곳, 워즈워스의 고향 호수지방

브론테 자매가 생전에 '수선화와 무지개와 호수의 시인', 윌리엄 워즈워스를 만났다는 기록은 없다. 그러나 워즈워스가 살고 있는 호수 지방으로 가끔 놀러갔었다는 기록은 있다. 사오십 년 인생 선배인 워즈워스는 캠브리지 대학을 졸업한 이후, 그 당시 이미 대단한 명성과 계관시인의 영예를 누리고 있었고, 브론테 자매는 작품 몇 개를 발표하고 명성이 날리기도 전에 죽어 버렸던 것으로 보아 서로 만나지 못했음에 틀림없다. 비슷한 시대에, 비슷한 낭만주의적 문학성을 띠면서도 시인과 소설가로서, 또 남자와 여자로서, 또 유명한 대가와 이름 모를 풋내기 작가로서, 두 세계는 서로 만날 수도, 비교될 필요도 없는 제각기의 길이었음을 느끼게 한다.

브론테 자매들의 고향, 하워스에서 몇 시간 북서쪽으로 달려가면 호수지방의 관문인 윈더미어에 이른다. 그곳에서부터 국립공원 지대 안에 스무 개도 더 된다는 호수들이 빼어난 풍광의 산과 들을 껴안고 이어진다. 또 얼마만큼 가면 '지구상에서 가장 아름다운 곳', 그라스미어라는 마을에서 워즈워스의 젊은 날의 집인 '비둘기 집(dove cottage)'에 이른다. 그 집 앞에서 몇 발자국 안 되는 곳, 교회 앞마당에 그의 죽음을 장식한 그의 무덤도 보인다. 워즈워스의 좋은 시들은 거의 이 시대에 씌어졌다. "무지개를 보면, 내 가슴은 뛰고, 어린 날도 그랬고, 어른인 지금도 그러하고, 늙어서도 그러할진대, 그렇지 못하다면 차라리 죽음이 더 나을 것이다." 나이는 먹어도, 외모는 늙어가도, 마음만은 청춘이라는 말이 맞다.

나도 그러하다. 가슴이 뛰는 건 어렸을 때보다 더했음 더했지 못하지 않다. 마음이 약해져서일까. 인생이 너무 소중하고 아름다워서일까. 아니면 늙음과 함께 내게 준 축복들이 달아나버리지나 않을까 조바심이 나서일까. 어렸을 적 읽었던 워즈워스의 장시 「불멸의 송가」에 나오는 몇 개의 시들을 기억해내며, 가슴 뛰는 인생찬가를 읊조려 본다. '무지개', '수선화', '초원의 빛' 등등으로 쪼개져 읽혔던 시들이었다. 지난날의 꿈과 사랑과 고통을 떠올리며, 다가올 인생 후반부에 대한 기대와 행복을 기도해 본다.

"하나님 아버지, 저는 어떤 인생을 주셔도 달게 받을 겁니다. 지금까지 제게 주신 축복만으로도 저는 충분히 행복하니까요. 이제

[사진 19] 교회 안 십자가 밑에 있는 워즈워스의 무덤

늙어 영락하고 시들고 보잘것없어져도, 저는 어린 날의 행복을, 젊은 날의 영광을 추억할 것입니다. 어린이는 어른의 아버지!"

"순수함을 잃느니 차라리 죽음이 낫다"는 워즈워스의 장엄한 인생찬가는 그라스미어의 푸르른 물결과 온화하고 따스한 풍광이 아니면 생각할 수 없었을 것이다. 인생에 대한 초자연적인 외경심, 그리고 물질과 지식의 상처를 치유해 주는 어린애처럼 소박한 인간애에 대한 동경이 사무치게 그리워진다.

비바람 몰아치는 언덕에도 이전에는 햇빛이 찬란했고,
따뜻한 태양이 빛났던 것을 저는 압니다.
꽃봉오리 겹겹이 순결하고 터질 듯 아름다워도
이울면 흩어지고 떨어져 내리는 걸 저는 압니다.
그래도 저는 서러워하지 않을 것입니다.
서러워하기보다는 차라리 옛 봉오리를 추억하고,
또 시드는 꽃잎의 의미를 생각하고,
시들어 땅에 떨어지면 또 다른 꽃봉오리가 예비 됨을 알기에
저는 결코 슬퍼지지 않을 겁니다.
(…………)
그래서 물결 따라 바람 따라 수선화 여린 꽃잎
이리저리 흔들리면 내 몸도 흔들리며 춤출 것이며,
구름처럼 자연의 흐름을 따라 외롭게 방랑할 것입니다.

여왕 모후의 장례식

10일장으로 치러진 엘리자베스 여왕 어머니의 장례식에는 영국왕실의 가족들, 블레어 총리와 메이저, 대처 전 총리를 위시하여 부시 미국 대통령 부인, 유럽의 왕족들과 중요 인물들이 참석하고, 사제들과 왕립 성가 단원들이 착석한 가운데 웅대하고 장엄하게 이루어졌다. 캔터베리 대주교의 집전으로 축도가 베풀어지고, 찰스 황태자와 두 아들들의 침통한 표정들에 이르기까지 많은 저명한 인물들의 생김새와 표정들, 그리고 영국의 전통적인 의식들을 가까이에서 볼 수 있었다.

아침 9시부터 오후 2시까지 줄곧 텔레비전 앞에 앉아서 많은 것을 다 한꺼번에 알아버리려는 듯이 그렇게 감상했다. 둥그스름하고 후덕하게 생긴 인자한 모습의 왕비이자 여왕의 어머니는 1세기를 살고 천국으로 향하는 여행을 떠났다. 많은 사람들의 축복 속에, 위엄과 우아함과 자비함을 한 몸에 지니고, 사랑과 존경을 한 몸에 받으며, 일백한 살의 나이로 세상을 떠났다. 생전에 많은 영욕이 있었을 것이고, 많은 고통과 인내가 있었겠지만, 그러나 개인적으로 백성들을 사랑하고, 또 그 백성들의 지지를 받으며 호화스럽고 평안한 생을 살았을, 현 엘리자베스 여왕 어머니의 삶은 여성으로서 금세기 최대의 축복받은 삶이 아니었을까 생각된다.

영국 조지 6세 왕을 사별하고 오십 년을 혼자 살면서 2차 세계 대전의 와중에서도 윈저궁을 떠나지 않고 왕족들을 보살폈다고 영국인들이 자랑스러워하는 할머니 여왕. 왕실의 어른으로서 질서와 예의와 위엄을 실행할 줄 아는 여성이었다. 역사의 많은 질곡들을 거치며 개인보다는 공인으로서의 삶에 더 충실했을 그녀의 삶에 사람들은 꼬박 10일 동안을 애도와 존경의 표현을 아끼지 않았다. 고집스럽게도 전통을 주장하며 공인으로서의 명예를 더 존중하며 살았던 그녀의 전통에 대한 애착과 보수성에 영국 사람들이 바치는 존경은 지대했다. 현대에 와서 어떻게 보면 유용성이 없어 보이는 가치들을 인정하고 존중해 주는 전통숭배의 정신과 옛것에 대한 경외심을 볼 수 있었다.

이 거대한 장례식에서 얼마나 많은 사람들이 부러움과 존경의 예를 다 바치며 역사의 계승과 전통의 웅대함과 우아함에 깊은 감동을 가지는지 짐작할 수 있었다. 독일 바이체커 대통령의 얼굴도 볼 수 있었는데, 아마 그도 이 순간 역사의 단절성과 무수한 질곡 때문에 전통의 계승이 어려웠을 독일의 역사를 생각하고 슬픔과 회한과 부러움을 느끼지 않았을까 싶다. 웨스트민스터 사원에 안치된 그녀의 관을 참배하기 위해 4일 동안 이십오만 명 이상의 인파가 그곳을 찾았다. 보통 대여섯 시간을 줄을 섰으며, 야영을 하고 그 주변을 떠나지 않은 인파들도 많았다. 웨스트민스터 사원을 직접 가서 보는 것보다도 더 자세히, 더 많이, 더 깊게 텔레비전을 통해 볼 수 있어서 좋았다.

(2002)

스코틀랜드 마지막 왕비 메리 스튜어드(Mary Stuard)

영국은 어딜 가나 오래된 건물과 시골의 자연과 풍광이 아름답게 조화를 이루고 있으며, 말이 없이 조용하고 품위 있는 "신사의 나라"라는 말이 잘 어울린다는 인상이다. 북유럽과 발트해 연안의 바다로 둘러싸인 스코틀랜드는 들판과 산악이 잘 어우러진 고지대로, 북유럽의 바람이 많이 느껴지는 곳이다. 학생 시절 책에서 읽었던 메리 여왕의 한스런 역사를 생각하며, 에딘버러궁에 들어가 보았다. 높은 바위산 언덕 위에 햇살은 눈부시게 빛나고, 봄바람의 한기는 쓸쓸하게 궁전 주위를 휘감고 있었다. 에딘버러 시가지가 한 눈에 내려다보이는 성벽에 기대어 어디선가 들려오는 목동의 피리 소리 들으며, 한 많은 질곡의 역사, 메리 스튜어드의 비극을 기억해 낸다. 독일의 극작가 쉴러가 1800년에 썼고, 동년에 바이마르 극장에서 상연되어 대단한 호평을 받았었던 〈마리아 슈투아르트(Maria Stuart)〉에 대한 기억

[사진 20] 에딘버러궁. 15~16세기 스튜어드 왕가의 성, 브리튼 제국의 창시자 제임스 1세의 탄생지.

을 불러낸다.

　메리 스튜어드 여왕은 로맨틱하고 비극적인 여주인공으로서, 요염한 간부이자 살인범이자 순교자로서 논쟁의 대상이 되는 인물이었다. 그녀가 살았던 시대는 유럽의 종교개혁의 시대로 영국과 프랑스와 스페인 사이에서 항상 싸움이 끊이지 않았다. 스코틀랜드는 지리적 여건에서 그 싸움의 중심지가 되어 결혼이 정략적으로 이루어지곤 했다. 그녀의 파란만장한 생애도 스코틀랜드의 여왕으로서 영국 왕가와의 결혼으로 인해 영국의 왕위를 주장할 권리가 있는 그녀의 상황 때문이었다.

　13세기 말부터 16세기 말에 이르도록 스코틀랜드는 스튜어드 왕가가 지배해 왔다. 영국의 지속적인 침략과 스코틀랜드의 독립전쟁 끝에 14세기 초에 영국은 마침내 스코틀랜드를 독립국가로 인정했다. 16세기 초, 종교개혁의 영향으로 온 유럽의 로마가톨릭교회가 도전을 받고 있었다. 영국의 왕 헨리 8세는 강한 신교운동으로 교회 영지들을 장악하고, 자기 딸을 스코틀랜드 왕 제임스와 결혼시키려 했으나, 제임스는 프랑스의 세력 있는 귀즈 가문의 메리와 결혼했다. 메리 스튜어드는 귀즈 가문의 메리에게서 1542년 태어났다.

헨리 8세와의 전쟁에서 대패하고 상심에 젖어 있던 아버지 제임스 왕은 메리 스튜어드가 태어난 지 6일 만에 죽고, 메리 스튜어드는 유아로서 왕위를 계승했다. 어머니 귀즈의 메리는 딸 메리 스튜어드를 아직 여섯 살이 안 되었을 때 프랑스로 보냈다. 어린 메리 여왕을 영국에서 길러 자기 아들과 결혼시켜 스코틀랜드와 영국을 연합시키려는 헨리 8세의 야심으로부터 어린 여왕의 안전과 스코틀랜드의 독립을 지키려는 의지에서였다. 프랑스에서 어린 메리 여왕은 어린 왕자와 약혼을 했고, 건강하고 안전하고 행복한 세월을 보내면서 매력적인 숙녀로 성장했다. 메리는 라틴어, 이탈리아어, 그리스어까지 배웠고, 평생 스코틀랜드어와 프랑스어를 유창하게 했다. 그녀는 춤과 노래, 악기, 그림, 수놓는 일에도 재주가 있었고, 키도 훤칠하게 크고, 우아한 용모를 갖춘, 아름답고 다재다능한 숙녀로 자라났다.

스코틀랜드에서는 메리 여왕의 어머니가 섭정을 하고, 프랑스 관리들을 많이 임용함으로써 주위의 원망을 가져왔다. 종교 개혁의 창시자 존 녹스의 등장으로, 군중들에 의해 교회와 수도원들이 공격당하고 파괴되어졌고, 이전의 섭정, 도우저 여왕은 군대를 투입했는데, 프랑스인들이 많았다. 분개한 종교개혁가들은 영국에 원조를 청했고, 에딘버러 항구는 영국군과 스코틀랜드군의 싸움터가 되었다. 결국 에딘버러조약에 의해 영국과 프랑스 군대들이 이 나라를 떠나게 되고, 새로운 국가교회가 창설되어졌다.

어린 메리 여왕의 어린 남편 프란시스는 시아버지 헨리 2세의 갑작스런 죽음으로 프랑스 왕위에 오르게 되었으나, 그해 말 연약한 프란시스도 죽게 된다. 메리의 나이 18세였다. 그녀는 조국을 떠난 지 13년 만에 스코틀랜드로 돌아왔다. 메리는 그녀의 하인들로부터 따뜻한 환영을 받았고, 특히 스코틀랜드의 해군제독 보스웰 백작의 환영을 받았다. 메리 여왕에게는 두 가지 목적이 있었다. 하나는 자신의 백성들을 잘 협력시켜 확고한 통치체제를 건설하는 일이고, 또 하나는 영국 왕위계승권에 대한 엘리자베스의 확인을 얻어내는 일이었다. 그녀는 엘리자베스보다도 더 영국 왕위계승권이 우위에 있었다.

그녀는 종교개혁의 창시자인 존 녹스와 대립했다. 존 녹스는 여성이 지배자가 되는 일은 자연의 이치에 어긋나는 일이라고 주장하며, 메리가 가톨릭의 왕위 계승자와 결혼설이 있었을 때, 가톨릭교도와의 결혼의 부당함과 사악함에 대해 훈계했다. 메리 여왕은 그를 추방시켰다. 많은 사람들이 정략적으로 메리 여왕과의 결혼을 서두르고 있었지만, 메리 자신은 돈 카를로스에게 마음이 끌렸다. 돈 카를로스는 그녀보다 세 살 나이 어렸고, 서로 사랑했던 남편 프란시스를 연상시켰기 때문이었다. 그러나 돈 카를로스는 정신적 장애가 심해지고, 결국 결혼은 포기되었다.

그 무렵 레녹스 경의 아들 헨리와 그녀는 결혼식을 올렸고, 결혼 전에 헨리의 왕위를 선포했다. 헨리는 제임스 4세의 손자로 그녀의 사촌이었고, 영국 왕통의 계승자였다. 그러나 헨리는 궁정에는 관심이 없었고, 왕족들, 동료들과 주색과 사냥에 빠져 있었고, 메리는 상속인 아들을 낳게 되었다. 그리하여 열세 달 된 어린 왕자가 제임스 6세의 왕관을 쓰게 되었다. 엘리자베스 여왕은 어린 왕자 제임스 6세를 영국 왕실로 데려와서 친할머니에게 기르도록 했다.

보스웰 경은 메리 여왕이 없는 사이에 헨리의 거처를 폭파시켜 방자한 왕 헨리를 죽게 하고, 메리 여왕과 결혼했다. 보스웰은 헨리왕의 암살자로 지목받고, 메리 여왕도 연루되어 있음을 의심받았다. 한 달 동안 지속된 결혼은 이내 도망으로 불행의 종말을 향해 치닫게 되었다. 보스웰은 도망 다니다 덴마크의 감옥에서 옥사하고, 메리는 남장을 하고 이리저리 표류하다 사촌인 엘리자베스의 도움을 청하였다. 엘리자베스 여왕은 메리를 웨스트민스터 멀리 떨어진 북쪽에 머무르게 했고, 메리는 긴 여생을 감금 상태로 보냈다. 가톨릭 그룹의 바빙톤 경은 메리를 영국의 왕위에 즉위시키기 위해 엘리자베스를 암살할 계획을 세웠다. 메리는 이들을 편지로 격려했고, 마침내 1586년 가톨릭의 순교자로 되어 교수대에 끌려가 사형 당했다.

메리는 아들 제임스 6세를 어린 유아시절 이후로 한 번도 보지 못했었고, 구금 상태에 있으면서 편지들, 선물들을 보냈지만 그에게 도달되지 못했다. 궁정에서 그는 자기의 아버지와 어머니를 증오하도록 교육되어졌다. 어머니의 교수형에 대한 그의 반응은 애매했지만, 그는 곧 엘리자베스의 논리를 정당한 것으로 받아들였다. 1603년 엘리자베스 여왕이 후사가 없이 죽게 되자 그는 영국 왕위에 올랐고, 잉글랜드와 스코틀랜드의 병합을 이루며, '브리튼'으로 알려진 나라의 1세, 제임스 1세가 되었다. 1612년 제임스 1세 왕은 어머니 메리 여왕을 위해 커다란 대리석 무덤을 만들게 했고, 웨스트민스터 사원에 사촌 엘리자베스 여왕의 무덤 가까이에 안치시켰다. 그 후로 2백년 가까이 런던은 정치와 무역의 중심지가 되었다. 19세기 후반 메리와 제임스의 무덤, 그리고 수많은 스튜어드 왕가의 계승자들의 무덤이 정비되었다. 스튜어드 가문의 혈통은 모든 브리튼 지배자의 혈관을 흐른다.

영국의 브리튼 제국을 만들었던 제임스 1세와 그의 친어머니 메리 스튜어드 스코틀랜드 여왕, 그리고 '해가 지지 않는 나라' 영국의 초석을 깔았던 엘리자베스 1세, 그들의 삶과 성격이 잘 그려져 있는 문학작품이다. 엘리자베스 1세 여왕은 결혼도 하지 않았고, 메리 여왕은 결혼을 세 번씩이나 하면서 파란만장한 생을 마쳤다. 두 여인의 대립된 삶에서 우리는 메리 스튜어드의 여성으로서의 매력과 자질 등에 더 인간적인 아픔을 느끼는 것 같다. 그녀의 말대로 그녀의 종말에는 그녀의 시작이 있었다. 가볍지만 화려한 매력의 소유자 메리의 정신이 고난을 통해서 정화되어 내면적인 자유를 획득하는 데 비해서, 승리자인 엘리자베스는 오히려 정신적으로 패배하여 고뇌에 빠지게 된다는 점에서 운명의 아이러니를 느끼게 한다는 것이다.

(2002. 4. 3)

가을, 2학기 귀국

영국에 와서 놀라운 것은 그들이 하나같이 역사성과 전통의 그늘에 이끼 끼어 있는 음습한 구석구석을 고슬고슬하게 간수하고, 돌보고, 또 고쳐가며 원형을 보존하고자 애쓴다는 것이다. 새것으로 바꿀 수 있는 집도 그대로 두며 수선하고, 이리저리 확장하며 절대로 부수지 않는다. 새것이 편리하고 좋다는 우리 환경에서 보면 답답한 부분도 있지만, 요즈음 하늘 모르고 올라가는 아파트 신축공사에 마음 불편할 때도 많이 있다. 이제 나도 이곳에서 육 개월 가까이 살다보니 골동품이 되어 가는 기분이다. 작은 것도 소중하고, 못난 것도 헤프게 버리지 말기, 외모보다는 순수한 마음 다지기, 사랑으로 나누기, 새것 사기보다는 헌것 아끼고 간수하기, 물건 많이 사지 않기, 불편한 것 참아내기, 한국에 가도 꼭 이런 식으로 살기, 아이들에게도 교육시키기, 마음으로 몇 번씩 다짐한다.

어렵게 결단하고 12개월을 계획하고 떠났던 나의 영국 체류는 유감스럽게도 도중에서 하차하고 말았다. 떠나올 때의 결단만큼이나 돌아갈 때의 결단도 만만치 않는 번민 속에서 이루어졌다. 그것은 사랑한다는 이름만으로도 적합지 않는 나의 어머니에 대한 운명의 끄나풀 같은 것이 나를 귀국으로 이끌었기 때문이다. 어머니가 심히 아프셨다. 평소에도 병약하셨지만 내가 떠나온 뒤로 어머니께선 창자와 직장이 꼬인 아픔으로 수술을 받으셨고, 마취제와 독한 신경약의 복용으로 정신적 혼란까지를 보이시며 음식을 섭취하지 못하시고, 탈진과 혼수상태에 빠지게 되었다. 2주일간 일시 귀국해서 어머니 곁에서 머무는 동안 어머니는 의식과 무의식의 순간을 넘나들고 계셨다.

'어머니, 당신이 어떤 분 이시 길래 이승에서 딸 하나 점지하시고, 그 긴 무망함과 슬픔과 질곡의 세월을 살다가 이제 그렇게 가시려 하십니까? 하나뿐인 딸을 캠브리지라는 들어보지도 못한 땅으로 보내놓고, 너무 걱정스럽고 허전한 나머지 그렇게 정신을 놓으셨는지요? 이 낯선 땅에서 오늘도 이곳저곳 돌아다니며 부딪치는 돌부리마다 눈물을 뿌리며, 아파 누우신 어머니 곁으로 돌아가야 한다는 생각으로 번민했습니다. 제가 가서 도와드릴 게요. 어머니 꼭 사셔야 해요. 어머니 마음에 흡족할 때까지 이 딸이 살아가는 모습 옆에서 응원해 주시며, 젊었을 때처럼 당신의 손녀, 손자들 길러주시고, 그들이 당신을 간호해드릴 때까지 사셔야 해요.'

어머니의 병환이 너무 위중해서 6개월간의 연구 체재를 마감하고, 2학기 강의에 맞추어 9월 초에 귀국했다. 그때 마침 독일 마인츠 대학교의 국제 직업인들을 위한 하계연수가 8월 2일 시작해서 31일에 끝나므로, 연수를 마치고 돌아올 수 있어서 다행이었다. 비록 연구년을 6개월로 단축해서 귀국했지만, 마지막 한 달 동안의 대미를 독일의 전문 과정 연수로 장식할 수 있어서 그나마 위안이 되고, 기쁨과 보람이 되었다. 그리하여 다시 직업 현장으로, 가정으로, 그리고 어머니의 곁으로 돌아왔다. 부딪치고 부대끼고 동분서주하면서 살아가는 삶, 그것이 곧 하나님이 내게 주신 소명임을 깨닫는다.

또 다시 가을, 내 맘 속의 칸나와 실비아는 어디로 사라졌을까? 언젠가 나는 우연히 꽃씨 한 봉지를 얻었었다. 민들레 꽃씨처럼 우연히 날아든 실비아 꽃씨 한 봉지. 그 해 초봄에 베란다 한 쪽에 비어 있던 화분 두 개에 나는 그 꽃씨를 심었었다. 이름하여 깨꽃! 얼마 안 가 화분 두 개를 꽉 채우도록 많은 꽃나무들이 싹트고 자라나서 솎아내고 튼튼한 녀석들만 키웠었다.

비록 우리의 정원에서 칸나와 실비아꽃은 사라졌어도, 내 마음의 정원에는 언제나 피어 있다. 가을 추위가 지나가고 겨울 매서운 서릿발 추위가 다 지나가도록 꽃은 피어 있다. 어쩌면 춘삼월이 와도 꽃은 살아남을 것 같다. 비록 꽃 초롱은 시들어 화분 위에 수북이 떨어지지만, 비록 탱탱한 탄력은 잃었지만, 주글주글하고 빛은 퇴색했지만, 아직도 빨간 꽃 초롱은 남아 있고, 아직도 여전히 붉은 야생 실비아는 따갑고 찬란한 가을볕을 온몸으로 맞으며 베란다를 장식한다. 나는 시들어가는 야생 실비아꽃에서 마치 영국식 정원에 피어 있는 은종꽃, 튤립, 수선화, 은방울꽃을 연상하며 지나간 봄을 기억한다. 하지만 잠시 영국에서의 의기양양하고 부풀었던 자유와 의욕과 낭만의 기대감은 이제 또 다른 일상과 직업의 인내와 노동의 소명으로 대치된다.

(2002. 9)

5. 회상의 강물 따라
(자전적 글모음)

　많은 글들이 수집되어 여기에 수록할 수 있어서 기쁘다. 그러나 결정적으로 대학교 때 썼던 몇 편의 글들을 찾을 수 없어서 아쉽게 생각한다. 특히 내가 대학교 2학년 때, 1967년 외대문학상 수필부문에 1등으로 당선되었던 수필을 찾을 수 없어서 정말 유감이다. 그 당시의 대학신문도, 대학교지도 찾을 수가 없다. 아니 찾으려고 노력해 보지 않았다. 「자아의 성」이란 제목이었다. 제목에서 풍기듯이 대학교 2학년 초, 그때까지만 해도 나는 세상 물정을 몰랐고, 그에 대한 관심도 사랑도 없었던 것 같다. 오직 이상, 꿈, 실력 쌓기, 내 마음 다지기, 이런 이상의 울타리 안에서 내 세계만 꿈꾸고 살아가고픈 마음을 기록했던 것 같다. 젊은 날의 나의 이상, 고독감, 자존심, 이런 것들로 가득 차 있는, 조금은 답답하고 세상에 대한 이해와 사랑이 부족한 마음의 기록일 수도 있겠다 싶기는 하다.

『사랑』을 읽고

내가 여기에 쓰려고 하는 것은 우리 문단의 거성이요 육당 최남선과 함께 개화계몽기 신문예운동의 선구자요, 개척자인 춘원 이광수의 대표작 『사랑』이다. 중학교 1학년 때 학교 도서관에서 우연히 이 책을 읽었는데 몇 년이 흐르는 동안, 그 구체적인 스토리는 벌써 희미한 기억이 되고 말았다. 그러나 나의 순진한 마음에 어떤 커다란 파문을 일으켰던 것만은 사실이며, 그 감명은 아직도 가슴에 생생하다.

이 책은 여주인공 석순옥과 안빈과의 육체를 초월한 정신적인 사랑, 이것이 강한 주제가 된다. 거기 이면에는 뭇사람의 시기와 모략과 중상, 그리고 남편을 신뢰하는 정숙한 아내의 갈등, 겉만 번지르르 한 속살 없는 청년, 의처증, 의부증 등 추악한 인간의 내면과 사회의 단면을 내포시키고 있다. 주인공 석순옥의 안빈에 대한 사랑은 육을 초월한 승화된 정신의 세계요, 고귀한 사랑이다. 내성적 성격에 아름다운 용모를 갖춘 순옥은 사랑하는 사람과 숭고한 사랑 그 자체를 위해서 자기를 추근추근 따라다니는 마음에도 없는 남성과 결혼한다.

"사랑이란 육적 결합이 없어도 좋다. 그의 아내가 되고 싶다는 생각만을 가져도 그건 사랑에 대한 모독이다. 인과응보로서 전생의 아름다운 인연으로 인하여 이 세상에서 이렇게 그와 함께 살고 있다. 그리하여 내세에까지 이른다. 그는 나의 신앙이요 구세주다." 이런 사상이야말로 영원불멸의 위대하고도 청순한 사랑이 아니고 무엇이랴? 소위 플라토닉 러브(platonic love)란 이를 두고 말하는 것일 게다. 남자주인공 안빈은 사회적으로 저명하고 과묵한 성격의 소유자이다. 그가 순옥을 사랑하는 마음에는 티끌만큼의 불순과 세속적인 무엇이 있을 수 없다. 그의 아내가 죽었을 때 주위 사람들은 그에게 왜 순옥을 사랑하면서 결혼하지 않느냐고 하면서 결혼하기를 권했다. 그때 그는 말했다. 그녀를 너무도 사랑하기 때문에 그와 결혼할 수 없다고. 안빈은 사회적으로 명성 있는 의학박사요 시인이요 인격자이며, 아이들에게는 인자한 아버지요, 아내에게는 충실한 남편이다.

한편 허영이란 사람을 등장시켜 정신과 육체, 선과 악, 인격과 비인격의 극과 극을 대립시키고 있다. "오, 나의 여왕이여! 천사여!" 하면서 땅에 무릎을 꿇고 사랑을 고백하는 모습은 추한 것 중에서 가장 추하고, 그 아첨하는 것 같은 태도는 그지없이 비굴하다. 시인이라는 미명의 탈을 쓰고, 이름처럼 헛된 정열을 내뿜는 일종의 마성을 다분히 가지고 있는 허영. 자기의 딸을 혹시 안빈의 딸이 아닌가 하여 집에 가두고 마구 때리고 속박하는 시어머니와 허영, 안빈과 비교할 때 그야말로 저속하고 야만적이요 졸렬하다.

안빈의 정숙한 아내 옥남은 남편의 인격을 믿기 때문에 사회의 비난과 중상 속에서 눈 감을 수 있었던 여인이다. 허나 그녀도 인간인지라 남편과 순옥을 믿느냐, 사회의 풍문을 믿느냐 하는 갈림길에서 번뇌하지 않으면 안 되었다. 그러나 끝내 그녀의 사려 깊은 마음과 맑은 이성의 힘은 현숙한 아내로서의 긍지를 잃지 않게 하였다. 전형적인 현모양처 형이다. 석순옥과 자매처럼 가까운 사이이며, 한국 사람의 순박하고 너그러우며 따뜻한 애정을 가지고 있는 평범한 여인 박인원에게서 또한 평범의 비범처럼 보다 아름다운 무엇이 깃들어 있을 것 같아 사뭇 매력을 느끼게 된다.

참으로 이 책은 진실한 사랑이 무엇인가 하는 의문에 대한 열쇠를 제공해 준다. 우리는 이 책에서 진실한 사랑이란 위대한 힘을 낳는다는 것을 읽을 수 있다. 순옥이는 자기에게는 증오의 대상이어야 할 허영을 물질적으로 도와줄 뿐 아니라 정신적으로도 그를 불쌍히 여긴다. 그녀가 마음의 여유를 가질 수 있고, 나아가 인간애를 느낄 수 있는 박애정신의 위대한 힘의 원천, 두번 세번 그와 결혼할 수 있었고 극히 위험한 병이 발생하여 시집의 온 식구가 병들었을 때에도 그들을 끝까지 간호해 주는 천사와 같은 마음씨, 이 모든 것이 그녀가 안빈을 사랑함으로써 이루어질 수 있기 때문에 사랑이란 위대한 힘을 창조해 낸다고 말할 수 있다.

석순옥과 안빈의 고귀한 사랑이야말로 메마르고 부도덕한 현실세계에 핀 한 떨기 꽃이다. 혹자는 이 책을 "비현실적이요, 허위허식이 많은 꿈같은 소설이다. 이 세상에 그렇게 위대한 사람이란 있을 수 없다. 있다면 그는 성자다."라고 나무랄지도 모른다. 아니 그 당시 사람들은 이러한 비난의 화살을 수없이 작자에게 던졌다 한다. 그때 작자는 "그를 성자라고 말하는 이 땅의 도덕이 의심스럽다. 이처럼 사회의 도덕이 몰락했단 말인가?"라고 말했다 한다. 이 얼마나 부패한 사회상에 대한 한숨과 처절함이 어린 절규이며 타당하고도 알찬 말이냐. 사실 이 세상에 이처럼 훌륭한 인간이 얼마나 존재하겠는가? 육체와 관능의 존재인 인간이 얼마나 여기에 도달할 수 있을까? 하지만 모든 사람들이 나도 이처럼 아름다운 사랑을 해 보리라 하는 정신, 즉 마음만이라고 가질 수 있다면 이 사회는 한결 고상해질 것이요, 머지않아 진실한 사랑의 경지에 도달하여 사회도덕의 부활을 가져오는 제 일보가 되지 않을까? 이러한 의미에서 나는 이 책을 모든 사람에게 자신 있게 권할 수 있다고 생각한다.

끝으로 이 책을 읽은 지가 사실은 오래되어 여기에 나오는 인물들을 모두 소개하지 못했으며, 또 주인공의 개성을 뚜렷이 밝히지 못했고 잘못된 곳이 있을 것임을 말해 둔다. 다만 이것은 지금까지 나의 뇌리에 남아 있는 이 책에 대한 그 옛날의 절절한 감흥을 되살려 썼음을 고백한다.

(고1, 1963년, 해바라기 12집)

『독일인의 사랑』

더할 나위 없이 고요하고 순결한 자연의 품속에서 어렴풋이
느낄 수 있는 정감같이 잔잔한 독일 사람의 사랑! 나는 독일
국민의 내성적이고 지적인 기질에는 어떠한 사랑이 이루어질
까, 무척 흥미를 느꼈다. 그리하여 나는 이 책을 정성껏 탐독하
여 만족한 미소를 머금을 수 있었다. 이 책에서는 젊은 청년이
사랑하는 데 있어서 상대의 조건을 고려하지 않고 오직 상대방
에게 무엇이든지 되어 주고 싶다는 순수한 세계를 느꼈으며,
내게서 그 숨길이 영원히 그치지 않기를 바랐다.

가끔 나는 친구나 지인들로부터 20세기에 뒤떨어진 사람이라
고 듣기도 한다. 그만큼 단순하고 순수하다는 말일 것이다. 모순
된 환경에 적응할 줄도 잘 모르고 이리저리 잘 뜯어 맞출 줄도
모르는, 융통성이 없는 인간이란 말일 것이다. 난 그저 어떤 사
실이나 행동이 선이라 믿으면 그대로 따라야 한다고 생각해 왔

다. 이 책은 현대인의 발랄하고 결단성 있는 기질로선 어쩌면 고리타분하고 비위에 거슬릴지도 모른다. 나는 지금 나의 이 고루한 판단 위에 어떤 예리한 비판이 가해질 것을 두려워하며 이 글을 쓰고 있다. 그러나 우리 인간의 청순한 사랑에 대한 향수는 애처롭기까지 하다. 구역질나는 세파의 한 모퉁이에서 진정 탈피하고 싶은 순수한 사람들이라면 모두 다 공감의 박수를 보내리라 믿는다.

이 소설은 독일의 범언어학자인 막스 뮐러의 유일한 문학작품이다. 그의 아버지는 슈베르트의 가곡 〈겨울 나그네〉와 「아름다운 물방앗간의 아가씨」의 시인 빌헬름 뮐러이다. 조용한 자세로 과거를 더듬어가는 회상체로 씌어진 이 글들은 전편을 여덟 개의 회상으로 나누어서 사랑의 변천 과정을 볼 수 있다. 그리고 보통 책들보다 형식도 다를 뿐 아니라 그 내용도 조금 이해하기 어려운 것 같은데, 잘 읽어보면 그 문장에 깃들인 독특한 뉘앙스, 부드럽게 펼쳐진 신비와 순수의 언어들, 그리고 목가적으로 그려진 사랑의 풍경들, 이 모든 것이 나로 하여금 고고한 경지의 깨끗한 기쁨을 맛보게 한다.

맨 처음 한 생명이 세상에 나왔을 때, 그는 따뜻한 어머니의 품속에서만 모든 아름답고 고귀한 것을 느낄 수 있었다. 좀 더 자라서 1인칭 '나'라는 주인공이 이웃 귀족집에 갔을 때, 후작부인이 자기를 상냥한 미소와 손길로 맞이해 줌을 보고, 그는 달려가 부인의 목을 잡고 키스하려 한다. 그때 어린이의 진실한 욕구의 표현은 좌절당해야 했다. 그녀는 자기와는 신분이 다르고 또한 남이기 때문에 좋아하는 건 좋지만, 그렇다고 키스해서는 안 된다고 엄마는 일러주었다. 여기에서 어린이는 타인이란 걸 의식하게 된다. 어린이는 타인이란 존재를 알게 되면서부터는 이미 어린이가 아니다. 그리하여 사람은 자기의 감정을 남에게 나타내지 않으려하고 일체가 가장의 표현으로 뒤바뀌게 되는데, 이것이 바로 인간의 비극의 원인이 되는 소이가 아닐까 싶다. 이처럼 어린이의 속에서 눈뜨는 태초의 감정은 그 대상이 무한하고 온 세계를 포괄할 만한 너그러운 사랑이다. 한데 무엇이 이 절대 무한한 사랑을 짓밟아버리는 것일까? 어린이는 세월이 흐름에 따라 성장하고 사랑은 점점 매몰되어 결국에 가서는 극히 실낱같은 사랑이 존재하게 되는 것이다.

이 마지막까지 존재하게 되는 사랑의 순수성을 저자는 말하려 했다. 그건 아담과 이브의 사랑이다. 무엇 때문에 우리는 아담과 이브의 사랑을 오랫동안 얘기해 왔으며, 또 높이 평가하는 것일까? 누가 확고하게 이 문제에 답할 사람이 있을까? 그러나 기왕에 그 사랑이 순수하면 할수록 높이 평가되는 것은 당연지사일 것이다. 우리가 처해 있는 현세에서 우리가 말할 수 있는 사랑은 무엇일까? 무질서하게 남용되는 젊은이의 사랑이 에누리 없이 교환되는 인정거래. 그네들은 자신의 감정에 충실한다는 어처구니없는 이유로 그들의 생리적 욕구 이외에 아무것도 아닌 감정을 위해서 가는 곳마다 상대자를 구하려들며 한낱 유희처럼 된 연애가 가장 모던한 것으로 되어 있는 것은 아닐까?

그런데 책 속에서 한 청년은 외친다. "나는 너의 오빠라도, 아버지라도, 무엇이라도 되어 주고 싶다"고. 청년은 소년시절에 이웃 후작 영양과 친구였다. 백작의 지위를 가진 그 소녀는 병들어 신음하고 있는 연약한 소녀로 언제나 침대에 누워 있었고 두 남자에 의하여 운반되어졌다. 소년은 그녀가 고통을 받을 때 그것을 같이 나누기 위하여 고통의 일부를 떼어 받지 않으면 안 된다고 느꼈다. 그러나 그것을 그 여자에게 말할 수 없었다. 어떻게 말해야 하는 건지 몰랐기 때문에 다만 기도할 수밖에 없다고 생각했다. 이토록 소년의 사랑은 진실하고 순진했다. 그후 얼마 동안 그는 대학시절을 타향에서 보냈지만 그녀는 줄곧 그의 맘속에서 이미지 속의 수호신이 되어 있었다. 그는 그녀가 자기의 또 하나의 자아라고 믿었다. 하지만 그녀는 자기 맘속에서 현실적인 존재가 아니며, 또 존재할 수 없다고 생각했다. 얼마 후 귀향하여 변함없는 옛 친구로서 그녀와 재회하여 평탄한 사귐으로 즐거운 나날이 계속되었다. 하지만 며칠 못가 그녀는 몸이 쇠약해질 대로 쇠약해져 휴양차 시골로 내려가 버리고 다시는 찾지 말라는 경고를 받았다.

그는 불길처럼 타오르고 물결처럼 넘치는 흥분 속에서 자신의 사랑을 그녀에게 알리고 싶었다. 아니 다만 그 여자의 마음을 호흡하지 않고는 베길 수 없었다. 그는 그녀를 찾아 며칠을 헤매다 기어이 만나고야 말았다. 둥그런 달이 빛나는 밤, 모든 것이 정화된 순간에 그는 사랑을 고백한다. 그녀는 "로미오가 줄리엣을, 줄리엣이 로미오를 사랑하는 것 같은 사랑은 불행해요. 상대방이 애인에 대하여 준 그대로의 행복에 찬 슬픔을 간직한 채 그냥 자기의 길을 가버리는 조용한 축복 같은 사랑을 해 주길 바랍니다."라고 괴로운 듯이 말한다. 여기가 바로 저자가 말하려는 '독일인의 사랑'의 핵심이 아닌가 한다. 그러나 그는 그와 같은 사랑을 바치겠노라고 하면서도 목마르게 호소한다. "나의 것이 되어 주십시오, 마리아!"

초지상적인 사랑을 하면서도 끝내 마리아에게 자신의 사랑과 동시에 그녀의 사랑을 확신시키려는 모순, 여기에 어쩔 수 없는 인간의 갈등과 야욕이 있고, 또한 크나큰 사랑의 모순이 있는 것 같다. 나는 이렇게 생각한다. 만약 그 여자가 자기를 사랑한다는 것과 자기의 사랑을 별개의 것으로 치고, 그녀가 자기를 사랑하든 말든 자기는 무한정 무엇이라도 줄 수 있는 형태의 사랑이었더라면 이 책의 가치는 좀 더 달라졌으리라고. 그러나 아니 어쩌면 고고한 사랑의 정신에 대해 인간이 가장 인간다운 자세로 고뇌하며, 스스로 더 넓고 높은 사랑으로 옮아가기를 이 책은 시사하는 것이 아닐까 싶다. 어쩌면 드높은 인간 사랑으로 옮아가는 고뇌의 모습을 느끼게 해 준다는 점에서 또 다른 사랑의 형태를 우리는 이 책을 통해 생각하게 된다.

(해바라기 13집, 1964년 독서주간기념 교내독후감현상모집 1등)

『마음의 대화』

　항상 글을 읽고 싶어 하는 마음은 실증을 모르고 집요한 것이지만, 그날그날의 생활에 충실하다 보면 자연히 책과 소원해져 버리기가 십상이다. 그러나 철저한 생활인에게도 포근한 정서에 휘감길 때가 있다. 만물이 잠들어 고요하고 까만 어둠이 적요한 가슴을 타고 창문을 드리울 때면, 우린 책상을 마주하고 하루를 더듬어 기록하며, 혹은 슬퍼하고 혹은 보람으로 가슴이 뻐근해져 행복한 꿈을 꾸기도 한다. 때론 시시하고 권태롭고 짜증나는 일 때문에 수치와 혐오로 미칠 것 같은 마음으로 심연에서 괴로워한 적도 있다. 어떻든 우리는 일기라는 형식을 통해 진실한 마음의 대화를 수수하며, 되도록이면 그 일기가 순결한 생각과 행동의 기록으로 남기를 원하면서 반성과 회오와 힐책과 격려 속에서 우린 커가고 있는지도 모른다.

　독서주간의 어느 날, 난 시월의 창공에 고개를 담그고, 지루한 수업과 시험 때문에 피로해진 마음과 때 묻은 신경을 티 없이 맑은 가을 하늘에 맘껏 용해해 버리고픈 마음에서 아무런 의식도 생각도 없이 이 책을 들게 되었다. 그런데 그만 난 이 발랄하고 다정다감한 어린 기록들, 싱싱한 젊음과 박력의 기록들을 공부에 골몰하여 정서마저 외면해 버린 나의 친구들에게 들려주고 싶은 마음으로 이렇게 적어 보았다.

이 책은 지금부터 약 이백 년 전에서 일백 년 전에 걸쳐 살았던 세계적인 여류문인들과 화가, 평범한 아낙네에서 여왕에 이르기까지 다양한 모습들을 발췌해 놓은 일기이기에 이렇다 할 스토리는 없다. 다만 작가들이 자신의 생활과 정서를 마음 가는 대로 숨김없이 기록함으로써 후세 사람들에게 이 글이 읽힐 것이라든가 하는 추호의 선입견도 없이 씌어진 진실한 실제 생활의 기록이다. 그렇기 때문에 거기엔 꾸미기 위한 어떤 미사여구도 허식도 없고, 그러면서도 기록에 그치지 않고 구절구절이 문학적인 정서가 면면히 흐르고 있어 작가들의 가슴속 깊이 감추어진 마음을 들여다볼 수 있다.

특히 작가들의 어린 시절의 기록이 대부분이어서 읽는 이로 하여금 경쾌한 웃음을 자아내기도 하고, 놀랍게도 하며, 시대감각을 초월하여 공감할 수 있는 인간의 본질적인 정서를 감지할 수 있을 뿐 아니라, 생활 주변에서 느낀 소녀들의 솔직한 고백은 우리에게 무한한 친밀감을 준다. 나이에 비해 원숙한 정서가 물결처럼 가슴으로 파고들어 비뚤어지지 않은 곧바른 정서와 생생한 감동과 박력을 부여해 주는 것이다. 가벼운 마음으로 흐뭇하게 읽을 수 있는 작품이라고 본다. 특히 자라나는 어린 중학생들에게 일기의 필요성을 인식시키기 위해서라도 꼭 읽히고 싶은 좋은 책이다.

일기 속에서는 적어도 악인은 찾을 수 없다. 소설이나 수필, 모든 글이 그러하겠지만 우리가 일기를 읽을 때엔 그 사람의 가슴속에 자신을 부합시켜 한 덩어리가 되어 작가의 호흡에 도취되고 마는 절실한 그 무엇이 있다. 이 책에 적힌 내용이 얌체이건 변명이건 자랑이건 간에, 또는 부정한 마음과 부도덕한 생각이건 간에, 비난과 조소로 이 글을 대할 사람이 어디 있을까? 아니면 미워하고 경멸할 자신이 뉘 있을 수 있겠는가?

빅토리아 여왕 편에 이런 구절이 있다. "1839년 5월 24일, 오늘로 나의 틴에이지가 끝나고 스무 살이 된다. 스무 살! 어쩐지 귀에 익지 않다." 빅토리아 여왕하면 우선 대영제국의 전성기와 까다롭고 엄한 나이 많은 귀부인이 떠오를 것이다. 하지만 이 글을 읽으면서 난 대제국의 위엄 있는 군주가 아니라, 여인으로서의 참한 또 하나의 모습을 발견한다. 솔직하고, 때 묻지 않고, 이성적이라기보다는 오히려 꾸밈없이 모든 것에 열중하는 감수성 많은 한 소녀를 본다. 이 책에 적혀 있는 하나같이 유명했던 사람들, 시인, 소설가, 또는 화가들의 역사적인 위치와 그 권위를 인식하기 전에 우정과 사랑에 고민하고 가난과 기아에서 몸부림치는 소박한 인간들의 모습을 볼 수 있는 것이다.

이 책을 읽고 나는 인간이란 나타나 보이는 외면적인 사실과는 전혀 다른 자기만의 내면세계가 있다는 것을 깨달았다. 그리고 우리는 얼마나 그 내면의 진실에 둔감해 있으며, 또 외관적인 형세 유지에만 급급해 있는지를 깨달을 수 있었다. 그러기에 나는 지금부터라도 열심히 일기를 써야겠다는 조그만 각오가 생기는 것이다. 내 나름의 세계를 일구고 가꾸기 위해 나는 오늘부터 일기 쓰는 자세와 그 보람을 소중히 간직하고 길러야겠다.

(해바라기 14집, 1965년 전남도서관협회주최 독후감모집 특선)

잃어버릴 故鄕을 찾아서

구정 때 특별한 틈을 내서 고향엘 다녀왔다. 애들을 학교에 결석시키면서까지 고향행을 강행한 데는 그럴 만한 이유가 있었다. 그 며칠 전 조카아이가 와서 하는 말이 우리고향이 수몰지구로 정해졌다는 것이다. 몇 년 안에 농토를 내놓고 국가에서 배상해 준 돈으로 적당한 곳을 찾아 이주해야 한다고 했다. 어떻게 해서 고향의 땅과 강이 없어지는지 자세한 내막은 잘 모르지만 앞으로 어떻게 하면 좋을지 계획이 서지 않는 모양이었다. 농사짓는 사람이 도시로 간들 뭣을 하고 살 것이며, 또 다른 시골로 옮아가 농사를 짓는다 해도 집안의 역사 묻혀 있는 고향을 버리고 쫓겨 가야 하니 그들의 마음이야 참으로 어이없고 막막하다 할 것이다. 어른들의 난감한 심정과 더불어 남편이 이 소식을 듣고 당하게 될 마음의 아픔이 내게 전해져 옴을 느꼈다. 그래서 나는 멀지 않아 물바다에 묻혀 원형을 잃어버릴 고향을 찾아 나선 것이다.

많은 경험과 기억이 쌓여 있는 때 묻지 않은 자연을 고향으로 갖고 있는 남편은 도시 태생인 내게 그것을 선물해 주었다. 그 고향은 남편과 어울려 사는 동안 내게 호적상의 고향뿐만 아니라 실제로 감정상의 고향이 되고 있다. 남편은 항상 고향이야기를 한다. 처음 만났을 때도 그러했고, 결혼한 지 십 년이 지난 지금도, 이국땅에서 보내는 편지에서조차도 고향이야기를 쓰고 있다. 독일의 자연은 고향의 그것과 흡사하나 그것을 다루는 그들의 방법과 태도는 너무도 물질적이고 기계적이라고. 무가 뽑혀서 담겨지는 전 과정을 기계가 다해 주는 독일의 농가풍경을 보고 눈밭에서 맨손으로 무를 뽑아 개울물에서 씻으시던 어머니의 빨갛게 부르튼 손을 생각했다고 한다. 독일의 농가가 잘 정돈되고 기계적이면 기계적일수록, 불편하고 부대끼는 고향의 어머니들이 더욱 애처롭고 동시에 끈질긴 생의 의욕을 느끼게 해 준다는 내용도 있었다.

그의 이야기를 듣고 있으면 오늘의 그 사람이나, 그 옛날의 그 사람이나 별로 다를 바가 없다는 것을 느낀다. 가난과 역경이란 것도 인간성의 어두운 측면과는 전혀 무관하다는 느낌을 얻는다. 오히려 그것을 배경으로 인간의 순수성은 더욱 두드러질 수도 있다는 것을 느끼곤 한다. 변화되지 않는 그의 천성의 근원은 바로 자연의 순수성과 생명력을 받고 자란 그의 어린 시절이라고 생각한다. 문화의 세련됨과 문명의 편안함에 젖어들면서 우리가 잃어버린 많은 것을 고향은 우리에게 되돌려준다. 탐욕과 거짓에 빠져 우리가 혼미해 있을 때 고향은 우리에게 가야 할 정직하고 진실한 길을 일러준다. 고향은 고통과 시련의 생채기를 어루만져 주는 어머니의 손이며, 성숙과 형성을 위한 끊임없는 추구 속으로 우리를 몰아넣는 원동력이다.

큰댁 뒤에 있는 뒷산의 아름드리나무들과 선조들의 무덤과 뒷산을 휘감고 흐르는 보성강과 강물 따라 펼쳐진 흰 모래사장은 나를 압도한다. 도시의 허약한 부와 안락함 앞에서 그를 지탱해 준 정신적 지주는 바로 이 대자연의 풍요로움이라고 생각한다. 나는 애들을 데리고 이런 곳을 돌아다니며 마음속으로 아빠처럼 너희들도 굳건한 의지와 이상을 가지라고 말했다. 애들은 정신없이 시골의 온 터를 누비며 친척 애들과 함께 뛰놀았다. 꼭 자기의 모교에 가서 자신의 이야기를 들려주고 싶다던 아빠의 소망이 애들에게서 실현되고 있음을 보았다.

날마다 버스를 타고 시외를 달린다. 먼 거리를 달리는 고달픔 속에서도 나는 차창을 통해 보이는 자연의 풍경에서 잃어버린 나의 모든 것을 기억해 내곤 한다. 어린 시절의 끝없는 소망과 천진한 우정과 마음의 평화를, 땀 흘려 일하는 농부들의 생에 대한 진지함을, 그리고 그들의 이런 저런 생활사를 다 읽어낼 것 같다. 사람의 인간성이 아무리 황폐해져도 자기의 고향과 어머니를 생각하면 그렇게 악함을 행할 수는 없으리라. 금천에서 무안에 이르는 국도변의 봄은 화사한 꽃의 축제이다. 새파란

파와 마늘의 향기가 생명의 봄을 알리고 노란 장다리, 유채꽃은 외국영화에서 본 수선화밭보다 더욱 정겹다. 감나무, 배나무, 밤나무에 꽃잎이 매달리고 목련, 살구꽃, 복숭아꽃이 몇 차례 피고 또 지면 나뭇가지마다 복숭아, 배, 살구, 알밤들이 주렁주렁 열리고, 어느덧 계절이 바뀌어 한 해를 또 보내야 되는 길목에 이를 때, 나는 고향에서 보내온 감과 밤과 고구마에 묻혀서 또 한 번 고향에 대한 소중함과 그것의 상실감 사이에서 헤매게 될 것이다.

(1983. 4. 8, 광주일보)

日常의 아픔

아파트 안에서 나는 수없이 그 여자의 얼굴을 보아왔다. 그러나 한 번도 눈이 부딪쳐본 적은 없다. 우연히 그녀의 눈을 볼 때면 그녀의 눈은 이미 다른 곳으로 향해 있고, 또 그녀가 내 눈을 볼 때쯤이면 내 눈도 이미 다른 곳으로 가 있는 것이다. 버스를 내리는데 바로 내 앞에 그녀가 아이와 함께 가고 있었다. 길바닥에 홈이 패어 물이 고여 있는데 엄마는 유유히 가고 있었고, 아이는 그 웅덩이를 건너지 못해 울려고 한다. 나는 얼른 아이를 보듬어서 건네주었다. 그리고 나는 착한 일을 했다고 생각하는 아이가 선생님을 쳐다보듯 그렇게 그녀를 쳐다보았다. 뒤돌아보던 그녀의 얼굴이 여유 있게 앞으로 돌아가고 아무 일도 일어나지 않았다는 듯이 여전히 냉담하게 걸어가고 있었다. 그녀의 곧추세운 목덜미에서 까닭 없는 높은 담을 느끼며 이 나이 되도록 그것 하나 허물지 못하는 자신의 못남이 원망스러워지는 것이다.

옆집 아줌마는 수시로 우리집 벨을 누른다. 그리고는 전화 좀 쓰자고 한다. 더러는 고무장갑도 빌려달라고 한다. 아침 출근 시간에도 벨을 누른다. 화장하던 손을 멈추고 옷을 대강 매무새 하고 나가보면 그녀다. 돈 천원만 빌려달라고 한다. 잔돈이 필요한데 큰 돈밖에 없다는 것이다. 나는 얼른 갖다 주고 부랴부랴 출근을 서두른다. 아파트 계단을 그녀가 닦고 있다. 우리집 순이가 계단을 청소하려면 해가 아파트 지붕 위로 한참은 올라와야 된단다. 계단은 여러 사람이 드나드는 곳이니 가능하면 빨리 닦아놔야 기분이 좋다는 평소의 지론을 솔선수범해 보이는 것이다. 편지함에 꽂힌 우리집에 오는 편지는 대개 그녀가 가져다 준다. 전화비를 어김없이 부담하고 종종 애들의 손에 과자 한 봉지를 들려주기도 한다. 언제나 명랑한 얼굴로 고개까지 수그려서 반기는 그녀의 인사가 나는 특히 좋다. 항상 입과 손의 제스처로만 인사하는 어떤 후배의 모습과는 대조적이다. 그녀는 오만함을 떨쳐버린 질박한 모습으로 항상 직업의식 속에 칩거해 있는 나의 일상의 문을 자꾸 두드리고 있다. 절제와 무관심 속에 갇혀 있는 우리의 마음을 자기에게로, 그리고 이웃에게로 이끌어내고 있다. 비켜가기만 하는 가깝고도 먼 이웃의 눈길을 그녀는 소탈함과 자연스러움과 비이기적 천성의 덕으로 한곳에 집약시킬 줄 알고 있다.

광화문에서 택시를 40분은 더 기다렸을 것이다. 내 앞으로 다가오던 택시가 30미터 쯤 앞에서 멈춰 선다. 손님이 내리고 한 아가씨가 얼른 올라탄다. 택시는 쭉 내 앞을 미끄러져 가더니 저만큼 가서 다시 서고 아가씨가 내린다. 달려가서 택시에 오른 내게 그 아가씨가 묻는다. "고려병원 지나가세요?" 나는 고개를 저었다. 노여움이었다. 그 지점에서 탄 택시는 대개는 그곳을 지나가게 마련이었다. 고려병원이 지척에 있는데 아마도 그 아가씨는 빨리 가지 않으면 안 될 급박한 사정이 있을지도 모른다. 나는 택시 안에서 마음이 편치 않았다. 병원과 연결된 그녀의 이미지가 절박한 상황을 암시하며 내게서 떠나지 않았다. 그녀는 아마도 줄 맨 끝에 서서 발을 동동 구르며 마음 조였으리라. 질서를 고집하는 점잖은 사람들의 뒤통수를 바라보며 한없는 절망에 잠겼으리라. 한 치의 여유도 없이 일직선으로만 치닫는 사고 방식의 경직성을 부끄러워하며 나는 새삼 피로와 추위를 느꼈다. 원리와 원칙으로 딱딱해진 뾰족한 인간성이 보드라운 나의 가슴에 못처럼 박혀지고 있었다. 옆을 보지 못하고 앞만 보고 가는 사람들의 독선의 냄새가 내게서도 풍기고 있음이다.

금붕어가 마저 죽었다고 최 선생은 울상이다. 어미 없이 빨리 가버린 놈들의 시체를 예쁜 휴지로 감싸주며 그녀는 무척 아쉬워한다. 나는 단순한 물고기의 죽음에서 그녀의 마음 한 구석의 허전한 그늘을 훔쳐본다. 대화와 사랑의 대상을 놓쳐버린 쓸쓸함을 읽는다. 언제부턴가 우리는 대화와 사랑의 상대를 인간에서 비인간으로 바꾸어가고 있다. 우리는 서로의 관심과 사랑을

갈구하면서도 항상 두터운 벽을 느끼며 살고 있다. 신뢰와 대화
의 광장에 진실로 겸허하게 나서지 못하는 연유다.

건설의 부산한 소리가 끊이지 않는 청계의 벌판에 바람이 분
다. 거세고 음습한 목포의 바람은 나로 하여금 일상의 어두운
때를 벗지 못하게 한다. 너와 나의 알 수 없는 거리, 극기와 인내
의 먼 도정, 그리고 불투명한 인간성에 대한 상념들이 나의 일상
을 더욱 아프게 한다.

(1983. 6. 2, 광주일보)

미운 오리새끼

얼마 전 나는 텔레비전에서 젊은이들이 자신의 인생을 이런 일에 걸겠다고 주장하는 내용을 들은 적이 있다. 나는 한 여학생의 말을 아주 감동 깊게 들었다. 그녀는 어렸을 적의 자신은 미운 오리새끼와 같았는데, 어느 한 선생님의 따뜻한 인간애로 비뚤어지지 않은 오늘이 있었기에, 자신이 그 선생님처럼 초등학교 교사가 되어 낙도에 가서 외롭고 가난한 어린이들을 위해 사랑과 열성을 바치겠다는 것이었다. 진지하고 신념 있는 그 목소리는 인간성의 촉촉한 깊이에서부터 우러나오는 담담하고도 진실한 감동을 던져주었다.

대부분 발표자들의 미래에 대한 확고한 신념과 의지는 믿음직스러운 젊은이의 상을 분명 내게 보여주었지만, 그것이 전 인생을 걸어야 할 만큼 가치 있는 일인 것인지는 생각해 봐야 할 것 같았다. 그녀의 발표가 다른 사람들의 것보다 더 큰 감동을 주는 것은 적어도 내게는 그녀의 미래가 남을 위하고 싶은 아름다운 정신에서 나온다고 생각되기 때문이다. 물질이 마음을 가려 마음의 소통이 이뤄지지 못하는 현대를 예감한 카프카는 『변신』이라는 작품 속에서 오늘의 소외된 인간관계를 사랑하는 누이와 독충의 관계로 묘사하고 있다. 이렇듯 답답하고 살벌한 오늘의 시대를 극복하는 정신적 지주는 그녀가 갖는 아름다운 삶의 정신 같은 것이라고 생각하기 때문이다. 예쁘지도 화려하지도 않는 그녀의 얼굴 주위에 후광처럼 감도는 절실한 아름다움이 있었다. 그것은 미운 오리새끼가 금빛날개를 퍼덕이며 공중을 나는 절묘한 상승의 순간이었다. 오리는 이제 더 이상 오리가 아니라 하얀 털옷을 입고 아름다운 비상을 할 수 있는 우아한 백조가 된 것이다.

지금 생각하면 초등학교 4학년 때였던가. 담임선생님은 우리 반 전원에게 널빤지로 화판을 만들어주셨다. 양쪽 끝에 구멍을 뚫어 노끈으로 묶어서 어깨 위에 걸고 다니게끔 만든 간이 화판이었다. 그 물건을 어깨에 메고 운동장에 나갈 때면 다른 반아이들 앞에서 자꾸만 우쭐해지던 기억. 그 위에 도화지를 놓고 풍경을 사생할 때면 어쩜 색깔이 그리도 잘 문질러지던지. 날마다 노래 하나씩을 합창했고, 또 운동을 한 가지씩 했던 그런 기억들이 아물거린다. 그것이 그렇게 고마운 일인지조차도 모르고 그저 즐겁고 신나기만 하던 그 시절의 일들이 내 기억 속에 그분의 정신을 아름답게 부상시킬 줄이야.

안데르센의 미운 오리새끼는 원래가 백조였다. 이는 오리와 백조의 구분은 인간이란 본질상에서는 있을 수 없는 일이라는 것을 말해 준다. 모멸과 학대 속에서도 비뚤어지지 않고 참되고 꿋꿋하게 사는 오리는 곧 백조로 통한다는 상징이리라. 그런데 우리는 얼마나 쉽게 인간을 백조와 오리로 가르고 마는가. 유명한 사립학교만을 찾아 헤매는 극성스런 모성 일류와 최고급만을 좇아야 편한 마음들이 어린아이들을 인위적으로 편 가르게 한다.

서울에선 어린 아이들 사이에서 "얘, 너는 아파트 앤 줄 알았는데!" 하는 말이 예사로 쓰이고, 아파트 애들은 아파트 애들끼리, 주택 애들은 주택 애들끼리 모인다고 한다. 어렸을 때부터 자연스런 동아리를 이룰 줄 모르고 자라나는 애들에게서 우리는 어떤 인간성을 기대할까? 오늘날 문제시되고 있는 비인간적 천성은 이미 거기에서부터 싹튼다고 생각한다.

순진무구한 어린이들에게서 사랑과 꿈과 아름다움을, 그리고 가난하고 병든 어린이들에게도 생에 대한 의욕과 꿈을 주는 안데르센의 이야기처럼 청량하고 신선한 인간상을 나는 오늘의 그 여학생과 지난날의 나의 은사 가운데서 느껴본다. 그들이야 말로 인간성의 승리를 예감케 해 주는 인간 백조들이라고 생각한다. 잘나고 아름답다는 허망한 가상에 빠져 울음을 터뜨리지 못하는 병든 백조새끼보다는 자신의 실상을 알고 비상을 위한 부단한 노력을 하는 미운 새끼오리가 더 건강하고 아름답지 않을까? 건강한 오리새끼에게는 언젠가는 꼭 날 수 있는 순간이 오고야 말 테니까.

(1983. 6. 30, 광주일보)

어떤 나들이

몇 년 만의 나들인가. 아홉 명의 엄마와 그들이 대동하고 나올 집집마다의 아이들의 모습을 상상해 보라. 엄마들과 아이들이 서로 어떻게 닮았는가? 그 신기한 상관관계를 상상해 보라. 십여 년을 격하다가 다시 만난 옛 친구들과의 나들이. 그 행렬은 피서라기보다는 나들이에 더 어울릴 것이다. 그저 집과 직장과 일에만 매달리기에도 힘든 나날들을 살아오면서 한줄기 바람, 신선한 외출을 얼마나 기대했던가. 그것도 아이들을 위한다는 커다란 명분 속에 숨겨져 있는 작은 불씨로.

우리가 그 피서를 계획했을 땐, 우리는 신나고도 멋진 나름의 피서상을 갖고 있었다. 즉 기차를 타고 갈 것이며, 너무 멀지 않아야 되고, 사람들이 많이 오지 않는, 그래서 적지 않은 우리의 식구가 힘들이지 않고 모여 즐길 수 있는 그런 공간이 있는 곳이면 족했다. 이러한 배려는 순전히 애들을 위한 것이었던 만큼 우리의 피서 계획은 처음부터 아이들 중심으로 이루어졌다.

그런데 장마, 그 귀하던 빗줄기가 우리의 피서를 엉망으로 만들고 말았다. 지루하던 마른장마 끝에 전라도 땅에도 한줄기 단비가 내리던 날부터 연일 비는 그칠 줄 몰랐다. 비의 기세로 보아서 날씨의 쾌청을 기대할 순 없었지만, 직장과 가정사가 전부 다른 엄마들이 움직이는 일이라 웬만한 악조건 앞에서도 우리의 D데이는 옮겨질 수 없었다. 몇 날을 하늘만 바라보며 행여 그날은 개어 주겠지 하는 허망한 기대를 갖다가 나는 우리 의 D데이가 내일로 다가서는 그날 밤, 비가 와도 가자는 아이들 의 성화 속에서 잠을 설쳤다. 도대체가 처음부터 무리였던 우리 의 나들이는 15인승 봉고차에 삼십 명의 인구가 포개어 앉았을 때 더욱 무리였고, 억수 같은 폭우를 뚫고 노도처럼 휘몰아 내려 가는 계곡의 물줄기를 거슬러 올라갈 때 애들이 저질렀던 공포 의 함성에서 절정에 이르렀다.

앞을 분간하기 어려운 우중에서 헝클어진 협소한 길, 계곡의 굉음, 차창 안의 20인 꼬마식구들의 무서움과 불안으로 흔들리 는 눈초리, 배고픈 다리를 곧 넘어 흐를 것 같은 계곡의 홍수. 절박한 극한 상황에서 휴머니즘에 충만한 한 장교가 숭고한 임 무를 위해 악천후를 무릅쓰고 사력을 다하는 긴장과 위기 만점 인 전쟁영화의 한 장면. "와, 멋지다. 얘들아, 이건 무서운 게 아냐. 정말 멋진 거야." 외쳐대는 한 엄마의 목소리. 와다닥 자연 의 위력 앞에서 무너져 버릴지도 모르는 존재에 대한 불안과 공포. 그러면서도 뭔가 답답한 것이 확 뚫리는 것 같은 상쾌함. 소녀적인 감상 같은 것이 살아나는 순간, 비슷한 연상 속에서 우리는 서로 공감을 느끼는 그런 친구들이었다. 많은 세월이 흐른 후에 만났어도 우리는 서로 그 옛날의 모습을 볼 수 있었다. 아무리 원숙한 인간이 되어도 사람은 어린 시절에 다졌던 마음이랄까, 그런 것은 변치 않나 보다. 우리는 그런 어린 시절의 마음을, 변함없이 출렁대고, 부끄럽고, 서성이는 그런 마음을 서로 느끼고 있는 친구들이다.

넓은 방을 빌어서 각자가 맡았던 음식을 풀어놓으니 힘 안들이고도 삼십 명의 식구가 즐길 수 있는 푸짐한 식탁이 마련되었다. 엄마들의 모든 느낌과 행위들이, 그리고 오늘의 이 움직임이 어떤 인상으로든 애들의 체험으로 남을 것이라는 생각을 하니 여간 신경이 쓰이는 게 아니었다. 식탁 정리, 방 청소, 쓰레기 처리, 우산 정리, 신발 그리고 눈에 보이지 않는 질서에 이르기까지 엄마들은 상당히 피곤한 노력을 기울였음에 틀림없다. 사실 엄마들 각자의 협력과 이해가 없었더라면 그날의 우스꽝스러운 피서행각은 우습게 끝나버렸을 것이다.

시어머님이 손수 김치를 담가주시며, 비 오는 날의 나들이가 염려되어서, 마땅한 갈 곳이 없으면 당신 집으로라도 오게 하라고 하셨다는 며느리의 자랑은, 특히 우리의 식탁을 즐겁게 해주었다. 국민학교 교사인 엄마 사회자의 유창한 말솜씨로 애들이 열띤 놀이 속으로 빠져들 때에야 비로소 우리는 오늘의 나들이가 약간의 성공 쪽으로 기울고 있다는 것을 알고 안도의 휴식을 취할 수 있었다.

애들이 맛있게 먹고, 즐겁게 놀아주었으며, 새로운 얼굴들을 가리지 않고, 몇 시간의 공동생활을 신나게 해 냈으니 이보다 더 큰 보람이 어디 있겠는가? 우중에 짜증스러울 수 있는 나들이였건만 엄마들의 이해와 우정과 협력의 하모니가 만들어낸 한 토막의 에피소드였음을 나는 이 글을 쓰면서 만족해 하며, 더러는 이런 피서도 따분한 일상의 리듬에서 파격적인 신선감을 느끼게 해 줌을 말하고 싶다. 그리고 무엇보다도 이글을 쓰도록 내게 글감을 제공할 수 있었으니, 이런 피서는 내게 분명 의외의 소득일 수밖에.

(광주일보)

해외 연수기

: 유서 깊은 독일 마인츠 대학교

마인츠 대학을 소개하려면 우선 먼저 유서 깊은 도시 마인츠(Mainz)를 설명하지 않을 수 없다. 알프스산에서 발원한 라인강의 물줄기가 이곳에서 여러 지류들을 흡수하여 큰 주류를 이룸으로써 대동맥 라인강의 또 다른 시발점이 되고 있는 마인츠는 지형상 독일의 중부 지방에 위치하여 독일을 남과 북, 동과 서로 나뉜다.

옛부터 강을 낀 도시들이 일찍 발달하기 시작하듯이, 마인츠도 로마가 유럽을 지배하던 시절부터 발달하기 시작하여 11세기경에는 '황금의 로마(golden Rome)'라는 명칭에 대하여 '황금의 마인츠(goldenes Mainz)'로 불리면서 로마교황에 이어 '제2의 교황'이라는 칭호를 얻을 정도로 교세가 막강했던 종교, 정치의 중심지였다. 그러한 흐름으로 오늘날도 마인츠는 천주교가 지배적인 곳이며, 그 당시 대주교가 머물렀던 마인츠 대성당은 유럽에서 극히 오래된 성당 중의 하나로 오랫동안의 건축기간 으로 인해 로마네스크, 고딕 그리고 바로크 양식이 다 반영되어 있는 건축사적인 건물이다.

마인츠는 금속활자를 발명한 구텐베르크(Johannes Gutenberg)가 태어난 곳이기도 하다. 마인츠 대학의 공식명칭이 요하네스 구 텐베르크 대학임은 이러한 연유이다. 인쇄술의 발명은 학문의 전파와 문학의 발달에 가장 획기적인 계기를 준 근대의 가장 큰 사건이며 '신기(神技)에 가까운 근원적인 기술'이었음을 이곳 사람들은 자랑한다. 재작년인가 죽은 프랑스의 화가 샤갈(Marc Chagall)은 원래는 러시아 사람이었는데, 마인츠의 슈테판 교회 (대성당이 생기기 이전에 대주교가 머물렀던 교회)의 창문에다 직접 자신의 그림을 그려 넣었다. 몇 년에 걸쳐 노년의 온 정열을 쏟았음은 물론이다. 학문과 인쇄술과 종교의 근원지인 마인츠 에 자신의 그림을 남김으로써 종교, 글자, 예술문화를 종합시키 고자 했다는 샤갈의 말은 곧 마인츠의 자부심이기도 하다. 우중 충한 잿빛 하늘을 배경으로 특유의 샤갈 블루(Chagall-blue)가 신 비의 근원을 암시하는 것 같다.

아름다운 포도밭과 오래된 성들의 장관을 양쪽에 끼고 있는 라인강 유람은 마인츠에서 시작되어 코블렌츠, 본, 쾰른으로 이 어지는데, 이 유람과 더불어 위에서 말한 이유들로해서 마인츠 는 외부인들이 끊이지 않는 관광지이기도 하다. 맥주보다는 포 도주를 더 많이 마신다는 마인츠는 인구 이삼십만의 중도시이

[사진 21] 구텐베르크 박물관

며, 라인란트팔츠 주의 주도이고, 그 주에 오직 하나뿐인 종합대학을 갖고 있다. 포도주가 우아한 사교의 술인 것처럼 마인츠 사람들은 전통을 사랑하고, 자부심이 강한 보수적 성격의 온화한 기질을 가졌다. 대학의 분위기 또한 보수적이고, 고전적 이념인 인간을 만드는 것을 최고의 목표로 하고 있다.

마인츠 요한네스 구텐베르크 대학은 1477년 독일에서 14번째로 문을 열었다. 그 당시 독일은 체코, 스위스, 오스트리아 일대를 포함한다. 많은 역사적 변천을 거쳐 오늘에 이른 국립 마인츠 대학은 공식 등록된 학생 수가 이만 육천 명 이상이며, 26개의 전공 영역을 갖고 있다. 1개 전공 영역은 서로 기능이 비슷한 인접학문을 하나로 통합했을 때의 단위를 말하므로 우리의 단과대학 정도의 범위를 갖는다. 예를 들면 제15분과에는 로만학, 슬라브학, 고전문헌학, 고고학, 동양학, 인도학, 이집트학이 묶여 있다. 분과마다 여러 개의 연구소를 갖고 있지만, 특히 알려져 있는 것으로는 막스 플랑크(Max-planck) 연구소, 칸트 연구소, 은행관계의 국제법연구소, 환경과학연구소, 유럽역사연구소, 어학연구소 등이다.

무엇보다도 우리 외국인 학생들에게 가장 중요한 것은 어학연구소이다. 대부분의 외국학생들은 여기에서 베푸는 어학과정에 들어간다. 어학시험에 합격한 자에 한에서 대학입학이 허락되기 때문이다. 어학코스는 그러한 준비학습을 도와주고, 어학시험을 실시하고, 그 합격증을 배부하는 역할을 한다. 매학기가 시작되기 약 4주 전에 어학시험이 실시되고, 떨어지면 또 다시 어학 코스에 남게 되는데 최고 3학기까지 수강이 허락된다. 마인츠 대학에서 어학코스를 끝내고 시험에 합격하면, 독일 어느 대학에라도 입학을 할 수 있다. 마인츠 대학에 입학하여 남기도 하지만 또 많은 학생들은 다른 대학으로 옮아간다. 마인츠의 보수적인 성격상 외국인에게 그렇게 너그러운 곳이 못되기 때문이다.

어학코스는 또 자국의 일반사람들을 위한 외국어 연수도 한다. 그 범위는 유럽어, 동양어(러시아어, 아랍어, 이란어), 일본어, 중국어, 인도어에 이른다. 그러므로 방학 중에도 늘 외부인 학생들로 대학은 붐비고 유동인구가 많다. 독일의 대학은 여름학기는 4월 1일~9월 30일, 겨울학기는 10월 1일~이듬해 3월 30일을 그 기간으로 한다. 학생들은 법적으로 8학기를 마치면 졸업을 할 수도 있다. 그러나 현실적으로 8학기 만에 졸업하는 사람은 거의 없다. 하나의 전공에 부전공 둘을 이수해야 하는데, 세 개의 전공을 이수하는 거나 마찬가지이기 때문이다. 그것을 제대로 소화시키려면 4년으론 어림도 없다고 생각한다. 학점 따는 것은 문제 밖이다. 국가시험에 합격하고 또 논문을 잘 쓰기 위해서 어느 정도의 실력을 쌓아야 하는 가는 자기 자신이 잘 알고 있다. 인접학문 세 가지를 전공으로 하고, 그것의 횡적 종적 심화를 위해 부단한 노력을 하는 독일 학생들은 항상 자발적이고 자유롭게 시간표를 짜고 강의를 선택한다.

학업을 일찍 끝내고 늦게 끝내고 하는 선택은 오직 학생의 자발적인 욕구와 판단에 의해서 달라진다. 최소한의 구속과 제한으로 학생의 자유와 책임과 창의성을 존중한다. 학교가 제도적으로 이를 보장하고 사회가 이를 수용하는 독일의 대학은 일정한 시일 안에 제한된 과정의 수료로 학업을 끝내버리는 우리의 제도로는 설명하기 어려운 복합성을 지니고 있다. 수업 방식은 크게 강의(Vorlesung)와 세미나(Seminar)로 나누어진다. 강의는 교수가 읽는 방식으로 전 학생들에 개방되어 있고, 학점도 주지 않는다. 그래도 강의실은 항상 200여 명 정도 차며, 숨소리조차 들릴 지경으로 조용하다. 긴장해서가 아니라 그들은 참으로 경청하고 열중해 있다. 세미나는 발표하고 토론하는 방식으로 전공학생에게만 제한적으로 허락된다. 말할 줄 알고, 들을 줄 알고, 참여할 줄 아는 성숙된 분위기가 인상적이다.

독일 사람들은 어느 곳에서나 조용조용히 말하며, 모르는 옆사람들에게 피해를 주지 않는다. 카페테리아에서나, 휴게실에서나, 복도의 의자들에서나 사실 우리나라 대학에서보다 훨씬 많은 학생들이 득실거리는데도 전혀 소란하거나 무질서하거나 거부감을 느끼게 하는 점이 없다. 너무 침착하고, 너무 완전해서 빈틈이 없는 사람들. 우리는 가끔 너무 자신을 내보이거나 남을 간섭하거나 피해를 주는 일에 익숙해 있지 않은가 싶다. 대학의 급격한 외적 성장과 양적 팽창, 그에 따른 재정적 문제, 국제사회의 극대화된 경쟁 속에서 대학의 이상은 차츰 도전을 받고 있다. 그러나 어떠한 도전 앞에서도 독일의 대학은 내적으로 "사회적 발전과 인간의 자유를 위해, 그리고 생의 조건을 개선하기 위해" 온갖 힘을 경주하고 있음에 틀림없다.

(1987. 4. 6, 목포대학교신문)

다시 생각하는 대학 문화

: 홀로 있는 일과 더불어 있는 일

"가을에는 호올로 있게 하소서"라고 기도한 시인이 있듯이, 맑고 푸르고 다사로운 가을빛 아래 서면 우리는 자신도 모르게 무언가 생각하고 싶고 사물의 본질을 깊게 들여다보고 싶어진다. 분명 가을의 자연은 성숙을 향해 마지막 열정을 쏟아내고 있는데, 우리는 먹고 마시고 즐기는 데 여념이 없는 것 같아 무안스럽다. 어느 달보다 더 많은 휴일들과 요즈음 심해지는 과소비 풍조가 그 일을 더욱 부채질하여 10월은 어느새 우리 사이에서 '노는 달' 쯤으로 생각되기에 이르렀다.

정부 한쪽에선 휴일수를 축소 조정하려는 움직임도 있나본데, 휴일수가 많은 것이 문제라기보다는 휴일을 맞이하고 보내는 방법에 문제가 있다고 본다. 휴일은 일상의 무거운 업무로 피로해진 심신의 긴장을 풀고 내일의 업무를 위한 에너지를 확충하는 재충전에 그 의미가 있다고 볼 때, 우리의 휴일은 너무나

소비적이고 비생산적이다. 물자와 에너지의 탕진으로 휴일의 값을 떨어뜨리지 않도록 조용하고 자제하는 의식이 요청된다. 참된 휴식은 열심히 일하고 노력한 끝에 얻어지는 인고의 산물이라는 것을 잊지 않아야 한다. 연이은 휴일과 축제의 와중에서 자칫하면 잃기 쉬운 공부하는 리듬을 잘 조정해서 강의를 외면하거나 수업 준비를 소홀히 해서는 안 될 것이다. 설렘과 흥분으로 덩달아 함께 하는 움직임은 정작 해야 할 우리의 본분을 멀리하기 쉬우므로 시인은 그렇게 간절히 기도한 모양이다.

"마른 나뭇가지 위에 다다른 까마귀같이" 고독해져 내적 성찰을 통해 사물의 본질에, 바른 인식에 다다르도록 끊임없는 자기 부정과 자기수양에 힘쓸 때가 바로 지금이다. 그런 후에 맞는 우리의 축제는 얼마나 값지고 즐겁겠는가! 학교에서 일어나는 극히 단편적인 예이긴 하나, 면학이나 독서, 인격수양이 홀로 있는 일에 비유된다면 축제나 휴일이나 서클활동은 더불어 있는 일에 가깝다. 이 두 가지 일이 서로 보완적인 것임은 두말할 나위 없다. 너무 오래 홀로 있음을 고집할 때 우리는 고독하고 비사회적이고 정신적 이상의 고답 속에 빠지기 쉬우며, 너무 오래 더불어 있음에 탐닉하게 되면 현실적이고 대중적인 가치판단에 머물기 쉽고 본래의 자기를 잃어버리기 쉽다. 주로 예술가와 학자는 전자에 속하고, 범시민들은 후자에 속한다. 우리는 이 두 가지 일을 지혜롭게 잘 조화시킴으로써 정신적으로 발전하고 인간적으로 깊은 성숙을 꾀할 수 있다.

그런 연유로 축제행사 또한 수업 못지않게 중요하다. 축제행사의 요소요소에서 수고한 많은 학생들과 끝까지 지켜봐준 많은 학생들에게 박수를 보내고 싶다. 그러나 한편 수업을 **빼**면서까지 마련한 이 축제가 상당수의 학생들에게 유명무실하고 집에서 쉬는 휴일로 되지 않을까 걱정스럽다. 축제는 보여주는 사람만의 것이 아니고 함께 보아주고 즐거워하는 모든 사람의 것이므로 모든 학생들이 다 참여할 수 있으면 좋겠다. 그리고 즐비하게 차려놓은 오두막집들은 자칫 축제의 중심에 놓이기 쉽고, 그 울타리로 인해 더욱 폐쇄성을 면치 못한다. 먹고 마시고 끼리끼리만 함께 하는 축제라면 그 의미가 약화될 것이고, 해서 이럴 때 한 번 개방적으로 집중적으로 모든 사람들이 올 수 있게, 시골장터처럼 공동의 장소에 큰 천막을 쳐서 칸막이를 없애면 어떨까? 모두가 바보처럼 허심탄회한 마음으로 격식을 벗어버리고 함께 즐기는 큰 마당이 필요하기 때문이다.

우리는 모두 더불어 사는 공동체의 당당한 일원이다. 더불어 해야 할 일에 함께 하지 못하는 것은 홀로 해야 할 일에 홀로 서지 못하는 것이나 똑같은 셈이다. 홀로 있음으로 해서 창조한 가치들을 더불어 있음을 통해 실현시키는 일, 그것은 우리가 바라는 철학적 삶이다. 그 삶은 우리를 보다 인간답고 고귀하게 만들어 준다. 홀로 있음과 더불어 있음을 분리하지 않고 적절히 화합시키는 일이야말로 우리가 지향해야 할 조화로운 삶의 형식인 것이다.

(1989. 11. 6, 목포대학교신문)

다가온 역할분담 時代

가을이 성큼 내 앞에 다가서던 지난해 어느 날 나는 몇 날 전부터 가보고 싶어 했던 음악회의 초대권을 우연히 입수했다. 그러나 미리 준비하지 않았던 일이라 집안일 때문에 나는 퇴근 버스에서 옆 좌석의 선생님께 그것을 드려버렸다. 그러면서도 못내 아쉬운 마음으로 내 작은 소망들을 다스리고 있었다.

가끔씩은 멋지게 성장을 하고 음악회에 가고 싶다. 분위기 좋은 찻집에도 들르고 싶고, 조용한 산책로를 걷고도 싶다. 오늘 같이 계절이 의식되는 날에는 더욱 그러하다. 풍경이 아름다운 가로수 아래 야외식탁에서 친구와 함께 커피와 케이크를 들며 음악회를 기다리는 서양식의 여유와 낭만은 없더라도 좋고, 간신히 차지한 자리의 의자가 삐걱거리더라도 좋다. 그것이 나를 일상으로부터 멀리 데려가줄 수 있다면. 버스 속에서 이런 생각들을 달래면서 그날 나는 옆 젊은 선생님의 말대로 저녁밥 정도는 가족들 스스로 해결하게 만들리라고 마음먹었다.

그런데 아직 나는 그와 같은 가사의 변혁을 이루지 못하고 있다. 자기주장이 남달리 세지도 못하고, 그런 주장이 주위로부터 수용되지도 못하는 나와 비슷한 세대들은 인생을 어렵게 산다는 생각이 든다. 직장과 집안일을 다 떠맡고도 온당한 대우를 받지 못하는 세대가 내 또래의 여성들이 아닌가 싶다. 외국에 있을 땐 그렇게도 역할 분담을 잘하던 한국 남성도 김포공항에 도착하자마자 달라진다는 우스갯소리는 이제 옛날이야기이다. 그날의 젊은 선생님처럼 남자들의 진취적인 사고 방식과 여성들의 능동적인 의식개혁이 있다면, 내 세대에선 꿈만 꾸었던 시대가 도래하게 될 것이다. 성에 따라 역할을 고정시키지 않고, 능력과 시간과 상황에 따라 역할을 분담하게 될 그 시대가 말이다.

(1990. 2. 21, 무등일보)

중산층 시대를 꿈꾼다

산업사회에서 대부분의 사람들은 우선 쓸 만큼의 경제적 여유를 갖고 살기를 바란다. 생업이 확실하고 웬만큼 부유하게 사는 사람들을 우리는 보통 중산층이라 지칭한다. 언제부턴가 우리 사회에는 자신을 스스로 중산층이라고 느끼는 사람이 많다고 한다. 그러나 중산층이란 소유하는 층만을 의미하지는 않는다. 양식이라고 할 교양이 그것과 함께 조화될 때 이 건전한 시민계급을 의미한다.

정당한 소유는 인간의 물욕을 잠재우고 불의에의 유혹에 저항할 힘을 제공함으로써 인격의 기본요건이 되고, 교양은 물질을 정당하게 쓸 줄 아는 지혜로서 사회의 도덕적 의식에 기여한다. 이런 입장에서 볼 때 우리 사회는 잘사는 사람들이 많아졌음에도 불구하고 아직 진정한 '보통사람의 시대'는 꽃피지 못하고 있는 것 같다.

바야흐로 그 시대가 열리려는 시작에서부터 우리 사회는 과소비, 인신매매, 폭력, 입시와 청소년 문제, 그리고 공해 등의 문제로 진통하고 있다. 최근 내 주변에서도 차 한 잔의 모임에서조차 으레 대두되는 이야기는 교육과 과소비였던 것 같다.

과시와 과욕, 그리고 지나친 형식에 추종하는 모습은 인간의 본질에 대한 추구를 멀리함으로써 인간성의 천박함을 드러낸다고 생각한다. 따지고 보면 내 주변의 보통사람들이 앓고 있는 이 증후들은 자기상실의 아픔일 수 있다. 이 아픔은 그들이 정당한 소유와 건실한 교양의 토대 위에 서 있지 못하기 때문인 것 같다. 1990년대에 가만히 생각하는 나의 소망은 진정한 의미의 중산층의 층이 두터워져서 사회의 건전한 가치의식을 주도하고, 나 또한 그 일원으로 한 몫 끼고 싶은 것이다.

(1990. 1. 21, 무등일보)

덤으로 얻어지는 물건

어느 사이에 공해문제가 우리 주변에서도 익히 인식되고 있다. 자동차 배기가스, 산업폐기물, 합성세제, 농약, 이런 것들이 자연과 생태계를 위협하는 주범으로 등장하고, 이를 걱정하는 시각이 크게 대두되고 있는 것이다. 그런데 우리생활에서 흔히 얻어지는 상품 쓰레기 또한 공해의 한 부분이 될 수 있다.

저질의 제품생산과 그런 물건을 덤으로 얹어주며 파는 상행위, 그리고 얻는 재미에 물건을 하나를 더 사게 되는 불건전한 구매 행위에서 우리는 많은 상품들을 쓰레기화시키고 있다. 학교 주변에서 얻어지는 문구류에서부터 각종 사은 플라스틱기기, 기념품용 페넌트, 수첩, 접시, 심지어 달력에 이르기까지 무수히 많은 물건들이 효과 없이 낭비되고 있다. 불필요한 물건들을 덤으로 주는 선심이나 선전보다는 그 비용만큼의 원가절감이나 품질 상승이 더 필요할 터인데 말이다.

독일에서는 시장갈 때 대개 시장바구니를 들고 간다. 물건을 포장해 주거나 비닐로 싸주는 일이 없고, 포장용 비닐가방은 돈을 주고 사야 하기 때문이다. 그들이 불편을 참아가면서 무거운 바구니를 들고 다니거나 포장지를 다리미질해서 다시 사용하는 일은 경제적인 이유에서일뿐만 아니라, 뒤늦게야 깨달았지만, 자연보호 차원에서 행해지는 일이기도 하다.

그들은 쓰레기를 청소하는 일보다 쓰레기를 만들지 않고, 버리지 않는 일을 더 중요시한다. 공식적인 상품세일 외에 물건을 덤으로 주는 일은 없다. 그래서 모든 물건은 나름대로 값을 지니고 소중히 간직된다. 이 땅에 무수히 돌아다니는 비닐과 플라스틱 파편들, 그리고 덤으로 얻어지는 상품의 쓰레기들은 우리의 경제습관과 자연보호의 차원에서 과감히 배척되고 추방되어야 할 것이다.

(1990. 4. 4, 무등일보)

교수칼럼: 고전주의적 인간상에 대한 그리움

어느 따뜻한 봄날 아침, 통근버스 차창 밖으로 다가오는 화사한 벚꽃의 만개에 졸던 마음이 소스라쳐 깨었다. 젊은 베르터가 오씨안의 송가를 읽으며 무한히 솟구치는 자연에 대한 외경과 사랑과 생명감을 억제치 못하듯이, 나는 불현듯 자연의 신비와 장엄한 대지의 숨결 속으로 녹아드는 감동을 느꼈다. 동시에 베르터처럼 인간이 가장 순결한 존재로서의 기쁨과 인간다운 정열을 향유했던 저 시절에 대한 강한 그리움에 사로잡혔다.

그 시절의 인간상은 자유와 인류애를 추구하고, 신에 닮아감을 이상으로 하는, 살아 있는 존재들 중 최고의 존재였다. 그러나 오늘의 우리 마음엔 인간다움의 이상은 사라지고, 온갖 악이 꽉 들어차 우리를 부끄럽게 한다. 풀 한 포기의 생명, 그리고 벚꽃의 위용 앞에서 생명과 인간에 대한 사랑을 느낄 줄 아는 우리 인간이 그 생명의 원천인 강물과 산과 인간 영혼을 짓밟는 오늘의 모순을 보면서 이기심과 욕심과 거짓으로 황폐해진 우리 인간에 대해 새삼 실망과 분노를 느낀다. 종교와 지식의 독선으로 자신과 집단의 이기성에 함몰되어 광분하는 모습 또한 우리를 슬프게 한다.

독일문학의 황금기는 괴테와 쉴러가 이끈 고전주의 시대였다. 고전적이란 말이 제일급의 시민을 뜻하기도 하듯이, 그 시절은 제일 인간다운 인간이 추구되던 시절이며 문학에서뿐 아니라 실제 각 분야에서 가장 모범적이고 특별한 시기였다. 괴테는 그 시절의 고전주의적 이상을 '아름다운 영혼'이라 묘사했고, 아름다운 영혼은 '인자함과 비이기적 사랑, 창조적 에로스'로 대변되는 깨끗한 인간성과 내면적 도의성을 추구하는 존재를 의미했다. 이것은 괴테 시대의 인간성의 이상이었을 뿐 아니라 우리가 인간인 한, 언제나 추구해야 할 불변하는 우리의 이상형이다. 오늘날같이 탈고전적인 시대에 고전주의적 인간상을 다시 음미하고 그리워함은 시대착오적 발상이 아니라 오히려 현 시점에서 시급히 요청되는 일이다.

저 시절이 인간에 대한 끝없는 신뢰와 인간성의 승리를 나타냈다면, 이 시절은 인간에 대한 불신과 인간성의 상실로 황야의 늑대처럼 처절하고 고독하게 버려진 인간의 비참함을 보여준다. 이는 현대사회가 지나치게 출세와 업적 지향적 기능인만을 요청하고, 대학의 교육이념이 인간을 직업수행의 기술인으로 도구화하기 때문일 것이다. 급속한 기술의 발달과 축적된 지식의 홍수 속에서 경쟁에 이길 능력과 기능의 연마야말로 현대인의 큰 목표임은 두말할 나위가 없다. 하지만 교양인이기보다 기능인이 될 것을 강조하고 인간성의 교육이라는 교육 본연의 목표가 무시될 때, 우리 사회는 비인간적 독소와 악취로 꽉 차게 될 것이다.

온갖 만물이 소생하는 이 봄에 우리는 마음 깊은 곳에서부터 우러나오는 인간 본연의 감동의 소리와 샘물처럼 솟아오르는 마음의 도덕률을 느낄 것이다. 우리는 그것을 외면하지 말고 가꾸고 돌보아야 할 것이다. 그럼으로써 우리 스스로 비인간적인 세상의 비뚤어진 가치와 싸우고, 인간다운 의식을 일깨우는 데 솔선한다면 얼마나 좋겠는가! 종교인은 종교의 말씀과 사랑으로, 과학자는 인류를 위한 과학의 연구로, 인문주의자와 예술인은 고전적 예술혼으로, 생활인은 정직한 삶의 자세로 고전주의적 이상을 위해 자기 자신과 싸울 때, 우리 사회는 조금이나마 시인과 인간이 부활되는 '아름다운 영혼'의 사회로 전진해 갈 것이다.

(1994. 4. 25, 목포대학교신문)

교수칼럼: 외국어 교육과 세계화

요즈음 우리는 세계화라는 강한 돌풍의 한 가운데에 있다. 바야흐로 세계는 결집된 힘을 가진 다양한 국가들이 한 지붕 아래 이웃으로서 서로 협력과 경쟁의 관계를 병행하며 평화적인 공존을 목표로 살아가는 지구촌이 되어 있다. 세계는 이제 민주주의와 사회주의라는 양극성의 대립도 아니요, 어느 한 나라만의 강한 힘에 종속되는 종주국의 시대도 아니다. 이념과 가치체계와 경제블록과 외교관계가 다원화, 다극화, 다변화로 대변되는 현대는 다극성의 시대이다. 이런 의미에서 세계화라는 말은 국가 대 국가 간의 좁은 관계가 아니라 세계 속의 한국, 즉 다양한 국가들 사이에서 힘의 균형을 꾀해야 하는 한국의 입지 설정을 그 발상의 근원으로 하는 것 같다. 따라서 세계화는 한국의 정치, 경제, 사회, 문화, 한국적 개성 및 시민자질까지도 경쟁력 있고 매력 있는 수준으로 올라가야 한다는 뜻일 것이다.

정부가 세계화를 위해 중점 추진키로 한 12개 방안 중 한 가지 중요한 것은 [교육제도 개혁]과 함께 [외국어 교육 강화]이다. 우선 발표된 시안 중 중요한 것은 97학년도에는 초등학교 3학년부터 영어 교육을 시작하며, 외국어 교육의 방향이 의사소통 교육으로 전환되며, 역시 97학년도부터 제2외국어 교과가 중학교에서 정규교과로 되며 고등학교에서는 필수과목이 된다는 것이다. 지극히 당연한 조치로 반가운 일이다.

그러나 이러한 외국어 교육의 개혁방향은 다음과 같은 점으로 계속 확대 시행되어야 할 것이다. 첫째는 학교 교육 내에서의 공교육 개혁이다. 교사의 자질을 높이고 언어실험실 및 기자재를 확보하고 학급 인원수를 최소화하기 위해 정부는 제도적, 정책적, 재정적 뒷받침을 해야 한다. 둘째, 외국어 교육의 목표가 생활외국어 내지 의사소통 외국어 능력만 지나치게 강조함으로써 작문과 독해의 능력을 비하시켜서는 안 될 것이다. 셋째, 대학교 입시에서 의사소통 능력과 작문, 독해력을 고루 측정할 수 있는 장치가 필요하다. 넷째, 외국어 교육의 다양화를 꾀해야 한다. 중고등학교에서 2개 이상의 외국어를 배울 수 있는 제도적 장치를 만들고, 입학시험에서도 그 외국어를 필수적으로 선택하게 해야 한다.

그런데 이러한 개혁방향이나 방안들은 짐작도 못한 채 국민들은 그저 영어 교육만 강화하는 줄 알고, 영어 열풍에 휩쓸려 있다. 초등학생들도 영어 해외연수를 가는가 하면, 유치원생들도 영어 학습을 하고, 삼사십대 주부들과 할머니들도 덩달아 영어를 배우고, 어떤 직장에선 1주일에 한 날을 영어 쓰는 날로 정해 놓고 있으며, 어떤 집에선 우리말도 못하는 어린아이에게 영어 테이프를 들려준다고 한다. 개인의 취향이나 능력이나 필요에 따라 영어를 붙들고 늘어지는 것은 참으로 필요한 학습 열기임에 틀림없겠지만, 중요한 것은 국민적 정서가 흔들리고 있다는 것이다. 이와 같은 맹목적인 영어 붐과 영어 신드롬은 다른 외국어의 가치를 지나치게 폄하시키고, 엄청난 문화적 편향과 국민적 열등감과 국민적 에너지 손실을 가져올 뿐이며, 세계화에 역행하는 일이다.

정부는 외국어 교육의 붐만을 조성해서 온 국민을 들뜨게 할 것이 아니라 차분한 개혁을 시행해야 할 것이다. 거품 같은 영어 교육열을 다양한 외국어에 대한 인식으로 승화시키고 막대한 사교육비를 공교육으로 끌어들이도록 유도해야 한다. 영어만이 아닌 외국어 능력의 다양화야말로 문화적 편향과 정신적 사대주의, 시각과 사고 방식의 고정성을 피할 수 있는 세계화의 지름길이다. 선진제국에서는 두세 개의 외국어를 구사할 수 있는 사람들의 층이 두텁고, 이스라엘에서는 5개 국어를 하지 않으면 교수에 채용될 수 없다고 한다.

세계의 영향력 있는 언어를 제1외국어로 유능하게 구사할 수 있는 외국어 능력자의 층이 두터워야 한다. 그러나 가장 중요한 것은 지구촌의 다양성과 외국어 교육의 다양성 가운데서도 우리의 개성과 특성을 가꾸고 보존하는 일이다. 적을 알고 나를 알면 전쟁에서 승리하듯, 세계를 잘 아는 사람이 한국을 잘 안다고 한다면 지나친 말일까? 분명한 것은 세계를 배우고 자기를 알면 우리의 삶의 질이 보다 균등하게 높아질 수 있다는 사실이다.

(1995. 9. 25, 목포대학교신문)

東窓을 열며: 언어 오용의 폐해

우리말의 어렵고 불편한 점은 상대방을 부르는 존칭과 비칭, 반말 같은 구별이 있고, 그 칭호에 따라 또는 상대방과 나와의 관계에 따라 서술어미나 명령어미, 의문어미가 달라진다는 데 있다. 2인칭 칭호와 문장 술부어미의 다양한 가능성은 사람 사이의 관계를 나타내며 상대방의 기분에 관여하기 때문에 자연스럽고 솔직한 언어표현을 방해한다. 아저씨/선생님/당신/댁/너/미스터X/XX씨/심지어 거기/또는 유(you), 그리고 신분에 따라 선생님/미스터X/과장님/차장님/국장님/계장님 또는 문장의 끝처리에 따라서 가십니까?/가시나요?/가셔요?/가니?/가지?/가나?/가? … 이처럼 칭호와 어투의 다양성은 우리말을 어색하게 만들고 표현력을 약화시킨다. 우리말은 한 상태나 한 동작에 어울리는 말은 딱 하나라고 할 정도로 말의 의미가 세분화돼 있어 포괄적이고 다의적(多義的)인 상징성을 결하여 문장의 함축

성 내지는 상상력을 몰아내 버린다.

그럼에도 불구하고 내가 말하고 싶은 것은, 우리 언어는 우리 것이기에 그 자체로서 가장 좋은 언어이며, 우리는 그 언어체계를 순수하고 본래적으로 유지하며 아름답고 윤기 있는 언어로 잘 사용해 주어야 한다는 것이다. "언어는 존재의 집"이라는 하이데거의 말처럼 우리는 언어나 말씨에서 그 사람의 성장 과정, 교양 및 신분 등과 같은 전 존재를 감지할 수 있다. 잘못된 칭호와 어투는 상대의 존재와 본질을 무시하게 됨으로써 의사소통을 저해하고 인간관계를 소외시킨다. 인도네시아 학생들은 인도네시아어를 말하면서도 로마글자로 표기한다. 처음 그 사실을 체험했을 때 나는 우리말과 글자가 있다는 사실에 대해 가슴 떨리는 뿌듯함과 자부심을 느꼈다. 우리말은 장점이 훨씬 많은 우수한 언어이며 우리 민족의 정체성을 나타내며 우리의 사고와 인식을 대변한다. 언어가 잘못 사용되면 사상도 인식도 잘못되고 한 민족과 사회의 정체성을 혼란시킨다.

근래 들어 부쩍 TV에서 사용되는 말들이 마음을 언짢게 한다. 여자에게 오빠와 아빠, 남편이라는 이름은 영원히 합치될 수 없는 평생선상에 존재한다. 이들이 하나로 합치된다고 상상만 해도 당혹스럽다. 그러나 TV드라마에서는 거의가 남편과 애인을 '오빠'라 칭하고, 대학캠퍼스에서도 마찬가지다. 한때는 남편의 지칭이 '아빠'였는데, 이제는 '오빠'로 바뀌었다. 친오빠인지 애인인지 남편인지 구별할 수 없는 언어의 오용은 시청자의 정서상 퇴폐와 타락의 악영향을 미칠 수 있다. 오빠는 혈연을 근거로 하고, 남편은 이성 간의 애정과 인륜을 근거로 한다. 남편을 오빠라고 부르는 것은 애교나 정의 표현으로 보이기보다는 거부감을 일으킨다. 오히려 그것은 신성한 정신적 관계를 회피하고 사회화와 평등관계를 약화시켜 보다 원시적 혈연관계로 퇴행하고 싶은 인간심리의 반영이며, 근친결혼 내지 근친상간의 심리가 엿보이는 것 같아 참으로 부끄럽다. 남편을 지칭할 때는 그이/남편/X씨/X서방/애기 아빠 등으로 표현할 수 있겠다. 우스갯소리로 우리말사전에서 '오빠'를 찾으면 "여자의 남자형제/애인/남편/대학선배"라고 쓰여 있는 사전이 가장 최신판 국어사전이 되어야 하지 않을까?

젊은이만의 은어 비슷한 것이 TV에서 톡톡 튀고, 과장된 자기선전과 노골적인 섹시함이 조장되고, 푼수와 터프가이와 공주의 언어가 난무한다. 틀린 맞춤법과 품위 잃은 표현법은 문화의 저질화를 야기한다. 일시적인 환각제처럼 왜곡된 언어표현은 사람 사이를 이탈시키고, 솔직하고 편안한 세상살이를 저해한다. 아무리 파괴와 해체의 시대에 산다지만 본질적인 가치와 의미체계는 지켜져야 한다. TV가 순수하고 본래적인 언어체계를 위해 언어정화운동이라도 벌여야 할 때이다. TV는 명확한 언어개념을 통해 인간관계를 원활히 하고, 인간 사이의 오해와 이질성을 통합하는 사명에 충실해야 한다.

(1997. 9. 14, 광남일보)

東窓을 열며: 평강공주와 신데렐라

    살랑거리는 나뭇잎 사이로 가을이 밀려오고, 높고 푸른 가을 하늘 사이로 우리의 생각이 깊어가고 있다. 독서와 성찰의 계절을 맞아 이야기 속의 두 주인공 평강과 신데렐라를 되새기며 이 땅의 여성들 마음속에 잠재한 상충된 두 욕망의 형태를 생각한다.

    신화와 전설 속의 인물들은 우리 인간의 원형이며 우리 삶의 모델이다. 평강은 공주이면서 공주이기를 거부했고, 신데렐라는 천둥이이면서 왕비가 되었다. 이야기 속의 신데렐라는 예쁘고 착했지만 오늘의 신데렐라들은 미모만 내세우며 공주임을 자처한다. 고구려 역사 속의 평강공주는 어린 시절 하도 울기를 잘해서 임금은 바보온달에게 시집을 보낼 거라며 얼러댔다. 그녀는 자라서 궁궐과 부귀영화가 약속된 청년을 마다하고 무식하고 순진한 산골 청년 온달에게 시집을 간다. 평강공주는 가난한 온달을 공부시키고 무술을 익히게 한다. 지혜와 교양도 갖추게 했다. 어느덧 그는 씩씩한 장군이 되어 나라를 위해 많은 무공을 세우고, 신라와의 대전에서 장렬하게 싸우다 죽는다.

반면 동화 속 신데렐라는 계모와 그의 딸들에게 학대를 받으면서 어렵게 살다가 친어머니의 영혼의 도움으로 왕자와 결혼, 부귀영화를 누린다. 이에 연유해서 주로 생에 대한 주체적 노력 없이 일신상의 행복만을 추구한다든가 소비와 외적 치장에만 급급하며 오로지 여성성과 아름다움에 의지하여 남자의 부귀영화에 편승, 자신의 신분상승을 획득하려는 여성의 심리상태를 우리는 신데렐라 콤플렉스라 한다. 전근대적 여성상이 아닐 수 없다.

자아의식이 뚜렷하고 남이 거저 주는 행복을 불편해 하는 오늘의 개성적인 여성상으로는 어울리지 않는다. 향락과 허영을 가슴에 품은 여성상이 있고, 유괴와 살상을 마다 않는 여성, 돈과 권력이나 미모로 배우자나 사윗감을 사려는 여성도 있다. 또 재능과 맞지 않는 영재교육만을 부추기는 극성파 엄마와 같이 아직도 여전히 과욕과 공주병에 젖어 있는 여성들이 우리 주변에는 적지 않다. 우리는 수많은 사건사고에서 도덕의식의 실종과 인간성의 파괴를 봐 오고 있다. 첨단과 정보산업의 발달, 경제제일주의, 과도한 경쟁의식, 이기적 실용주의의 후기 산업사회에서 우리는 추락하는 인간의 모습과도 자주 만난다.

계급사회였던 고구려 시대에 이미 평강공주는 가문의 반대를 무릅쓰고 집을 뛰쳐나갔고, 온달을 바보 취급하는 사람들의 편견을 부정하며 바보를 애국자로 만들었다. 평강은 온갖 부귀영화의 약속과 기득권을 포기하고, 자신의 노력으로 만족스런 삶을 일구었다. 뿐만 아니다. 온달의 바보성 뒤에 숨은 착함과 순수함, 따뜻한 인간성, 잠재능력을 통찰하는 능력까지도 갖췄다. 세속의 눈으로 볼 때 온달이 바보일 따름이지 그는 어린아이의 천진함과 소박함, 활달한 기상이 넘치는 사나이다. 평강은 이타적인 사랑과 봉사, 창의적 노력과 자유의지로 온달의 인간성을 꽃피게 했다. 그녀의 정신에서는 배우자와 가족과 사회를 변화시키는 교육적인 힘과 비본질적인 것의 억압을 뛰어넘는 무한한 순수성, 과감한 천재성이 발견된다.

이제는 물질만능의 신분상승과 과학문명의 찬란한 무지개 저편으로 사라져가는 마음의 평화와 순박한 인간성이 절실히 갈구되는 때다. 공업과 기술의 발달 저편에서 메말라가는 인간성의 회복을 쟁취하기 위해서 고전을 읽고, 그 뜻을 오늘에 되살리는 온고지신(溫故知新)의 지혜를 익혀야 할 때다. 소녀적 감상이나 낭만적 도피의식에서 머무르지 않고, 공주이기를 과감히 거부하고 삶의 주체로서 인간성을 확신하고 적극적으로 생을 창조한 놀라운 실천력은 가히 혁명적이다. 이는 지금에도 톡톡 튀는 현대성을 갖는다. 현실에 안주하지 않고 과거에로 도피하지 않으며 미래지향적인 현실을 창조하려는 평강의 강한 생명력에서 우리는 19세기 노라의 탈출의 원형을 볼 수 있으며, 새로운 세기에도 전혀 손색없는 여성상의 출현을 예감케 한다.

(1997. 10. 13(월), 광남일보)

東窓을 열며: 교양과 봉사

독일의 문호 괴테는 『빌헬름 마이스터의 수업 시대』와 『편력 시대』를 통해 인간의 교양의 이념과 그것의 실천을 제시하고, 이 두 가지가 융합되어 인간성의 개념이 완성된다고 보았다. 인간은 살아 있는 존재들 중 최고의 존재로서 자유와 인류애와 내면적 도의성을 추구하며, 끊임없는 활동성과 봉사를 통해 그 것의 추상성과 일면성을 극복한다. 괴테는 교양의 완성과 그것 의 실행으로서의 봉사를 우리에게 동시에 요청함으로써 위대한 인간성에 접근하는 가능성을 시사한다.

인간성의 목표로서의 교양을 이념과 관념추구로만 그치지 않 고, 획득된 교양이 어떻게 사회 가운데 적용되어야 하나를 깊이 관심 갖고 그 문제에 깊이 천착한 주인공 빌헬름은 어려서부터 시민계급이 보다 자유로운 교양에 도달할 수 있는 유일한 가능 성으로서 연극을 사랑한다. 그러나 이 연극이 어떤 미학적 영역만을 고수할 뿐이지 인격을 다방면으로 형성하기 위해서는 행동의 결단과 공동체적 활동이 요구됨을 느끼고, 어떤 공동체에 들어가서 계급사회를 철폐하고 민주적 교육을 실천함으로써 어설픈 예술애호가이자 탐미적 몽상가로부터 실천적인 인생체험으로 나가는 길을 발견하는 것이다.

인류의 영원한 벗 파우스트도 인식과 교양의 완성을 위해 악마에게 영혼을 팔았으나 끝없는 인식욕은 결국 인간사회의 발전을 위한 봉사의 길에서 만족을 얻고 휴식한다. "아름다운 순간이여 멈추어라!" 불모의 땅을 간척지로 일구고 지치고 병든 노구의 백발이 성성한 파우스트는 희미한 시력으로 황금물결 넘실대는 벌판을 바라보며 비로소 평화와 안식을 느끼고 죽음에 동조하는 것이다.

독일어의 '봉사'라는 말은 중세의 고딕 건축물을 떠받치고 있는 기둥을 의미하기도 하며, 원래는 신에 대한 헌신에서 출발한다. 그것은 인본주의를 거치며 인간에 대한, 실제생활에 대한 기여의 의미로 발전된다. 괴테의 두 주인공이 끊임없는 활동을 통해 이룩한 복지사회와 민주사회는 복된 근대사회의 출현을 예고한다. 이러한 이념의 전통 아래서 서구사회는 일찍이 민주 평등 복지사회를 도입한다. 이념과 실제, 이론과 실천의 융합은 근대 서구 지식인의 지표다. 그것은 정치의 장에서 가장 멋지게 꽃으로 핀다. 안타깝게도 우리 정치현실은 이런 꽃 대신 인간의 온갖 약점들을 드러내는 전시장인 듯싶다. 국민은 이번 대선에선 올바른 주권행사와 부정선거의 파수꾼 노릇을 하면서 기다릴 수밖에 없겠다.

정치는 병들었지만 그러나 우리 사회의 곳곳에 넘치는 아름다운 인간애들이 있어 우리의 겨울은 춥지만은 않다. 우리 주변에는 평범하고 소박한 삶 자체가 인간애임을 드러내 보이는 실천적 삶을 사는 사람들이 있다. 일생 고생해 모은 재산을 털어 불우학생들의 장학금으로 내놓은 한 할머니가 있다. 어린 날 할머니의 꿈은 교사였다. 그러나 남동생을 위해 자신은 진학을 일찍 포기하고 더 이상은 학교에 가고 싶다는 내색을 해 보지 못했다. 어떤 아주머니는 밥장사를 해 번 돈으로 의지할 곳 없는 노인들에게 음식을 대접하는가 하면, 목욕도 시키고 머리도 깎아주고 하다 보니 자신은 시간이 없어서 여행 한 번도 해 보지 못했다고 한다. 장애아동을 둘씩이나 입양해 키우는 부부의 얘기도 있다. 이들은 이웃의 고통을 함께 나누고 사랑하는 법을 배우며 산다.

지극히 평범하고 못 배운 사람들이 오히려 강한 생명과 인간성과 봉사를 실천한다. 삶 자체가 실천이고 봉사인 삶, 그것이 그렇게 감동적인 것은 지식과 교양이 많은 사람들이 실행을 멀리하고 감상의 틀에 안주해 있기 때문이다. 가장 정신이 없는 사람이 정신에 관해서 이야기하고, 가장 활기 없고 맥 빠진 사람이 삶과 생명에 관해서 떠들고, 야욕에 차 있는 교만한 사람이 국민을 운운한다지 않는가. 보이지 않는 그늘에서 묵묵히 행동

하는 평범한 사람들의 봉사가 우리에게 진한 감동을 주는 것임
에는 틀림없지만, 그것과 더불어서 더욱 절실히 요청되는 것은
지식인의 봉사가 아닐까.

(1997. 11. 10, 광남일보)

東窓을 열며: 영어교육과 제2외국어

요즘처럼 영어 교육열기가 대단한 적은 일찍이 없었다. 도시의 웬만한 거리마다 원어민강사가 있는 영어학원이 있고 그룹별 회화 과외, 개인별 교수, 외국 현지연수 등 눈만 뜨면 우리는 영어교육의 홍수 속에 살고 있다. 문제는 지나친 영어 제일주의와 한국 내 영어시장의 상업성과 국민들 마음속에 파고드는 영어권문화에 대한 사대주의에 있다. 더 큰 문제는 영어 열광으로 인해 다른 외국어, 즉 제2외국어 교육이 아예 못난 자식 취급을 받는다는 것이다.

외국어 교육은 정치, 경제, 사회, 문화, 학문의 면에서 국제간의 상호이해와 교류를 목표로 하며, 국가사회 발전과 인간정신 발달을 목표로 한 산업문화정신의 중재자로서의 유능한 전문인 양성 및 지구촌 삶의 다양한 형식들을 이해하기 위한 세계시민적 교양인의 양성을 목표로 한다. 우리는 외국의 학문과 문화정신 등을 일방적으로 수용해 왔고, 각종 교류와 무역 등을 위한 도구로서의 외국어 기능이 강조된 것은 불과 몇 년 안팎이다.

세계는 한 지붕 안에 사는 다세대 주택처럼 다양한 큰 언어권으로 구성되어 있다. 각 세대 간의 등거리 외교처럼 국가는 절대로 어느 한 언어권에 함몰되거나 경도되어서는 안 된다. 다양한 외국어 교육은 문화적 편향과 정신적 사대주의 및 사고 방식의 고정성을 탈피함으로써 튼튼하고 건전한 국민정신을 함양할 기반을 다지기 때문이다. 외국어 교육의 활성화는 특히 요즘 위기의 그늘에서 야위어가는 인문과학의 회복과도 관련된다. 정신과 문화, 도덕성 또는 자유라 하는 인문주의의 원리는 인간의 삶의 질을 위해 그만큼 더 크게 요청된다.

작금의 국가경제의 어려움은 지나친 사교육비를 지출한 가정경제에도 그 한 책임이 있다. 세계화의 허황함은 영어드림 속에서 과소비, 허영심, 상업주의, 정신적 식민 상황, 언어의 지나친 도구화를 통한 인간성의 상실과 같은 폐해로 찢겨진 상태다. 세 살짜리 아이가 달을 '문(moon)'이라 하고, 다섯 살 아이는 '가자'를 '렛츠 고우'라고 하며, 유아는 영어테이프를 들으며 우유를 먹는다고 한다. 우리말의 정체성과 우리 아이들이 어떤 가치 속에서 자라야 하나를 우리는 잊고 있다. 그보다는 어두운 등불 아래 엄마가 들려주는 옛날이야기, 그것이 우리 아이들의 꿈과 상상력을 길러준다는 것은 잘 모르는 일일까? 초등학교 교사의 영어 재교육과 초등영어교육은 얼마나 많은 국고 소모와 맹목적인 사교육을 부채질할지 실로 두렵기만 하다. 영어증후군은 대학에서조차 학문의 정체성을 뒤흔들며 학생들은 토익, 토플 강좌에 목을 매고 있다. 물론 방과후 학습이지만 전공보다 영어를 잘해야 취직을 쉽게 한다고 하면서 대학은 취업기관화하고 있다.

곧 들어설 다음 정부는 현행 외국어 교육체제를 개혁하고, 성숙한 문화민족과 국제관계의 개선의 면에서, 인문과학의 발전의 면에서 다양한 외국어 교육을 권장하여 국제적으로 경쟁력 있는 언어일꾼들을 생산하기 위한 제도적 장치를 마련해야 할 것이다. 중·고등학교에서 다양한 외국어 교육이 이루어져야 하고, 제2외국어 수업시간이 영어수업으로 탈바꿈하는 것을 감시하고, 교사 자질을 높여야 한다. 언어실험실 및 기자재를 확보하고, 학습 인원을 최소화하며 회화뿐만 아니라 작문과 독해를 통한 의사소통 중심의 교육이 되어야 한다. 수능시험은 다양한 외국어 중 선택의 기회를 보장하고, 기업체는 유럽, 동남아, 러시아로 향하는 창구를 열고 그 나라 언어와 문화에 능통한 전문인을 확보해야 할 것이다.

거품 같은 영어신드롬을 다양한 외국어에 대한 인식으로 승화시키자. 국가는 상업적이거나 출세 지향적 목적만을 위해 외국어 교육을 부추김으로써 국민의식을 왜곡시키거나 제2외국어 교육을 홀대해서는 안 된다. 어떤 외국어이든 우월한 외국어 능력자의 층이 두터울수록 그 국가는 다양한 자양분의 옥토 위에서 어느 한 종주국에 지배되지 않는 자유로운 주권국가로 발전된다. 외국어를 배우는 것은 돈벌이의 수단을 넘어 궁극적으로 풍부한 인간애와 자기이해, 정신적 균형과 보다 높은 삶의 질로 연결되는 데 그 목표가 있다고 생각하기 때문이다.

(1997. 12. 8, 광남일보)

인문학도, 그 아름다운 사람을 위하여

(독일언어문화학과장 김정자)

누구나 아름다운 사람들이 이끌어가는 아름다운 사회에서 살고 싶어 할 것이다. 모 항공사에서는 스스로를 '아름다운 사람들'이라고 표방하면서 승객들에게 따뜻하고 질 높은 서비스를 제공하고자 한다. 이렇듯 조그만 서비스의 정신에서부터 거창한 인류의 이념에 이르기까지 사용되고 목표되어 있는 '아름다운 인간'은 과연 어떠한 인간이라고 생각하는가? 성질이 온순하고 착하다거나, 친절하고 상냥하다거나, 이지적이고 외모가 예쁘고 똑똑하다고 해서 아름다운 사람이라고 단순히 말하는 것은 아니다. '아름다운 사람'에는 역사적이고 문학적이고 미학적인 인간의 이념 내지는 정신이 깃들어 있다. 그 정신은 역사적으로 18세기 후반의 시대가 추구한 인간상이며, 문학적으로 시성 괴테가 그의 작품 『아름다운 영혼의 고백』 속에서 토로한 감동적인 인간상이다.

괴테는 위의 작품가운데서 '비록 병고에 시달리나 세속적인 삶의 자세를 부단히 거부하면서 오로지 참된 신앙의 자세를 견지하는 젊은 아가씨의 힘들고도 평화로운 삶'을 그리고 있다. 괴테 시대의 예술가들은 이러한 인간상을 추구하기 위해 심혈을 기울였고, 그것은 그 시대의 이상이기도 했다. 고전주의 시대의 이상적 인간상이었던 '아름다운 영혼'은 정직과 인간애와 관용과 자유를 위해 자신과 투쟁하며, 사회와 투쟁하며, 인간의 내면적 도덕률을 실현하는 사람을 말한다. 누가 뭐래도 자신의 인자함과 도의심과 비이기적 사랑을 실천하는 사람, 그가 곧 아름다운 사람인 것이다.

이러한 인간상의 이상은 18세기의 한 시대적 이상으로만 머무는 것이 아니라 인간 본연의 영원무궁한 본질이고 그 목표임은 두말할 나위 없다. 시대를 불문하고 통용되는 아름다운 이상은 언제나 있어야 하며, 그것을 추구하는 일은 언제나 우리 삶의 현재형이다. 아름다운 행동으로, 따뜻한 마음으로, 실용과 경쟁, 이기심과 세속문화의 틀에 과감히 저항할 지혜와 용기를 가져보자. 경제적 효율성과 업적과 능력이 뛰어난 산업형 인간, 기계적 인간만을 평가함으로써 세속화의 극을 향하고 있는 현실을 우리는 직시하고 피해 가자.

그래서 나는 난데없이 젊은 베르터와 같은 고매한 인격과 신에 닮아갈 정도의 천재적 이념을 지닌 우리의 우상을 꿈꾸어본다. 적어도 그러한 이상은 다른 사회에서는 몰라도, 대학이라는 사회에서는 포기되어서는 안 된다고 생각한다. 아름다움과 인류애와 자유를 향한 불타는 정열의 후세들을 최소한 몇 십 퍼센트는 육성해야 하지 않겠는가? 이 사회의 혼탁한 물을 깨끗하게 정화시킬 수 있는 마지막 보루는 대학이고, 그 한가운데 인문학이 있다. 우리 사회를 올바른 방향으로 세워나가는 핵심적인 힘들은 인문학의 이념에서 생겨나기 때문이다

우리가 너무 멀리, 너무 깊이 인간성의 황폐와 실종의 나락으로 떨어지지 않도록 인문학을 중시하고 그것을 육성·보호할 제도적 장치를 국가는 마련해야 한다. 새로운 세기에 우리는 더 이상 '죽은 시인'의 사회나, '죽은 낭만', '황폐한 인간성'의 사회에서 살아서는 안 될 것이며, 인문학의 이상이 실종된 사회를 후배들에게 물려줘서도 안 될 일이기 때문이다. 시인과 인간과 자연이 함께 부활하는 사회를 건설하기 위해서 '아름다운 영혼'의 정신을 인문학도들은 깨우쳐야 할 일이다.

(2000. 12, 승달산을 바라보며)

명작의 이해: 행복한 책읽기

(지도교수 김정자)

군자의 삼락 중에서 가장 큰 락은 책을 읽는 것이라고 했던가? 작가나 시인은 '신의 목소리를 전달하는 사람'이기에 우리는 세상의 이치와 하늘의 뜻을 이해하기 위해서 명작이나 고전을 읽으며, 그 이치와 뜻을 하나하나 알아가는 기쁨, 그것은 곧 행복일 것이다. 그것은 물질과 문명, 기술이 가져다줄 수 있는 어떤 편안함이나 풍요로움과도 바꿀 수 없는 마음의 평화와 행복을 가져다준다.

그런데 갈수록 젊은이들이 책읽기를 소홀히 한다. 컴퓨터나 만화를 통해서, 또는 영상을 통해서 지식 정보를 습득하고, 문학작품조차도 컴퓨터 화면이나 영상 화면을 통하지 않으면 접하기를 싫어한다. 이러한 매체들은 그러나 무궁한 전략적 지식과 정보에도 불구하고, 우리 모두에게 소중한 가치매체로 남기보다는 상업적 기술적 전략매체로 여겨진다.

요즈음 수많이 제공되는 정보와 지식들 앞에서 선택의 여유도 없이 매몰되어 가고 부질없이 바쁘기만 우리자신을 응시하면서 이러한 매체들이 오히려 공해이겠거니 하는 생각도 든다. 정보와 지식의 대량화와 가속화, 저급화는 갈수록 심화되고, 생각과 상상과 환상을 필요로 하는 깊은 이념이나 정신적 문화유산은 몰이해와 위축과 고사의 늪으로 빠져버릴 전망이다. 우리에게 참으로 필요한 것은 지식과 정보들을 정선하여 깊게 생각하고 상상하고 반성하는 성찰의 자세인데도 말이다.

우리 대학사회에도 개혁의 바람이 분다. 대학의 교육이 산업현장에서 필요한 맞춤형 인재들을 쏟아내고 있다고 기염을 토하는 분위기이다. 그러나 이러한 취업 위주의 교육은 취업의 도구적 기능으로 교육을 몰고 가며, 젊은이들의 지적 발전과 기술의 창의력을 오히려 손상시키고, 당장의 편의와 인기에 영합하는 포퓰리즘의 교육정책이 아닐 수 없다. 이는 젊은이들에게 돈 버는 것만이 전부인 것처럼 유도함으로써 삶의 방식과 가치관을 오도하는 결과를 가져올 수 있다.

시장원리보다 더 중요한 것은 미래지향적 교육철학의 정립이고, 대학교육의 모델 개발이다. 함부로, 그리고 성급하게 아무데나 시장원리를 개입시킴으로써 학문의 영역을 사정없이 위축시켜 버리고 인문학과 기초과학의 고사를 초래하는 급진적인 변화는 교육의 황폐화를 가져오고 말 것이다. 변해야 산다. 그러나 시대가 아무리 변해도 변하지 않는 것이 있다. 그것은 인간성과 도덕의식이다. 돈과 기술만의 발달은 우리 몸을 살찌게 하고 편리하게 해 주지만, 우리의 정신과 영혼을 소외와 황폐와 고독의 세계로 던져버릴 것이기 때문이다. 인터넷 발달로 인해 책의 문화가 우리 사회에서 사라져 가는 것도 이러한 물질주의와 편리주의와 상업의식과 무관하지 않다.

우리 인류는 다행히도 인류애와 자유에 근거한 빛나는 이상과 가치들을 제시한 많은 위대한 문학작품들을 갖고 있다. 명작이야말로 인류가 보존해야 할 도덕적 이상과 자유의 정신을 구현하고 있다. 구텐베르크가 활자를 발명한 이후 오늘날까지 인간의 정신적 발전에 기여하는 모든 매체문화들 중의 왕으로 군림해 온 책의 문화는 명작과 고전이 갖는 풍부한 사상과 정신을 담아내기에 가장 적합한 것이었다. 이 시대 밀려오는 사이버문화, 영상문화의 물결이 책의 문화를 보완하던 위치에서 이제 우리의 정신적 갈증과 상상력을 주도할 충분한 문화적 장치로 나아갈 수 있을지 지극히 의심스럽다. 나는 이 모든 부질없이 시끄러운 문화장치들이 불필요한 소도구들이 되어 우리의 정신문화의 틀을 부수고 깨트릴 것 같아 사뭇 두렵다.

책을 읽으면서 나는 눈으로 보고, 마음으로 느끼고, 머리로 생각을 하고, 상상을 한다. 문학은 우리에게 무한한 공간을 펼쳐준다. 명작은 우리에게 그 정신과 내용의 무한함으로 인해 자유롭게 우리를 비상시키며 우리의 수용을 기다리고 있다. 나는 책을 읽으며 음악을 듣고 그림을 보고 커피를 마신다. 책을 읽다

말고 운동도 한다. 공간과 시간의 제한을 초월하여 책은 어느 때나 어디에서나 나를 기다려주는 지혜로운 동반자이다. 책은 내게 무한히 자유로운 공간이며 여백이다. 책은 내게 주인공과 함께 무한한 대화와 상상을 공유케 하며, 주인공의 지혜와 삶의 방식을 내게 매개해 준다.

책읽기는 글을 읽을 수만 있으면, 더 이상의 기술도, 공간도, 장치도 필요로 하지 않는다. 누구에게나 열려 있는 참으로 겸허한 자세로, 그 웅대한 정신의 세계를 드러낸다. 책읽기를 통해 나는 삶의 행복과 고통, 아름다움과 천박함, 삶의 깊이와 넓이를 넘나들 수 있으니 어찌 복되다 아니하겠는가? 학생들이여, 그대들에게 책읽기의 즐거움과 행복을 조금이라도 나누어주고 싶은 이 마음을 그대들은 읽을 수 있겠는지? 행복하세요!

(2001. 5)

봄, M.T., 그리고 새로운 낭만

봄이 오면 학생들은 M.T.를 떠난다. 봄의 설렘과 대지의 용트림, 천지에 가득한 봄기운을 온몸으로 맞는다. 온갖 생명체들이 꿈틀거리는 소리가 아직은 차가운 바람과 따스한 빛을 타고 눈과 귀, 마음과 몸을 깨운다. 개나리, 산수유, 동백, 목련의 꽃망울들이 연녹색의 파릇한 순들을 내비치며 어느덧 내 곁에 와 있었음을 일깨운다. 겨우내 가라앉아 있던 신체의 기류들을 톡톡 흔들어대며 제 자리로 보내주는 놀라운 기운, 그것은 새로운 생명의 물결, 새로운 각성이다.

나의 대학 시절엔 모꼬지 대신 야유회나 명소 탐방 같은 것이 있었다. 예비역이 현역에게 주는 군사훈련(?)도 없었고, 남녀가 어울리는 모습도 부자연스럽던 그 시절엔 선후배나 동료들 사이에 감정의 내색이나 사랑의 표현이 인색했다. 마음의 문을 닫았고, 자의식이 넘쳤다. 학교나 학과, 동료를 사랑하는 마음보다는 자기 사랑의 감정이 더 컸던 것 같다. 독일 대학생활의 낭만이라는 "공부하고 사랑하고 마시는 일(Studieren, Lieben, Trinken!)"을 아무리 외쳐도 나는 함께 일을 잘하지 못했고, 사랑은 물론이요 공부하는 일조차 제대로 하지 못했다. 그저 관념 속에서 고독과 사랑을 읊었고, 박인환의 시를 술병에 담아 꽂아 놓고, 존재의 쓰라림과 따로 있음의 쓸쓸함과 젊음의 무미함을 탄식하며, 아무도 함께 할 수 없음을 슬퍼했다.

모든 것이 관념으로만 이해되던 그 시절, 그때 만약 선배들이 M.T.를 주었더라면 아마 우리는 다들 서로 사랑에 빠져버렸을 것이다. 생전 처음 잡아보는 손목과 발목, 스킨십으로 우린 연인처럼 한 덩어리가 되었을 것이다. 나는 요즘 젊은이들이, 솔직히 말하면 캠퍼스 커플(연인)이 부럽다. 고독하지 않고, 행동과 감정의 표현이 자유롭고 솔직한 젊은 학생들이 부러운 것이다. 연인을 이루는 작은 힘은 세상으로 이어지는 사랑의 큰 흐름으로 합류됨을 나는 믿는다. 그러기에 그들이 감상보다는 행동을, 관념보다는 현실을, 체면보다는 실리를 앞세운다 하더라도, 취업용 수험서만 잔뜩 끼고 다니는 단순 무지 학생들이라 하더라도, 나는 어려운 통속의 시대를 만난 그들의 고뇌를 이해하고 싶다.

지금 생각하면 M.T.는 '마시는' 작업에 가까운 것 같다. 가난과 고독과 관념과 낭만의 파편들로 넘쳐흘렀던 술잔은 이제 타협과 자신감과 사랑과 풍요로 넘실거린다. 어둠과 차가움의 터널을 지나 밝고 따뜻한 봄이 오면 젊음은 M.T.를 통해 공동체의식을 기른다. 연인, 동료, 동아리, 이웃 안에서 함께 만들어나가는 힘과 더불어 사는 덕목들을 훈련한다. 바야흐로 대중의 시대, 팀워크의 시대는 더불어 또 따로, 공동체와 개체의 힘을 서로 의미 있게 연관 지어 창조적인 에너지로 바꿀 줄 아는 그런 사람을 요구한다.

M.T.는 함께 해야 하는 이 시대에 자기 자신의 삶을 운전하는 주체로서의 자각과 동시에 이웃의 삶을 동반하며 살아가야 하는 동반자로서의 자각을 깨우쳐주는 일이다. 나의 삶의 주인이자 남의 삶의 동행자로서 나의 역할과 사명이 무엇인가를 깨닫게 해 주는 작업이다. 이제 나는 내 안의 환상들을 몰아내며, 사라져가는 감상과 낭만을 아파하며, 약간은 낙관적인 어조로 젊음을 찬미할 것이다. 새봄을 '마시며' 함께 하는 M.T.는 대학생들의 또 하나의 낭만이 될 것이기에.

(2004. 3. 31, 목포대학교교수평의회소식)

6. 내 삶의 단계들

생의 단계들(Stufen)

: 헤르만 헤세(Hermann Hesse, 1877~1962), 김정자 번역

모든 꽃들이 시들고, 모든 젊음이 나이를 먹어가듯이,

생의 모든 단계마다 꽃은 피어난다.

지혜도, 덕망도 모두 그것의 시대에 맞게

꽃이 피기에 영원히 지속되지 않는다.

생이 부르짖을 때마다 심장은 작별하고

새로운 시작을 준비해야 한다.

슬퍼하지 않고 용감하게

다른 새로운 결합 속으로 들어가기 위해.

모든 시작에는 우리를 보호하고 우리를

살도록 도와주는 마력이 깃들어 있다.

우리는 씩씩하게 공간마다를 뚫고 지나가야 한다.

고향뿐만 아니라 어떤 공간에도 매달리지 말아야 한다.

시대정신은 우리를 구속하거나 제한하지 않을 것이며,
우리를 단계마다 높여줄 것이며, 확장시켜 줄 것이다.
우리가 은밀하게, 슬프게 어떤 생활권에
안착하자마자 우리는 무기력해진다.
출발과 여행의 준비가 되어 있는 자만이,
자신을 얽어매고 구속하는 습관으로부터 벗어날 것이다.
어쩌면 아직 죽음의 시간이
우리를 새로운 영역으로 데려다줄 것이지만,
우리를 향한 생의 외침이 결코 끝나지 않을진대
좋다, 마음이여! 이별을 고하고, 건강해질지어다!

순수하고 세상몰랐던 어린 시절

　어린 시절 혼자 자랐지만 매우 엄격하고 예의 찾는 가정에서 자라난 나는 현실에 대해 아득한 거리감을 가졌었고, 어떤 어려움에도 던져져 보지 못했었다. 잘 보호된 온실안의 화초처럼 자라면서 사람들이나 사물에 대해서도 거리감을 느꼈던 것 같다. 반면에 수줍고 순수한 안목을 갖고 자랐던 것 같다. 매사에 매우 조심스러웠고, 현실의 질곡에 부딪쳐보지도 않았고, 사람들 사귀기도 무서워했고, 세상모르는 소녀로, 오직 책을 통해서만 세상을 꿈꾸었고, 감상적이고 또 수동적이었던 것 같다. 속으로는 많은 끼와 감성이 꿈틀거렸지만, 그런 것을 발화시켜 볼 의욕도 갖지 못하고 슬그머니 흘러 보내 버렸고, 크게 동요하지도 않고 크게 둔하지도 않은 나의 감성의 밑바닥엔 언제나 소리 없는 꿈과 낭만의 강물이 흐르는 것 같았다.

　하지만 그런 것들은 다 오직 책을 통해서만 배웠고, 즐겨졌고,

또 승화되기도 하는 그런 내성적인 성격이었다. 양반 따지는 광산 김씨 집안에서, 무남독녀로 무한 보호받으며, 자신의 감정과 욕망을 잘 조절하며 나는 어릴 적부터 '얌전장이'라는 말을 많이 들어왔다. 누구 앞에서나 얼른 나서지도 않고, 아는 체도 아니 하고, 심지어는 우등상을 탔어도 자랑하지 못하고 뭔가 부끄러웠다. 극단적으로 내성적이었던 것 같다. 어쨌든 나는 자라면서 부모님과 주위의 기대와 사랑을 한 몸에 받았었다는 생각이다. 그렇다고 우리 부모님은 나를 과잉보호하시지는 않았었고, 항상 무심한 듯 보호의 끈을 놓지 않으셨다는 생각이다. 나 또한 세상 가운데 쉽사리 발 딛지 못했던 것 같고, 그저 공부를 통해, 책을 통해 세상과 소통했다는 생각이다.

나는 초등학교 시절부터 긴 거리를 걸어서 통학을 했다. 광주시 광천동에서 수창초등학교로, 또 전남여중고로 주로 걸어서 학교를 다녔었지만, 고등학교까지 12년간의 긴 통학에도 아무런 사고 없이 참 성실하게 다녔던 것 같다. 광주천을 누비고 흘러가는 강가 신작로를 타고 쭉 걸어다니면서 참 많은 생각들, 꿈들을 가졌고, 밤이면 약간은 무섭기도 했던 기억들도 가졌다. 수창초등학교에서 광천동 집으로 가자면, 지금으로 말하면 양동복개상가 부근에서 광주천을 타고 서쪽으로, 오늘날 무등경기장까지 연결되는 도로를 타고 걸어가다 경기장 앞쪽 강가에서 돌다리를 건너서 광천동으로 건너갔었다. 오늘날의 광천대교는 그 후로도 한참 후에야 세워졌으니까. 거기서 또 우리집까지 족히 20분은 더 걸어 들어가야 했었다.

광주천이 그 당시에는 물도 꽤 많았었다. 초등학교 때는 어쩌다 한두 번 강물이 불어서 다리를 건널 수 없어서 학교에 가지 못할 때도 있었다. 중고등학교 때는 광천동에서 수창초등학교 가까이 오늘날의 광주일고 부근에서 충장로를 타고 쭉 올라가고, 충장로 끝 부근에서 중앙초등, 전남여고 쪽으로 틀어서, 그 길을 쭉 걸어서 갔다. 그 당시 시계도 없어서 몇 분 걸렸는지 정확히 기억은 못하지만, 아마 수창학교까지는 족히 40분, 전남여중고까지는 족히 60분은 걸렸을 것 같다. 그때 걸어다녔던 다리 운동이 오늘날 내 다리건강을 그나마 지켜 주고 있지 않나 싶다.

아버지의 고향은 전남 화순군 도곡면 신덕리, 아버지는 그당시 면사무소 서기셨다고 들었다. 때는 1950년 육이오 사변, 어느 밤중에 아버지는 이북 공산군들의 침공으로 죽임을 당할 뻔 하셨는데, 팬티바람으로 고향을 도망쳐 나와서 나주 고모 집으로, 그리고 광주 외곽지대인 광천동으로 오셔서 숨어 지내시다 반란군이 물러가고, 그 후 광천동에 정착하셨다는 이야기를 어렴풋이 들었었다. 1925년생이신 아버지의 나이는 그 당시 스물다섯 살 정도였고, 아버지보다 세 살 어리신 어머니는 아직 세 살이 채 안 된 나를 허리에 들쳐 업고 신덕리 산 고개 길을 걸어서 광주 광천동까지 걸어오셔서 아버지를 만나곤 하셨단다. 그리고 얼마 후에 아주 광주로 이사하셨다는 이야기를 먼발

치에서 들었었다.

어머니는 열여섯 살에 시집 와서 스무 살에 나를 낳으셨다. 내 기억의 어머니는 너무 순수하시고 얌전하시고, 또 미인이셨다. 동네 우물가에서, 또 여기저기에서 내 뒤에 대고 쑥덕쑥덕하는 이야기들이 많이 들려왔었다. 내가 2002년 영국 캠브리지에 머물렀을 당시, 그곳 목사님 사모님께서 내게 똑같은 말씀을 하셨다. 삼남에서 제일 미인일 것이라고. 나는 그 말을 듣는 순간 어머니가 떠올랐다. 어머니가 들으셨던 말이었다. 나는 어렸을 때부터 아버지 닮았다는 말을 많이 들어왔었고, 그렇기에 미인이란 소리는 못 들었었는데, 지금 생각하면 그때 캠브리지 시절에 나는 제일 말라 있었고, 소녀 같은 모습이었고, 그래서 어머니와 비슷한 모습이 제일 많이 나타났었던 것 같다. 그래서 나도 한순간 미인일 수 있었다는 생각이다.

아버지가 어떤 삶의 과정을 밟으셨는지는 정확히 아는 바가 없다. 다만 아버지는 당신의 어머니를 일찍 일곱 살 때 여의셨기에 의붓어머니 밑에서 자라셨는데, 초등학교만 졸업하시고 가출을 하셨다고 들었다. 너무 공부가 하고 싶으셔서 YMCA에서 영어공부를 하셨고, 이북에도, 일본에도 가셨었고, 그곳에서 중학교에도 들어가셨다고 들었다. 그러나 그 후로 어디까지 공부를 마치셨는지는 확인하지 못했다. 사춘기 동안 긴 방황 끝에 귀향하셔서 아버지는 면서기도 하셨고, 수창초등학교에서 교편을 잡으시기도 하셨고, 간부후보생으로 합격하셔서 꽤 오래 군

[사진 22] 아버지

생활을 하시다가 내가 초등학교 6학년 때쯤에야 제대를 하셨던 것 같다. 육군 준위에서부터 시작하여 중위로 제대를 하셨으니까, 아마 내 초등학교 시절엔 아버지께서 타향에서 군대생활을 하시느라 집에 오신 적이 거의 없으셨다.

그래서일까, 그 시절 아버지와 함께 했던 기억이 거의 없다. 중학교 시절에도 마찬가지다. 단지 고등학교 1학년 때인가 학교에서 단체로 김장봉사를 하러 광천동 외곽 지역으로 간 적이

[사진 23] 어머니와 나

있었는데, 그때 아버지가 자전거를 타고 오셔서 나의 담임선생
님을 만나셨던 장면이 눈에 선하다. 그 당시 아버지는 광천동
동장을 하셨다. 광천동 외곽 지역에 학생들을 데리고 김장봉사
하러 와주신 나의 담임선생님께 동장으로서, 또 학부형으로서
감사인사를 하려 오셨던 것이다. 그것이 나의 초중고 학교시절
통틀어서 단 한번 아버지와 담임선생님의 만남이었다. 사실 나
는 초등, 중등, 고등, 모두 다 세칭 일류학교에 다녔고, 공부도

잘했고, 했지만 한 번도 학교에 부모님이 오신 적이 없었다. 오히려 담임선생님이 우리집을 방문 오셔서, 그 상황을 아시고 더욱 내게 애잔한 관심을 보여주신 선생님도 계셨던 것 같다.

아버지는 성격이 대쪽같이 곧으셨고, 청렴결백이 아버지의 트레이드 마크였다. 광천동 동장을 하시면서도 너무나 꼼꼼하시고, 정직하시고, 사무 처리도 잘하고 하시니까 동민들 투표로 연임을 하시기도 했었다. 아버지는 그 당시 광천동 개발 제1기의 주역이셨다. 광천동이 오늘날의 모습으로 되기까지 아버지의 역할이 컸음을 이제야 알 것 같다. 나는 그렇게 집안일이나 사회나 정치에는 관심이 없었다. 잘 가꿔진 온실의 나무처럼 그렇게 내 자신의 꿈을 위해 책을 읽고 공부만 했었다. 아버지는 워낙 글씨도 명필이시고, 지적 욕구도 높고 하셔서 집에 계실 때면 간단한 영어회화 책을 놓고 공부하셨던 기억이 있다. 초등학교 때도 1등이셨고, 했지만 환경이 뒷받침을 못해 줘서 당신 뜻대로 공부를 많이 할 수 없으셨던 게 너무 한스러우셨던 것 같다. 당신의 자식들은 공부만 잘하면 대학이고, 유학이고 간에 한없이 뒷바라지해 주시겠다고 공언하셨다. 나는 덕분에 아버님 기대와 사랑을 많이 누렸던 것 같다. 내가 세상 물정 모르고, 아니 관심 갖지 아니하고 지금까지 내 소신대로 살아왔던 것도 다 그 덕분임을 깨닫는다.

대학교 1학년 여름방학 때, 서울에서부터 집으로 돌아왔을 때였다. 집에 와 보니 두 어린 아이들이 집 안방에 누워 있는 것이었다. 그리고 그들이 내 동생들이라는 것을 알게 되었다. 너무 충격적이었지만, 나는 조용히 받아들이고 있었다. 그러나 내 어머니 마음은 어떠셨을까? 광산 김씨 양반집 종가에 아들이 없으니 종친회에서 맺어준 인연이라는데, 어머니 마음은 이미 다 받아들이고 있었다. 그리하여 내게도 이복동생들이 둘이나 생겨났다. 어머니, 당신은 그렇게 예쁘시고, 얌전하시고 순진하시고 마음씨 착하신데, 어찌하여 아들 하나 못 낳으셔서 이런 아픔을 겪으시는지요, 안타깝고, 아프고, 눈물이 났다.

때 묻지 않은 정열과 의지의 젊음

헤르만 헤세는 이미 열네 살 때부터 '작가가 아니면 아무것도 되고 싶지 않다'는 생각을 가졌듯이, 나는 고등학교 때부터 독일 문학이 아니면 아무것도 하고 싶지 않다고 생각을 했다. 중학교 입학해서부터 나는 책읽기를 좋아해서 시간 나는 대로 도서관으로 좇아갔었고, 한국문학전집을 위시해서 많은 문학작품들을 읽었다. 중2 때부터 고2 때까지 학급을 대표해서 도서위원을 했고, 고등학교 3학년 때는 도서위원장을 했다. 도서관은 내 휴식처이자 꿈의 산실이었다. 내가 열두 살 무렵, 내 어머니 친구 분이 했던 말 한 마디가 나를 교수로 이끌었다는 생각도 든다. 그 분은 내 손을 만지시고 생년월일을 물으시더니, 내가 교수가 되거나 교수한테 시집을 가겠다는 얘기를 하셨다. 그때부터 나는 막연히 교수라는 것을 꿈꾸었던 것 같다.

대학시절은 누구에게나 그러하겠지만 내게는 황금기였다. 일찌감치 수학을 포기했던 나에게 영어와 독일어, 국어, 글짓기 시험만을 치르고 들어간 한국외국어대학교는 내 적성에 참 맞는, 나를 위한 대학이었다. 물론 나는 고등학교 1학년 때까진 수학도 잘했었고, 했지만 고학년이 될수록 내 취미와 적성에 빠지다보니 수학은 좀 소홀이 했다는 얘기다. 대학에서 나는 독일문학을 전공하면서, 하고 싶은 공부만 할 수 있어서 정말 즐겁게 공부를 할 수 있었고, 그 결과 1970년 대학교 전체수석 졸업의 영광을 차지할 수 있었다.

대학 졸업 후 나는 곧장 서울 배화여고에 취업할 수 있었고, 동시에 대학원 석사과정을 밟았다. 박사는 독일에서 할 계획이었다. 그러나 나는 가난한 교수지망생, 조교, 시간강사 애인을 만나 1973년 11월 18일 결혼해서 광주로 내려와서 친정살이를 하면서 딸, 아들을 낳아 기르다가, 1976년 3월부터 1979년 9월까지 3년 6개월 동안 광주 석산고등학교에서 근무했다. 다행히 남편은 바라던 소망대로 1978년 9월에 전남대학교 전임강사가 되었지만, 경제적으로 처가살이를 면할 만큼의 형편은 못되었다. 그래도 나는 과감히 교사직을 그만두었고, 1주일에 한 번씩 서울로 올라가 박사과정을 밟았다. 동시에 대학교(목포대, 전남대, 한국외대) 시간강사를 하면서 광주에서 서울로, 목포로 정신 없이 쫓아다녔다. 그리고 1981년 3월 드디어 목포대학교 전임강사로 임명받았다. 1986년 2월 박사학위도 받았다.

결혼 초 하나님은 가난을 통해 나를 연단하셨다. 나는 너무 가난해서 두 아이들을 유치원에도 보내지 못했고, 그 당시 유일

[사진 24] 장성 백양사 인근(딸, 큰아들과 함께)

한 건강음식이었던 계란 프라이 하나를 해 먹일 수가 없었다. 학원은커녕 그 시절 유행이었던 학습지 하나도 시켜 줄 수가 없었다. 친정집 2층에 얹혀살면서, 월급을 받으면 가끔 총각시절 남편이 빌려 썼던 빚을 갚기도 했다. 그래도 아들 딸 건강하고, 공부 잘해 주고 하니까 세상사람 부럽지 않았다. 결국 우리 부부는 큰아이가 4학년 때 꿈에 그리던 독일로 공부하기 위해 떠났다. 물론 대학으로부터 연구년을 허락받아서 갔지만, 남편은 휴직상태로 3년을 공부했다. 우리 부부는 그렇게 하고 싶었던 공부를 정말 열심히 해 보고 싶었다. 그래서 우리는 두 아들 딸이 우리 공부에 방해될까 봐 외가에 맡겨두었다.

그러나 독일에서 두 아이들과 함께 하지 못했던 일은 두고두고 내게 큰 회한으로 남았다. 아이들에게 학부모 역할도, 학습 뒷바라지도 제대로 해 주지 못했던 것과 더불어서. 돌이켜보면 이것은 내 인생의 세 가지 회한 중 하나가 되었다. 또 하나는 내가 대학원을 수료하고 독일정부 초청 장학금을 목전에 두고 포기했던 일이다. 그 당시 DAAD(독일학술교류처) 한국지부가 한국외국어대학교에 차려져 있었고, 나는 그 담당자인 독일인의 개인지도 아래 다음 파견학생으로 내정되어 있었지만, 결혼 때문에 포기하고 말았었다. 또 다른 하나는 나의 부모님, 특히 어머님께 효도하지 못했다는 것이다. 일생 동안 나를 위해 모든 것을 다 바치시고 아들을 낳지 못해 설움과 괴로움을 당하셨던 어머님, 그런 어머님께 나는 딸로서도 여성으로서도 따뜻한 말

[사진 25] 외손자, 외손녀와 함께

한마디 해 드릴 줄 몰랐다. 결혼 초기의 가난이라는 혹독한 현실을 처음으로 감당해야 했지만, 어머니가 계셨기에 나는 가난한 현실을 망각할 수 있었다. 그래서 어려웠던 결혼생활 2년 만에 석사논문 쓰고, 3년 반 동안의 고등학교 교사직을 던져버리고 박사과정에 도전할 수 있었던 것, 그리고 아이들이 잘 자랄 수 있었던 것은 오직 어머님 덕분이었음을 잘 알고 있으면서도 말로도 물질로도 아무 표현도 하지 못했던 나 자신이 너무 밉고 바보 같아서 후회스럽다.

어찌 보면 나는 정말 단순한 삶을 살았고, 한 우물만 팠고, 운이 좋았고, 또 하나님의 은혜가 강물같이 넘쳐흘렀다. 하나님은 내게 가난을 통해 나를 슬쩍 연단하셨지만, 나는 내가 가난하다는 것을 의식하지 못했던 것 같다. 욕심 안 부리고 맡은 일열심히 하다 보면, 적당히 쓸 만큼은 도와주시는 하나님임을믿는다. 물질적 욕심 안 부리고 선하게 살면 하나님께서는 도와주신다는 생각이다.

"마음이 가난한 자는 복이 있나니 천국이 그들의 것임이요, 애통하는 자는 복이 있나니 그들이 위로를 받을 것임이요, 온유한 자는복이 있나니 그들이 땅을 기업으로 받을 것임이요"(마태5:3-5)

우리는 큰딸이 중학교 배정을 받았을 때에야 귀국했다. 엄마아빠 부재 중에도 워낙 공부를 잘해서 항상 1등이었고, 중학교에 2등으로 배정받아 있었고, 그 다음 시험부터는 고등학교 졸업할 때까지 전교 1등을 놓치지 않았었다. 아들도 그 다음해에중학교 배정을 받았었고, 공부도 우등생으로 잘했지만, 1학년차이인데다 워낙 특출했던 누나 때문에 빛이 가려지곤 했던 것같다. 그 때문에 아들이 사춘기를 지나면서 심적 고통을 받는것 같기도 했지만, 혼자 아파하면서 잘 극복해 준 것 같았다.이런 기억도 있다. 초등학교 2, 3학년 때였던가, 반장선거에서한 표 차이로 떨어졌는데, 아들은 자기 자신을 찍지 않았다고했다. 그렇게 순진무구하고 청렴결백했던 우리 큰아들은 자신의 삶을 잘 가꿔가는 스타일로, 지금은 부부의사로 열심히 살고 있다. 딸도 유능한 교수 신랑 만나 현모양처로 잘 살고 있고, 딸, 아들 둘 다 똑같이 남매를 두고, 또 우리 부부로부터 갈급했었던 사랑과 보호를 최대로 두 남매에게 부어주며 살고 있다.

잊혀지지 않은 기억이 하나씩 있다. 딸에게 아빠가 손찌검을 했던 유일한 가슴 아픈 기억이다. 딸이 초등학교 2학년 때였나, 아직 외할아버지 집에 얹혀살고 있었던 때, 경제 사정이 좋지 않았던 때였다. 그때는 책을 팔기 위해 집집마다 돌아다니는 월부 책장사들이 있었다. 무슨 문학전집이었던 것 같다. 그것을 사달라고 딸이 땅바닥에 주저앉아 발을 비비며 울어댔고, 아빠는 딸의 엉덩이를 두세 번 때렸었다. "나는 교수한테 시집 안 갈 거야, 부잣집 마나님 될 거야." 하면서 울어대던 가슴 아픈 기억이 있다. 딸은 자신의 부모가 배운 것은 많아도 돈은 안 되나 보다고, 일찌감치 상황파악을 한 것 같았다. 그 후로는 단 한 번도 엄마 아빠에게 떼쓰며 부탁해 본 적이 없었던 것 같다. 물론 우리집 경제 사정도 차츰 좋아져서 웬만한 요구는 다 들어줄 수 있었을 터이었겠지만… 아들은 그보다 더 어린, 네다섯 살 때였던가. 친정집 2층 옥상에서 내 다리를 붙들고, 학교에 가지 말라고 '엄마!'를 불러대며 어떻게나 울어대든지, 나는 차 시간이 급해 애를 밀어제치며 뒤도 안돌아보고 빨리 골목길을 빠져나가서 시야에서 사라져 버려야 했었다. 그 장면만 생각하면 그때나 지금이나 여전히 눈물이 난다.

그 후로 나는 우리 딸, 아들이 부모 된 우리에게 어리광을

[사진 26] 딸 졸업식

부리거나 떼를 써본 기억이 없다. 워낙 독립심을 단단히 키운
것이었는지, 또 체념하고 기대를 하지 않았던 것이었는지, 자기
할 일 하면서 잘 자라주었다. 아이들이 너무 일찍 철이 들어버린
것 같았다. 나는 가끔 그 시절을 회상하면서 이런 부분을 떠올릴
때마다 아이들에게 미안한 마음이다. 나의 부모님이 내 학교시
절에 그렇게 하셨듯이, 세월이 엄청 흘렀는데도 나도 똑같이
우리 애들에게 그렇게 엄격하게 대했던 것은 나의 천성이기도

하거니와 어쩜 나의 아버지의 성격과 가풍에서 엄격과 겸손과 절제를 미덕으로 하는 분위기가 흐르고 있었기 때문이기도 한 것 같다. 엄마들이 떼를 지어 모임을 만들고 학교에 찾아다니고 하던 시절이었지만, 나는 공식적인 육성회 모임 이외에는 학부형 모임을 사적으로 참석해 본 적이 없었다. 단지 소풍갈 때 몇 번, 반장 엄마가 해야 한다기에, 몇 번인가 선생님 도시락을 싸서, 그것도 할머니 손에 들려 보내드렸던 적이 있었을 뿐이었다. 그래서인지 아들은 어쩌다 부모가 학교를 방문하는 것도 싫어했고, 부모가 교수라는 사실을 친구에게 얘기하는 것도 꺼려했던 것 같았다. 딸은 그렇게도 공부 잘하고, 유명 S대 영어교육과를 나왔는데, 공부도 계속하지 않았고 취업도 안했다. 부잣집 마나님 되겠다던 어린 시절의 아픔과 상처가 딸을 그렇게 이끈 건 아니었을까, 나는 가끔 어리석은 생각으로 또 가슴이 아파진다. 그 무렵 썼던 글이 생각난다.

고스레한 엄마냄새

우리 딸아이가 네 살쯤 되었을 땐가의 일이다. 그 무렵 아이는 종일 할머니집에서 지냈고, 저녁때 귀가하는 엄마를 찾아와서 늦게까지 놀다가 다시 할머니를 따라 잠자러 가곤 했다. 어느 날이던가 역시 아이를 할머니 집에 데려다주는 길이었는데, 길지 않은 골목을 지나 할머니 집에 거의 이르렀을 때였다. 아이는 엄마 손을 꼭 붙잡고 말했다. "엄마, 엄마한테서는 고스레한 냄새가 나." "고스레한 냄새가 어떤 건데?" "음, 고스레하다는 것은 냄새가 이쁘다는 말이야. 냄새가 이쁘다는 것은 냄새가 좋다는 말이야." 이런 모녀의 이야기가 아직도 내 기억에 생생한 감동으로 살아 있지만, 요즈음에 와선 아이의 나에 대한 태도가 점점 달라져 감을 느낀다. 그 시절 내 아이에게 있어서의 나의 모습은 그처럼 달콤하고 향긋한 그리움이었는지 모른다. 어쩌면 그 아이의 전 우주요 누구와도 비교할 수 없는 절대요, 신비스런 가치였는지 모른다. 나 또한 직장에서나 집에서나 항상 그 아이를 생각하고, 그저 걱정이고 기쁘고 하다가도 가슴이 아려오고 때로는 묘한 감동과 경탄에 젖어 희망과 기대에 부풀기도 했다.

그런데 그렇듯 좋아하고 절대적이던 엄마의 상(像)과 마치 장군이나 천재라도 될 것 같았던 아이에 대한 엄마의 기대도 그가 자람에 따라 함께 무너지기 시작한다. 초등학교에 들어가면서부터 구체적으로 비교를 시작하는 것이다. 누구 엄마는 학교에 자주 온다느니, 누구 엄마는 맛있는 음식을 잘 만들어주고, 또 누구 엄마는 숙제를 잘 가르쳐준다느니 하면서 불만을 늘어놓는 횟수가 많아졌다. 심지어는 "엄마가 내게 해 준 게 뭐 있어. 그런 엄만 필요 없어." 하며 앙탈을 털기도 한다. 그럴 때마다 나는 이렇듯 영리하고 매서운 나의 아이에게 무엇을 어떻게 잘 해 줘야 할지 참 당혹스러울 때가 많다. 무엇이 가치 있는 일이고, 무엇이 올바른 일인가를 오늘의 사회는 분명히 일러주지 못하기 때문에 더더욱 난감해지는 것이다. 또한 바른 판단에는 웬만큼 쉽게 이를 수 있지만, 그것을 실행하는 데 있어서는 대세의 흐름에 휩쓸리기가 더 쉽기 때문이다.

이것은 부모의 이기심과 나약함에서 비롯되는 것 같다. 아이가 험한 세상에서 잘 살아가려면, 손해 보지 않고 잘 살아가려면, 더러는 덜 참되고 덜 성실해도 될 것 같다고 생각하는 얄팍하고 비틀린 사회의식에서 비롯되는 것 같다. 그것은 올바른 가치관과 도덕의식이 제대로 성장할 수 없는 사회적 편견의 한 측면이기도 하다. 이러한 사회환경 속에서 엄마들이 꿋꿋이 제자리를 찾는다는 게 어디 쉽기만 하겠는가. 배운 엄마일수록 더욱 씩씩하고 용감해져야 하겠다. 나와 가족만을 위하지 않고, 나와 남이 조화롭게 살아가는 데 기여할 수 있어야만 사회는 나와 가족을 위해 행복한 세상을 제시해 줄 것이다. 자아실현을 위해 열심히 사는 것 못지않게 개인의 이익추구가 사회의 이익에 기여할 수 있는 가치로 변할 때, 사회 속의 우리는 피곤하지 않는 삶을 살게 된다.

이 세상의 모든 엄마들은 나름대로 좋은 엄마라고 자부하며 살고 있다. 나름대로 자식을 위한다는 행위는 때로 맹목적일 수 있기 때문에 문제가 있다. 목적이 있어야 한다. 적어도 자식의 발전을 위하고 바람직한 사회발전에 기여할 수 있다는 명목이 있어야 한다. 우리 아이만 좋으면 남의 아이는 어찌 되도 좋다든가, 우리 아이를 잘 키우기 위해 수단 방법을 가리지 않는다면 그것이 어찌 참교육일 수 있겠는가? 나의 모든 행위와 사고가 내 아이에게 지대한 영향을 미친다고 가정할 수 있다면, 나는 내가 참 가치 있게 살아야 할 필요를 이런 이유 이상 더 느낄 수 있는 이유가 없다. 사람은 어린 시절에 가장 많은 것을 배우고, 또 그것은 일생의 양식이 된다. 엄마는 어린 시절을 이끄는 주도상(主導像)이다. 요즘말로 멘토이다.

엄마는 아이에게 투영될 자신의 상을 다듬지 않으면 안 된다. 떳떳하고 당당한 모습으로 아이의 순수한 천성에 호소하지 않으면 안 된다. 말과 행동이 어긋나지 않는 책임 있는 엄마의 모습만이 오늘의 사회를 보다 보람되게 하기 위해 아이에게 전수해야 할 엄마의 사명이 아니겠는가. 어렸을 적 사전에도 없던 '고스레한' 엄마 냄새는 아이가 커감에 따라 다양하게 변질되어 가겠지만, 궁극적으로 엄마는 나와 가정과 사회를 위한 사명감에서 최선을 다하는 모습으로 아이에게 남고 싶은 것이다.

(1982. 7. 5, 목포대학교신문)

성취와 풍요를 향한 인내와 노력의 중년

　생각해 보면 내 65년 인생은 결혼과 가정생활을 중심으로 절반의 학창시절과 절반의 교수시절로 나눌 수 있을 것 같다. 우리는 독일로부터 귀국과 동시에 처음으로 집을 사서 친정으로부터 독립할 수 있었다. 그렇게 앞만 보고, 돈이 없어도 불편한 줄 모르고, 누구와 비교도 하지 않고 열심히 살다보니 어느 순간에는 집도 키울 수 있었고, 또 경제적으로도 안정이 되는 것 같았다.

　그 무렵 우리 막둥이 중현이가 태어났다. 내 나이 마흔 살이었다. 누나나 형은 학원 한 번 보내지 못했으니, 이제 중현이에게는 많은 사교육을 시켜 줄 수가 있을 것 같았다. 형과 열한 살 차이 나는 중현이는 어려움 없이 유치원도 가고, 또 사설 원어민 영어 회화반에도 들어갈 수 있었다. 그런데 똘똘한 우리 중현이가 하는 말, "한국에서 살고 있는 그들이 우리말을 잘하려고 해야지, 왜 우리가 영어를 배워야 하느냐."고 하면서 결국 얼마안가 그만 두었다. 아버지의 고집과 반항의식, 그리고 외할아버지의 곧고 청렴결백하고 비타협적인 성격이 나타나는 순간이었다.

중현이는 유치원 시절부터 책도 많이 읽었고, 아는 것도 많았고, 유럽 지도도 꽤 많이 알고 있을 정도로 영리하고 이해력, 암기력도 뛰어났다. 그 무렵 나는 마음속으로 중현이의 능력에 맞는 영재교육, 영재학교, 이런 것이 없을까 하는 생각도 해 볼 정도였지만, 그 당시 아직 제도적으로 영재교육은 없었던 것 같다. 엄마들은 가끔 자기 아이가 영재가 아닌가 하고 꿈꾸는 경향이 있다고 한다. 중현이에게는 적어도 아무 결핍감이 없이 자라도록 잘해 주고 싶었다. 경제적으로도 우리의 생활이 안정되어 있었고, 또 든든하고 공부 잘하는 누나와 형이 옆에 있어서 그런지 부모의 보호를 별로 필요로 하지 않을 만큼 참 똘똘하고, 독립적으로 자라주었다. 중학교 졸업식 때는 학교 행사로 광주 태평극장에서 졸업 공연을 했었는데, 가서 보니 거의 모든 행사가 중현이의 기획, 각본이었다. 중현이는 사전에 그런 얘기를 전혀 하지 않았고, 남편과 나는 그런 기획을 전혀 몰랐었다. 준비 없이 나 혼자 참석해서 사진 한 장 찍어주지 못했던 우리 부부였다. 부모로서, 더구나 막둥이인데도, 의지하고 기댈 만한 부모가 되어 주지 못한 것 같아 참으로 미안하고 부끄럽다.

누나나 형처럼 중현이도 학원에 한 번 가지 않고, 엄마 아빠

[사진 27] 막내아들

도움도 기대하지 않고, 혼자서도 잘해서 고등학교까지 우수한
성적으로 마쳤다. 그리고 Y대에서 인문학을 전공하고, 방송 피
디가 되고자 언론학, 상식, 영어 토플 등등 열심히 공부해 왔던
우리 중현이, 그런데 근래에 방송국 경제 사정이 좋지 않아 피디
를 뽑지 않는다고 하니, 2020년에는 공무원이든 일자리 잡아서
꼭 결혼하고, 또 중현이 하고 싶은 글도 쓰고 했으면 좋겠다.
아래 쓴 시는 우연히 내가 입수한 건데, 2005년 재수생 시절,

그 학원 잡지에 수록되어 있었다. 사랑하는 우리 중현이, 너는 길섶에 핀 무명의 꽃이 아니라, 어느 시인의 시구처럼 너는 나에게, 또 세상에 플라타너스 같은 그늘이 되어 줄 것이고, 잊혀지지 않는 아름다운 이름이 될 것이다.

길섶에 핀 무명의 꽃

(문중현, 2005)

너는 왜 길섶에 피어
예쁜 이름 하나 얻지 못하고
천진한 소년의 친구 되지 못하고
장미처럼 사랑하는 이에게 고백 못하니

너는 왜 길섶에 피어
못난 얼굴을 하고
화분도 비료도 없이
비 내리면 온 몸을 적시며 열사에 쓰러져야 하니

너는 왜 길섶에 피어서
자동차 소리에 귀먹고
쓰레기 먹으며 살다가
온갖 미생물과 함께 지나가는 애송이에 밟히는가

너는 길섶에 피어나니

장미 눈물지을 때 밟혀도 울지 않으니

고향을 떠나지 않는

무명의 꽃이여 다시 태어나면 아름다운 이름을 갖는가

생각해 보면 지금껏 우리 가족에게 중요한 것은 허튼 욕심 안 부리고, 남들과 타협하지 않고, 정직하게 그리고 열심히 살아왔다는 것이다. 정직, 겸손, 온유, 절제, 중용, 곧음, 참으로 거창한 개념들이지만, 그런 개념들에 가까운 성격이 우리 가정의 흐름에서도 함께 하고 있음을 나는 감사하게 생각한다. 그러나 한편 사교성, 융통성, 화합, 적극성, 이런 개념들에 가까이 가 있지는 않는 것 같아 아쉽기도 하다.

내 어린 시절에는 "한 우물을 파라."라는 말을 많이 했고, 인문학 전성시대가 점차 꺾여가는 시점이긴 했지만, 그래도 아직은 인문학이 중요시되던 시점이었다. 행동이나 경험, 실용성보다는 관념과 정신, 이상을 더 중시했던 시대이기도 했다. 나는 적극성과 도전정신도 부족했고, 올라가지 못할 나무는 쳐다보지도 않고 살았던 것 같다. 내가 할 수 있는 것은 공부밖에 없었던 셈이다. 다행히도 내 부모님이나 남편이 소리 없는 지지와 응원을 많이 해 줬다. 나는 대부분 책읽기를 통해서 세상과 소통하고 세상체험을 할 수 있었던 것 같다. 거의 문학에 국한되었던 나의 책읽기 방식이었지만 어렸을 때부터 인문학도를 자처했던 내게는 많은 도움이 되었다. 요즈음 디지털, 통섭 학문의 시대에 전형적인 인문학도로 살아온 나는 아날로그적 마인드로 살아가는 마지막 세대 중의 하나가 될 것 같다.

가난한 날의 행복: 가난과 사랑과 꿈이 있어 아름다운 청춘

아시다시피 최근에 나는 은퇴를 했습니다. 평소에 난 내 개인 사를 잘 말하지 않는 편인데, 지난 은퇴식 때 한 가닥 나의 삶에 대한 언급을 함으로써 오히려 나는 요즈음 여기저기서 많은 관심을 받고, 또 뒤늦게나마 많은 사람들과 소통이 되는 그런 느낌을 받고 있습니다. 조금이나마 나누고 사는 삶, 소통하는 삶이 우리를 행복하게 한다는 것을 이제야 깨닫습니다. 얼마 전에 학교 본부에서 마련한 회식이 있었는데, 그때 총장님께서 물으셨어요. "그날 바깥 선생님께서 화내시지 않으셨어요?" 하고. 여러분도 참석해서 들었겠지만, 나는 그때 은퇴식에서 내 남편을 너무 가난한 사람으로 묘사했거든요. 그리고 또 그때 남편은 감동적인 어조로 말했었거든요. "참 눈물이 날라고 해서 혼났네." 그러던 사람이 그날 내가 집에 와서 총장님 얘기를 전달했더니, 새삼스럽게 말하는 것이었어요. "그날 정말 너무했어. 우리집이 그래도 면에서 두 번째 가라면 서러운 부잣집 종손이었는데, 그 말이라도 좀 해 주지."

어쨌든 나는 요즈음 참 행복합니다. '그 날 참 좋았다', '따스한 감동이었다', 이런 말들을 교수님들이 많이 해 주셨는데, 그런데 어떤 여 교수님은 이렇게 말했습니다. "교수님, 정말 공주과인 줄 알았는데, '순애보'이시데요!" 그 말을 듣고 보니까 나는 그때서야 비로소 내가 순애보의 주인공인 것을 깨달았습니다. 순애보가 별 것이겠어요. 나는 내 젊은 날의 표상은 가난과 사랑과 꿈이었음을 알았고, 이것은 곧 인간에 대한 예의와 겸손, 믿음과 사랑으로 이어짐을 알았습니다. 지금까지 나를 지탱해 준 힘은 결코 출세도, 옷도, 음식도 아니고 감동이었음을 알았고, 바로 '가난한 날의 행복'이었음을 깨달았습니다.

나는 1970년 대학을 졸업했고, 공부 이외에는 별다른 길을 알지 못했던 나는 곧장 대학원으로 진학했습니다. 그리고 대학원을 졸업하면 독일유학을 가려고 했었습니다. 그 무렵 나는 DAAD라는 독일학술교류처 파견교수 밑에서 유학시험 준비를 하면서 거의 다음 장학생으로 내정되어 있었습니다. DAAD는 학문의 여러 분야에서 한 명씩 뽑아 독일에서 공부를 시켜 주는 독일정부 초청 장학금이었습니다. 그런데 그때 혜성같이 나타난 가난한 애인 때문에 나는 그 꿈을 접고 결혼을 했습니다. 신혼이라기보다는 거의 친정에서 기숙하는 수준이었지만 나는 그 어려움을 못 느꼈습니다.

그 후 1981년 목포대학교 교수가 되기까지 그 7, 8년간은 내 생애에서 가장 가난했고, 순수했고, 또 꿈이 있었습니다. 꿈과 사랑이 있었기에 가난을 부끄러워하지 않았고, 당당했고 또 행복했습니다. 셋방살이, 친정살이를 거듭하면서도 나는 내가 가야 할 길을 좇아가기에 여념이 없었습니다. 그래서 나는 정말로 부자라든가, 출세라든가 하는 데 대해 고개를 돌려보지도 않았습니다. 내 사전에 명품이나 좋은 옷, 돈, 출세 그런 것은 없었습니다. 내 아이들은 유치원도 학원도 못 가 봤습니다. 오직 공부하고 교수를 하겠다는 마음이 나를 이렇게 우직하고도 당당하게 이끌었다고 봅니다.

그래서 나는 지금도 생각합니다. 미래를 향한 꿈과 소망과 노력은 현실에 집착하지 않는다고. 나는 언제든지 잘 살 수 있고, 잘 산다는 게 돈을 의미하지는 않는다고. 젊음은 먼 목표를 향해 도전하고 방황해야 하기에 그 길이 멀고, 또 가진 것이 없어서 힘들기도 하지만, '아프니까 청춘'이라고 하지요. 그렇습니다. 젊은 날의 도전과 고뇌와 방황이 없다면 아무런 아픔도 없고, 기쁨 또한 없을 것입니다.

며칠 전에 나는 정말 뜻하지 않게 한 제자를 만났습니다. 예쁜 부인과 함께. 그것은 가난했지만 순수했고, 또 욕심을 몰라서 더 행복했었던 내 지나간 청춘을 생각하게 해 주는 감사와 행복의 만남이었습니다. 내가 대학교수가 되기 전, 바로 그 가난과 사랑과 꿈의 시절, 3년 6개월 동안 고등학교 근무시절에 만났던 제자였습니다. 그 제자는 오랜 기간 동안 나의 가르침을 기억하고 있었고, 먼 곳을 돌아 37년 만에 나를 찾아와 주었습니다.

가난했던 시절의 내 하얀 꽃무늬 원피스를 기억해 주고, 또 나의 독일어 정관사 외우는 법을 기억해 주었습니다. "der, den/ das, das/ die, die/ die, die", 그리고 나에 대한 시도 써서 교지에 발표했다고 합니다. 그리고 내가 읊어주었던 시를 기억해 주었습니다. "Im wunderschönen Monat Mai"(Heinrich Heine), "Just because I love you"(Langsten Hughes)라는 시였습니다. 내 기억 속의 순간순간을 그 제자는 나보다도 더 먼저 꺼내어 말해 주었습니다.

나는 그 학생 얼굴은 잊었지만, 그 윤곽이나 이름만은 기억하고 있었는데, 그는 현재 너무 다정하고 순수하고 반듯한 어른으로 성숙해 있었습니다. 더욱 감동적인 것은 그가 내게 준 명함이었습니다. 거기에는 여느 명함처럼 여러 사항이 적혀 있었고, 이름 세 글자 앞에 직함이 있는데, 그 직함을 지우고 '문하생'이라고 써서 내게 주었습니다. 놀라운 감동의 물결이었습니다. 내젊은 날의 가난했던 시절, 순수하고 당당했던 그때의 내 모습뿐만 아니라 내 뜻, 내 정신을 기억해 주는 제자, 그는 순수하고 멋진 행복전도사 같은 느낌이었습니다.

나이가 들면, 추억을 먹고 산다고 합니다. 특히 '가난하고 어려웠던 생활에는 아침이슬 같이 반짝이는 아름다운 회상이 있다'고 합니다. 행복은 반드시 부와 일치하지 않습니다. "마치 그 당시에는 모든 것이 좋고 완전했던 것처럼", 가난한 날의 행복을 다시 만끽하면서 요즈음 나는 내 삶에 대한 긍정과 만족이 더 커진 것을 느낍니다. 나는 내가 하고 싶은 일을 이렇게 오랫동안 할 수 있었고, 또 나를 아름답게 기억해 주는 제자들이 있다는 것이 얼마나 보람 있고 고마운 일인지 모릅니다. 또 내 개인적인 삶에 대한 회상을 함에 있어서 이렇게 부끄럼 없이 얘기할 수 있다는 것이 얼마나 행복한 줄 모릅니다. 몇 년 전 미국에서 찾아온 한 고교동창은 내게 말했어요. "네가 우리 동창들 사이에서 제일 잘 살고 있다"구요. 물론 부자라는 뜻이 아니라 자기실현의 삶을 살고 있다는 뜻이었습니다.

요즈음 우리는 과도한 욕망과 경쟁과 이기심 등의 세속문화의 틀에 사로잡혀 있습니다. 돈과 능력과 업적과 경쟁만을 추구하는 물질문명의 시대에 우리는 살고 있습니다. 이럴 때일수록 우리는 아름다운 청춘을 꿈꾸는 인문학도가 되기를 바랍니다. 우리는 모두가 아름다운 사람이 될 수 있고, 그 이상을 향한 우리의 인식과 실천을 통해서 사회는 정화될 수 있습니다. 우리는 그러한 사명을 갖고 인문학을 공부하고 있습니다. '아름다운 청춘'은 '가난한 날의 행복'에서 피어날 수 있고, 그 힘의 원천은 독서이고 인문학입니다. 고등학교 때 내가 읽었던 『가난한 날의 행복』(김소운)이란 수필을 통해서 나는 내 삶의 가난을 추억거리로 만들 줄 알았고, 지금껏 기쁠 때나 슬플 때나 그 글의 감동을 생각하며 행복해 했음을 깨닫습니다.

나는 비교적 단순한 삶을 살았고, 어쩌면 나의 삶 자체가 교과서적이기도 했지요. 따라서 풍부한 체험을 결하고 있기도 했지만, 어쨌든 나는 우리의 삶에서 얻어지는 지혜는 꼭 실제 체험에서만이 아니라 성찰에서 온다고 생각합니다. 무수한 행동이 무의미하게 되풀이되는 체험보다는 간접적인 체험에서 우러나오는 성찰, 독서에서 얻어지는 성찰, 이것은 곧 우리 삶의 지혜이고 인간애입니다. '아름다운 청춘'은 때 묻지 않은 순수함이고, '가난한 날의 행복'은 선을 향한 실천의지입니다. 이 두 가지는 정비례하고 나이 들어서도 추억할 수 있는 최고의 축복입니다. "마음이 가난한 자는 복이 있고, 천국이 그의 것입니다." 여러분, 과분한 욕망을 자제하시고, 자기분수를 알고 기본을 지키면서 꿈을 좇아 노력하면, 언제나 행복은 자기 곁에 있습니다. '가난한 날의 행복', 언제 생각해도 마음 따뜻하고 마음 흐뭇한 이 주제에 대해 여러분도 공감할 수 있기를 기대합니다.

(2012. 12)

Just because I love you

Langsten Hughes(1902~1967) (번역: 김정자)

내가 당신을 사랑하는 까닭은

바로 그 이유야

내 영혼이 빛깔로 가득차기 때문이야

마치 나비날개처럼

내가 당신을 사랑하는 까닭은

바로 그 이유야

내 심장이 포플러 잎처럼 흔들리기 때문이야

네가 내 옆을 스칠 때

Just because I love you

That's the reason why

My soul is full of colour

Like the wings of a butterfly

Just because I love you

That's the reason why

My heart's a fluttering aspen leaf

When you pass by

아름답고 황홀한 석양의 오묘한 힘, 창조주 하나님

아침에 떠오르는 태양을 바라보노라면 내 가슴은 하루의 시작에 대한 기대와 소망으로 벅차올랐다. 중학교 3년은 단발머리로, 고등학교 3년은 짧게 땋아 내린 댕기머리로, 교복 허리 딱 동여매고, 하얀 칼라 빳빳이 세우고 옆도 보지 않고 도도히 걸어가면서 태양을 향해 걸어갔던 벅찬 꿈과 희망의 등굣길이 떠오른다. 우리집은 광주에서 서쪽, 학교는 광주에서 동쪽에 있었으니까, 나는 아침마다 떠오르는 태양을 바라보며 곁눈 한 번 주지 않고 마구 걸었다. 지각하지 않기 위해서. 등교 길은 꽤 길어서 한 시간 가까이 걸렸지만 지칠 줄도 몰랐다. 그때 그렇게 많이 걸어다녔던 것이 그나마 오늘 이 나이까지 내 다리근육을 튼튼하게 지탱해 준 원동력이 아니었을까 싶다. 초등학교 6년 동안도 약 40분 정도는 걸어다녔으니까.

중간에 몇 친구들이 합류하여 함께 가기도 했었다. 우리 친구들은 길거리에서는 절대 큰 소리로 얘기도 하지 않았었다. 어쩌다 버스 안에서도 우리는 입 꼭 다물고 절대 떠드는 법이 없었다. "너희들은 버스 안에서나 공공장소에서는 절대로 함부로 떠들지 말아야 해. 하얀 동그란 칼라, 교복값을 해야 하니까." 어떤 여 선생님의 말씀이 아니더라도 우리는 수줍었고, 떠들 줄을 몰랐었다. 자존심과 긍지감, 내성적인 성격 탓이기도 했었다. 그 시절에 떠오르는 태양은 정말 아름다웠었다. 알록달록 일곱 빛깔 무지개처럼 다양하고 찬란했던 꿈과 희망의 복합체, 아름다운 소녀시절이었다. 그 후로 대학, 대학원, 결혼, 직장생활, 아이들, 정신없이 뛰어다니느라 하늘 쳐다볼 겨를이 없었다. 그때까지는 '떠오르는 동방의 나라 대한민국', 인도 시인 타골의 찬미만을 의식했었다. 오로지 떠오르는 태양의 뜨거움과 든든함만을 알았지, 황홀할 정도로 붉게 물들며 서쪽 끝으로 넘어가는 태양의 아름다움과 신비함을 알아보지 못했다.

어느 순간부터인가 넘어가는 태양의 아름다움을 의식하게 되었다. 10여 년 전 처음 진도 앞바다에서 바라다본 해넘이의 황홀함을 잊을 수 없다. 요즈음 내 마음은 가는 곳곳마다 해 넘어가는 풍경에 매료당하고 있다. 특히 대서양과 맞닿아 있는 유럽대륙의 맨 서쪽 땅끝이라는 포르투갈의 까보 다 로까(Cabo da Roca)에서는 내 상상력을 총동원해 온 몸과 맘으로 석양의 황홀함과 신비함을 그려보았다. 대낮에 바라다본 대서양의 하늘은 끝을 알 수 없는 푸른색으로 덮여 있었지만, 나 혼자만의 상상력을 총동원해 바라다본 대서양의 하늘은 빨강, 주황, 노랑, 파랑, 연두 빛깔로 뒤섞여 이 지상을 내려다보는 신비스러운 석양의 하늘이었다. 중세 무렵의 폴란드인들은 수평선 끝을 모르고 화려하게 물든 석양 저 너머에 하늘로 연결된 구름다리와 신성이 존재할 것 같은 느낌을 받았었다고 한다. 동녘의 떠오르는 태양의 나라 대한민국에서 젊음을 보냈던 내가 뒤늦게 해 저물 줄 모르는 유럽의 대륙 끝에서 낮 시간에 상상력을 총동원해 만나보는 아름답고 황홀한 석양의 하늘이었다.

태양의 고마움은 일찌감치 알았지만, 멀고 먼 세월을 돌아와 이 나이 되어서야 깨닫게 된 석양의 아름다움, 저물어가는 태양

[사진 28] 까보 다 로까: 유럽 대륙의 끝, 수평선

[사진 29] 까보 다 로까: 유럽 대륙의 끝

이 그렇게 장엄하고 신비스럽다는 것은 정말이지 예전엔, 젊은 날엔 미처 몰랐던 것 같다. 뒤늦게 긴 여정 끝에서 상상과 환상을 통해서 바라다본 석양의 하늘은 마치 황홀하고 장엄한 하나님의 형상을 보여주는 듯 했다. 뒤늦게라도 하나님의 형상을 어렴풋이나마 느낄 수 있었음에 감사하며, 내 만년의 길은 아름답고 오묘한 힘, 창조주 하나님과의 만남으로 연결되는 길일 것임을 믿는다.

"하나님의 인도하심에 따라 하나님과 동행하며, 하나님과 사귀면 용서, 인내, 정체성의 변화가 일어나며 하나님의 나라가 내면에 생긴다. 하나님 나라가 내면에 이루어지지 않으면 자아의 감옥에 갇히게 되고 비판의 감옥에 갇히기 쉽다. 관념이나 철학, 고집, 변덕, 유혹, 허세에 빠지기 쉽다. 섬김과 사랑으로 이웃 관계를 개선하고 순종하고 길들여지고, 겸손이 생김으로써 자아의 감옥에 갇히지 않고, 문이 열리며 자아의 중심이 하나님의 나라로 가야 한다."(임영수 목사님 부흥집회, 2017. 9. 17)

그동안 직장생활, 가정생활 꾸리느라 너무 힘들고 시간이 없다는 핑계로 소홀히 했던 공동체적 기독교정신을 체화시키고 싶다. 작은 하나님의 집, 교회 예배를 열심히 섬김으로써 신앙으로 체화된 삶의 스타일을 가꾸고 싶다. 순 예배를 통해 순 원들과 스킨십을 하고, 봉사의 길이 있다면 조그만 힘이라도 보태고 싶고, 그렇게 살고 싶은 마음을 오늘도 다짐하면서 교회 예배와 순 예배를 지킨다. 왜 좀 더 일찍 하나님과 가까이 하지 못했을까, 신앙의 깊이를 체화시키지 못했을까 하는 아쉬움이 크다.

"고난의 십자가를 지시고 영원한 구원이 되신 예수님!
바울이 다메섹 도상에서 만났던 예수님의 은혜처럼 내게도 놀라운 주님의 은혜가 역사하여 주심을 믿습니다. 주님을 만나 은혜 받고, 마음으로 의지하며, 입으로 고백하며 살아가는 삶이 되게 하여 주시옵소서. 나의 모든 지식과 자랑은 주 십자가 뒤에 숨겨놓고 주님만 나타내기를 간절히 원합니다. 주님께서는 나를 부르시고, 나의 삶을 인도하시고, 하나님께 모든 것을 의지하며 살아가게 인도하십니다."(2020. 1)

하나님께서는 어쩌면 내게 이 노후를 예비해 두신 게 아닐까 싶다. 일찌감치 1995년 인생 함께 가자며 내게 신앙의 길을 안내해 주었던 임영희 권사, 양육과 전도의 말씀을 베풀어주셨던 서혜자 권사님(지금은 장로님), 예배와 말씀의 창을 통해 안타깝게 지켜봐 주신 김유수 목사님, 그리고 항상 곁을 지켜 주시는, 돌봄과 나눔의 달란트 박은숙 권사님, 참으로 감사드린다.

[사진 30] 1995. 3, 세례식

간 증 문

오늘 아침 저는 제 신앙 속에서 두 줄기의 커다란 우정의 샘물이 흐르는 것을 발견했습니다. 한 줄기는 저의 신앙을 결정하고 교회를 선택하기에 이르기까지, 그리고 앞으로도 저의 신앙생활의 안내자가 되어 줄 나의 사랑하는 친구 임영희 권사이시고, 다른 한 줄기는 저의 신앙이 지적으로, 정서적으로 무르익고 성숙해지도록 저를 양육해 주신 서혜자 권사님이셨습니다. 데오빌로가 누가의 이끌음을 받아 신을 사랑하는 사람이 되었듯이 오늘 저도 그러한 우정의 샘물이 저를 적시고 있었기에 신을 더 가까이 하고, 신을 가장 사랑하는 사람으로 제 마음속에 영접하지 않았나 싶습니다. 누가와 바울이 언제나 함께 연인처럼, 부부처럼 하나님 나라의 일을 말씀하신 예수 그리스도를 증거하고 전파하기 위해 동반자적 관계를 유지했듯이 저도 그분들과 함께 신앙의 길을 동행하고 싶습니다. 물론 인생의 길에서도 우리는 누가가 바울에게 했듯이 서로를 뒷바라지 할 수 있는 길동무가 되기를 바라는 마음 간절합니다.

저는 오늘 목사님이 해 주신 위와 같은 말씀에서 저의 간증이 될 수 있는 많은 느낌과 암시들을 받았습니다. 그리고 예배가 끝났을 때 아픈 두 눈을 감싸고 성전을 나오시는 서혜자 권사님을 뵙고 너무 마음이 아팠습니다. 서 권사님을 부축해드리고 집으로 돌아오는 동안 저는 왜 그리 눈물이 나오는지 몰랐습니다. 서 권사님은 지난 7개월여 동안 매주 저희 집을 방문해 주시고, 함께 하나님의 말씀을 읽고, 암송하고, 나누시면서 정 깊은 감동과 감화를 주셨습니다. 더러는 피곤하시고 더러는 바쁘신 모습으로 나타나시기도 하셨지만, 그러나 그 어느 때라도 그분에게서는 하나님에 대한 감동과 하나님 일에 대한 성실함을 읽을 수 있었습니다. 서울로, 인천(친정)으로 다니시다 돌아오시는 주에도, 아무리 피곤하셔도 한 주도 거르지 않고 저를 찾아주셨습니다.

우리가 함께 성경공부를 하고 있는 동안은 참으로 아무 잡념이나 지루함을 느낄 수가 없었습니다. 어느 한때도 지적으로 성경글씨만 확인하고 넘어가는 식의 공부는 아니 했던 것 같습니다. 충분히 묵상하고 이해하고 서로 교감하는 분위기에서 이루어졌던 것 같습니다. 양육은 단순한 지적 전달이 아니고, 부모가 자식을 돌보듯이 따뜻한 사랑으로, 성령의 감화로, 양육자나 동반자나 똑같이 성숙한 그리스도인으로 자라도록 서로 협력하는 과정이라고 생각합니다.

저는 참으로 양육을 통해서 제 마음속에 안개처럼 막연히 갖고 있었던 신앙생활에 대한 의문이나 성서적 무지함 같은 것이 어느 정도 사라짐을 느꼈습니다. 지금은 하나님은 어떤 존재이시며, 예수 그리스도는 어떤 분이시며, 또 우리는 무엇을 믿고, 소망하고, 확신해야 하는가를 알게 되었습니다. 또한 성경은 삼위일체이신 성부와 성자와 성령의 모든 것을 기록해 놓고 있으며, 이들을 경외하고 흠모하고, 이들의 뜻에 순종할 것을 일러주고 있음을 알았습니다. 하나님의 뜻을 알고 더 깊은 관계를 맺기 위해 우리는 기도

하고 간구하며, 그리스도를 주님으로 믿는 우리는 이 뜻을 전파해야 할 사명을 가져야 함도 이해했습니다. 우리는 성령의 인도하심으로 성경에 기록된 그리스도 중심의 생활을 실천할 수 있는 에너지를 공급받고, 우리의 삶속에서 하나님께 영광 돌릴 수 있는 그리스도인이 되어야 할 것입니다. 아직 뜨겁게 튀는 신앙의 불꽃을 체험해 보지 못한 저이지만, 저는 양육공부를 통해 조금이나마 신앙의 실체를 확인하게 되고, 저의 마음속에 조용히 자리하시는 하나님의 말씀을 어렴풋이 느낄 수 있을 것 같습니다. 서혜자 권사님의 건강이 하루 빨리 회복되시기를 예수님의 이름으로 기도 드립니다. (1995. 6. 4)

그 속 깊이 간직한 오묘한 힘을 찾으리라

작년 어느 날, 2019년 9월 22일, 일요예배였다. 김요한 목사님 설교 시작과 동시에 화면이 열렸고, 화면에는 왕년의 명화 〈초원의 빛〉에 나오는 詩가 열렸다. 와, 무슨 일일까? 저 영화를 보셨을까? 설마? 목사님이 너무 젊으신데… 목사님께서는 화면에 대해선 한 마디 언급도 없이 설교를 시작하셨다.

여기에 적힌 이 먹빛이 희미해질수록
당신을 생각하는 마음 희미해진다면,

이 먹빛이 마름하는 날, 나는 당신을 잊을 수 있겠습니다.

초원의 빛이여! 꽃의 영광이여!

다시는 그것을 돌이킬 수 없다 해도

그대 슬퍼하거나 서러워하지 말지어다.

차라리 그 속 깊이 간직한 오묘한 힘을 찾으리라.

언제까지나 남아 있을 근원적인 믿음과

인간의 고통을 넘어서는 부드러운 사고 가운데서,

죽음을 통해서 드러나는 믿음 가운데서,

철학의 마음을 가져다주는 세월 가운데서.

(William Words Worth)

　　윌리암 워즈워스의 장시 「불멸의 송가」에 나오는 한 부분인
데, 내가 외우고 있는 부분은 여기까지다. 나탈리우드와 워렌비
티 주연의 명화 〈초원의 빛〉을 여는 시작이었다. 나는 순간 내가
잊고 있었던 지난날의 기억들과 영화 장면들, 그리고 그 시를
돌이켜 보느라고 목사님 설교 말씀을 잘 듣지 못했다. 아니 들어
보려고 애를 썼지만, 그 시와 설교 내용의 연관성 내지는 시사성
을 연결시키기가 너무 어려웠다. 왜, 저 시를, 저 영화장면을
설교 전에 보여주셨을까? 내가 그 영화를 보았던 때가 언제였을
까? 고등학교 때, 아니 대학교 때였던 것 같다. 젊은 사랑의 아름
다움과 열정보다는 사랑의 체념과 고통, 세월의 인내에서 오는
인생의 숭고함 같은, 그리하여 마음속 깊이 찾고 간직하게 될

인생의 오묘한 가치를 암시해 주는 영화였던 것 같다.

워즈워스는 「불멸의 송가」라는 장시에서 자연과 인생에 대한 찬가와 신에 대한 믿음과 외경심을 동시에 나타내고 있다. 다시 말해 자연과 삶과 신성을 동시에 찬미하며, 신성을 통해서 자연의 무상함과 삶과 죽음의 극복에 이를 수 있음을 암시하고 있다. 자연과 인생의 아름다움과, 끝없는 고통과 환희로 뒤섞인 인생의 숭고함을 찬미하며, 동시에 필연적으로 찾아오는 인생의 허무함과 덧없음을 극복하기 위해서 우리는 신과 만나야 한다는 것을 말해 준다. 곧 신에 대한 믿음을 통해 얻게 되는 정신적 승화, 구원의 가치를 말해 주는 듯하다. 세월의 장엄함과 사랑의 아름다움, 부드러운 사고와 신에 대한 믿음을 통해 현실을 극복하고, 보다 높은 정신적 승화의 세계로 들어가게 된다는 것을 암시하는 영화가 아니었을까 싶다. 나의 이해는 여기까지, 인문학적인 이해의 틀 안에 머물러 있었다.

"이것이 모든 사람의 본분이니라. 인생이 헛되고 헛되도다. 우상에 대한 기대감과 섬김은 우리에게 아무 것도 보상할 수 없다. 허무함으로부터 자신을 구할 수 있는 사람은 없다. 사람은 삶의 순간마다 허무함을 고백하게 되고, 이것이 곧 '해 아래에서'의 삶이다. 해 위에서 사시는 하나님, 하나님과 분리되어 있는 한, 인간의 허무는 어떻게 할 수 없다. 꽃이 시들듯이, 열매 맺기 어려운 것이 인생이다. 솔로몬왕은 하나님을 경외하고, 말씀대로 살아가는 삶

이 얼마나 복된 것인지를 말하고 있다."(목사님 말씀)

"초원을 비추는 따뜻하고 환한 햇빛처럼, 뜰 위에 피어나는 아름답고 화려한 들꽃처럼 찬란한 시절의 피조물들의 영광이 곧 시들어 감을 감지하지 못함을 안타까워하며 해와 달과 별들이 어둡기 전에, 구름이 다시 일어나기 전에, 그런 순간이 오기 전에 창조주 하나님을 경험하고, 기억하라. 하나님 없이는 허무를 경험할 수밖에 없으니, 하나님께로 돌아오라. 허무의 문제해결은 만물창조하시고 아름답게 하신 하나님밖에 없다. 우리를 아름답게 하는 분은 오직 여호와 하나님밖에 없다. 유한한 인생의 시간 안에서는 허무함을 본다. 해 아래에서의 수고로운 우리의 삶은 하나님의 마을을 알지 못하면 허무로 끝난다. 우리의 존재를 유한한 존재로 놔두지 않고 무한을 가르쳐주신 분을 경외하고 그 말씀을 지킬지어다. 인생을 허무로 끝나지 않도록 하나님께서 조치하시는 일이 곧 믿음이다."(목사님 말씀)

그 주일 이후로도 나는 한 동안 워즈워스의 시와 목사님 말씀을 되새기고 있었다. 왜 그 시를 보여주셨을까? "차라리 그 속 깊이 간직한 오묘한 힘을 찾으리라"는 워즈워스의 시와 성경말씀을 음미하면서 그 '오묘한 힘'은 곧 창조주 하나님이시라는 것을 비로소 조금은 알 것 같았다. 젊은 날의 사랑도, 부귀영화도, 꽃의 영광도, 초원의 찬란한 빛도 유한한 인생의 시간 안에서는 허무로 끝날 수밖에 없겠지만, 그보다 우리는 그 고뇌 끝에 인생의 숭고함과 창조주 하나님에 대한 외경심을 붙잡을 수 있어야 한다는 것을 깨닫게 해 주는 시라는 해석을 해 본다.

해 아래에서의 삶에만 만족하지 않고, 해 위에서의 하나님의 마음을 끌어내려 본받아 말씀대로 살아가는 삶을 살아가고 싶다. 땅 위에서의 인생의 화려함과 허무를 잘 조화시키며, 하나님이 주시는 영원히 마르지 않을 샘물을 받아 마시며 살아가야 한다는 진리를 깨닫게 해 주는 묵상이었다.

"기억하라. 곧 곤고한 날이 이르기 전에, 해와 빛과 달과 별들이 어둡기 전에, 비 뒤에 구름이 다시 일어나기 전에, 허무 앞에서 무너지지 않기 위해서, 고통 받지 않기 위해서 주님을 만나라. 나는 네게 허무를 가져다주지 않을 것이야. 하나님을 경외하고 그의 명령들을 지킬지어다. 모든 행위와 모든 은밀한 일을 선악 간에 심판하시리라."(전도서12:1-14 요약)

그동안 나는 강사생활 2년, 전임 교수생활 32년을 목포대학교에서 근무했다. 대학교 퇴임이 눈앞에 다가오고 있을 무렵부터 점차 나는 그동안 베풀어주신 하나님 아버지의 사랑과 은혜를 마음속으로 조금씩 되새기게 되었다. 지금까지 내 삶의 후원자, 버팀목이 되어 주신 주님의 은혜에 감사하는 마음으로 교회를 찾으며, 성경 말씀에 의지하게 되는 나를 발견했다. 지금까지 내 걸어온 길을 밝게 비춰주시며 험한 길 걷지 않게 인도해 주신 하나님 아버지께 감사하는 마음으로, 인생의 후반부를 살아가고 싶다.

"지금까지 지내온 것, 주의 크신 은혜라. 한이 없는 주의 사랑 어찌 이루 말하랴. 자나 깨나 주의 손이 항상 살펴주시고, 모든 일을 주 안에서 형통하게 하시네."(찬송301장)

내 인생이 허무로 끝나지 않도록, 멀고 먼 인생길을 돌아서, '이제와 거울 앞에 선 누님' 같은 모습으로, 나는 비로소 하나님 아버지의 마음을 들여다보고, 하나님을 경외하면서 하나님과 동행하고 싶은 마음임을 고백한다.

"내가 사망의 음침한 골짜기로 다닐지라도 해를 두려워하지 않을 것은 주께서 나와 함께 하심이라. 주의 지팡이와 막대기가 나를 안위하시나이다"(시편23:4)

삶 가운데서 주님의 거룩하심과 사랑을 믿고 본받아 세상에 전하는 일, 그것은 곧 믿음과 사랑이 있는 공동체, 또는 개인이 되는 것임을 깨닫는다. 믿음, 소망, 사랑의 사람으로 세상에서, 또는 이웃 가운데서 조그마한 빛과 소금이라도 될 수 있기를 기도해 본다. 세상에, 또는 이웃에 쓸모 있는 사람, 따뜻한 마음을 흘려보내는 사람이 되고 싶다. 우리를 구원하기 위해 이 땅에 오셔서 우리의 죄를 대속하신 주님의 사랑을 믿고 사모하며 말씀대로 살아가는 삶 되기를 원한다. 그것은 사랑이요 행복이요, 곧 평화일 것이다.

"내가 주는 물을 마시는 자는 영원히 목마르지 아니하리니, 내가 주는 물은 그 속에서 영생하도록 솟아나는 샘물이 되리라."(요한 4:1)

감사합니다!

후기

기억과 회상의 숲

글쓰기는 삶의 근원에서부터 저 높은 곳에 이르기까지 다양하고 진실한 생각을 표현할 수 있는 가장 확실하고 영향력 있는 작업이다. 그리하여 어려운 사람들, 멀리 있는 사람들에게도 소통을 가능케 해 준다. 글쓰기는 우리에게 지난 날의 삶과 추억을 소환하게 하고, 앞으로의 진정한 삶의 방향성을 알게 해 줌으로써 더 높은 곳으로 향하는 삶의 원동력이 될 수 있다.

작가들은 글쓰기를 자신의 존재 방식이요, 존재의 이유라고 한다. 헤세는 이미 열네 살의 어린 나이에 시인이 아니면, 아무것도 되고 싶지 않노라고 학교를 탈퇴했다. 카프카는 문학을 하기 위해 시간적 여유가 많은 보험회사를 선택했었다. 글쓰기는 우리에게 피폐하고 일그러진 현실로부터 벗어나 건강하고 고귀한 삶의 기획과 회복을 가능케 해 준다.

이 책을 쓰면서 글쓰기의 중요성을 새삼 느꼈다. 고등학교 시절부터 지금까지 거의 57년 가까이 지나온 세월들을 뒤돌아보면서, 그동안 써 놓았던 기록들이 없었다면, 그리하여 그것을 나름대로 엮어내지 않았다면, 어느 누구라도 그 기억과 회상의 숲을 거닐어볼 수 있겠는가. 특히 본문 2장은 내 인생에서 가장 치열했고, 아팠고, 또 행복했던 체험들을 많이 가졌던 시기이기도 했었는데, 그 시기의 기록들이 조금밖에 없어서 너무 아쉬웠었다. 그래서 책상 정리도 할 겸 지난날의 사진들, 일기장, 편지들 등을 뒤적여보다가 뜻밖에도 우리 아이들의 편지를 발견하게 되었다. 뒤늦게 뒤엉킨 옛 기록들을 찾아 읽어보면서 나는, 본문에는 없는 또 다른 체험의 기억들 가운데로, 지난 시절의 회상 가운데로 빠져들고 있었다. 그것은 오래된 편지들을 통한 과거에로의 소환의 힘 덕분이었다.

사랑하는 아빠께

저희 학교는 엽서 사진처럼 낙엽이 노랗게 물들어 있어 매우 아름답습니다. 저는 열심히 학원 다니며 몸 건강하게 잘 있어요. 너무 걱정하지 마십시오. 택동, 중현이도 잘 있겠지요? 중간고사는 11월쯤 되어야 끝날 것 같습니다. 아르바이트를 구하고 싶은데, 잘 구해지지 않습니다. 아빠, 엄마가 보내주신 돈은 물론 제가 먹고 쓰는 데 무척이나 풍족합니다. 그래서 가끔은 죄송하다는 생각이 듭니다. 대학등록금도 내주시는데, 생활비까지 챙겨가는 것 같아서요. 대부분의 서울 학생들이 아르바이트하며 바쁘게 보내지만, 전 그에 비해 한가한 편입니다. 학원만 일주일에 세 번 다니니까요. 남은 시간은 책 보고, 가끔 친구랑 영화도 보고, 즐겁게 지냅니다. 지난번 관악산에 갔는데, 올라갈 때는 힘들었지만, 정상은 무척 좋았습니다. 등산을 좋아하시는 아빠 생각이 났습니다. 종종 엽서 쓰겠습니다.

(1993.10.20, 하영 올림)

보고 싶은 엄마께

요즈음 날씨가 무척 추워졌어요. 감기에 걸리지 않으려고 내복도 꺼내 입고, 옷도 따뜻하게 입고 다닙니다. 너무 걱정하지 마세요. 기숙사에 따뜻한 물도 나오고, 스팀도 들어옵니다. 요즘 보르헤르트의『이별 없는 세대』라는 단편모음집을 읽고 있습니다. 불문학 책보다 독문학 책이 더 재미있습니다. 회화도 재미있습니다. 교과 수업보다 요즘 친구들의 고민은 장래 무엇이 될까입니다. 나는 부전공 미학과 교직이수 사이를 왔다갔다하고 있습니다. 2학기 때는 시간이 너무 빨리 갑니다. 중간고사도 11월 초까지 보고, 12월 21일에 종강입니다. 학원비다 등록금이다 생활비다 해서 너무 돈을 많이 쓰는 것 같아 아르바이트를 구하고 싶은데 잘 안 됩니다. 보내주신 돈은 생활하는 데 무척 풍족합니다. 참, 생일을 축하드립니다. 내려갈 때 선물 사가지고 갈 게요.

(1993.10.20, 하영 올림)

사랑하는 아빠께

아빠! 집에 다녀온 지도 벌써 이틀이 지났네요. 이곳 관악산은 벌써 벚꽃이 지고 있습니다. 사실 공부도 하기 싫고, 아르바이트도 잘리고, 학교 나가기도 싫을 때는 아름답게 피어 있는 진달래와 개나리도 보기 싫었는데, 집에 다녀와서는 많이 나아졌습니다. 학교는 4.19 행사로 들썩들썩 댑니다. 과거 격렬하고 숙연하던 분위기와는 달리 온 학생들이 이를 빌미로 모여 단합하고, 즐기는 축제같이 되어 버렸습니다. 막걸리 파는 장터가 들어서고, 기타 반주에 노래하고... 저는 이 분위기와는 달리 약간은 우울(?)합니다. 내일 교육학개론 시험보기 때문입니다. 모레는 프랑스 단편 시험이구요. 지난 1년하고도 거의 1/4년을 허송세월한 것 같아 마음이 착잡합니다. 프랑스어 공부를 하고 싶었지만, 뭔가에 매달려 필사적으로 노력하는 것을 그만하고 싶었습니다. 그런데 2학년이 되고, 이제 3학년, 4학년 졸업을 생각하니 후회가 됩니다. 이제는 다시 매달릴 때가 된 것 같기도 하고요. 아빠는 너무 저희들 '장래'와 '결혼'에 대해서 걱정하지 마세요. 저에겐 하나님의 돌보심과 뜻에 대한 믿음이 있으니까요. 기도할 때 아빠의 건강을 위해서도 기도해 드릴 게요.

요즈음 '프랑스 시 서설' 과목이 굉장히 재미있습니다. 예전에는 시가 그렇게 깊은 뜻이 있는 줄 몰랐었는데, 교수님의 해석에 하나하나 알아갈 때 참 기쁩니다. 동시에 저 자신의 철학과 역사에 대한 무지와 '시각' 없음이 절실히 느껴집니다. 철학은 참 재미있을 것 같아요. 저는 여전히 철학에 접근 못하고 빙빙 돌고 있는 것 같아요. 아빠가 잠깐 말씀하신, 독일에서 쓸쓸해서 교회에 갔다는 말에 갑자기 저는 저의 서울 생활에 비추어 아빠의 독일 생활을 상상해 보았어요. 그리곤 제가 편지를 별로 안 쓴다는 사실을 깨달았어요. 어렸을 적 기억에 아빠는 참 편지를 많이 한 것 같았는데요. 편지는 참 쓰기 어려워요. 전화는 상투적인 말 몇 마디만 하고도 목소리의 느낌으로 정다움을 느낄 수 있는데, 편지는 안 되거든요, 상투적인 몇 마디가요. 그래서 전화보다 몇 배의 정성이 들어요. 하지만 이제 자주 편지할 게요.

참, '교육학 개론' 과목은 교직이수 과목이에요. 하지만 전 '선생님' 할 생각은 없어요. 아빠, 단지 남들이 고시준비니 취직공부니 하는데, 저는 차라리 '교직이수'를 해 놓으려고요. 이제는 공부해야겠어요. 아빠, 몸 건강히 안녕히 계세요. 편지 자주 할 게요.

(1994.4.19, 딸 하영 올림)

사랑하는 엄마께

벌써 광주 갔다 온 지 3일이 지났군요. 별 일 없으시죠? 서울은 중간고사 기간이라 안 가던 도서관에 일찍 가기도 하고 그래요. 날씨는 너무 좋아요. 벚꽃, 진달래, 개나리, 라일락... 여기는 산악지대(?)라 그런지 자연에 민감해지는 것 같아요. 엄마 딸은 갑자기 멋쟁이가 돼서 학과 여자애들과 친구들의 시기어린 눈총(?)을 받고 있어요. 엄마, 고마워요. 그런데 더 이상 옷은 필요 없을 것 같아요. 아이들은 마치 파티에 온 것처럼 학교를 왔다 가죠. 옛날에는 그 화려함이 부러웠는데, 요즈음은 아니에요. 교육학개론 교수님이 그러시는데, 자기 딸이 서울대를 나왔는데, 결혼을 못하고 있데요. 남자들이 머리는 샤프한데, 마음은 얼음장 같다나요, 훗훗.

2학년이 되니까 1학년 때보다 많이 안정된 것 같아요. 같이 사는 친구들이 있어서 외롭지 않고요. 요즘 자꾸 몸무게가 늘어요. 배는 자꾸 고픈데... 교직 이수는 하고 있지만, 선생님 하고 싶지는 않아요. 그렇다고 고시 준비도 하기 싫고, 취직도 싫고, 전 대학에 와서 아등바등 하던 옛날의 성격이 많이 없어지고, 대신 무기력 해졌어요. 이제부터는 뭔가에 매달려 보려고 하는데, 그동안 베인 게으른 습관이 잘 안 고쳐져요, 엄마! 봄이라 그런지 기분도 덩달아 좋고요. 정말 날씨가 화창하거든요. 목포는 바다까지 있어서 더 좋겠죠? 공부하다 심심해서 몇 자 적어 봤어요. 종종 편지할 게요. 몸 건강히 안녕히 계세요.

(1994.4.20, 딸 하영 올림)

P. S. 교회 열심히 다니세요.

사랑하는 엄마, 아빠께

오늘부터 서울은 여름입니다. 어제 비 온 뒤 오늘은 햇빛도 강렬해지고, 나무의 색도 부드럽기만 하던 연초록에서 녹음의 강렬한 빛깔로 바뀌었습니다. 저는 감기와 설사에서 다 나아 이제는 건강하답니다. 아픈 동안 집에 있었으면, 엄마가 죽 끓여주고 맛있는 것도 사 줄 텐데... 집 생각이 많이 났습니다. 벌써 집 떠난 지 3년째라는 생각이 들고, 택동이도 없어 적막한 집에 돌아가고픈 생각이 들었는데, 수업과 리포트, 이런 것들이 저를 막았습니다. 그리고 이런 생각에서 벗어나 서울에서 자립해서 살아야 한다는 게 느껴졌습니다. 너무 걱정하시 마세요. 서울에 나 혼자만 있는 것이 아니라 예수님의 보호 아래 있으니까요. 저는 성경을 공부하는 것이 가장 마음이 평안하고 기뻐요. 공부도 재미있고, 16, 17, 18세기 유명한 문학가들의 생애와 작품을 배우는 것을 무척 재미있어 합니다. 제가 올바른 선택을 하도록 조언과 영향을 끼쳐주신 부모님께 감사드립니다. 어버이날이 한참 지났지만, 저의 조그마한 선물을 받아주세요. 서울에 살면서 엄마, 아빠가 우리들을 위해 얼마나 많은 고생을 하셨고, 지금도 하고 계시다는 것을 늘 느끼게 되요. 몸 건강하세요.

(1995.5.27, 토, 하영 올림)

사랑하는 아빠께

아빠! 아빠의 생신을 축하드립니다. 지난번 졸업 때 케이크랑 사서 축하하려고 했는데, 그만 깜빡했어요. 지금 서울은 비가 많이 오고 있어요. 졸업식 날과 그 다음날을 빼고, 앞뒤로 비가 왔어요. 우리 가족이 노는 날만 날씨가 좋고 따뜻했던 게 신기하죠. 중현이랑 같이 롯데월드에서 노는데 너무 행복했어요. 맨 날 떨어져 있고, 같이 놀아주지 못한 게 늘 마음에 걸리고, 미안했거든요. 저는 지금 집에서 육개장을 끓이고 있어요. 제가 당번이거든요. 아빠는 제 집이 너무 좁고 지저분하다고 하셨지만 저는 전혀 불편하지 않아요. 사람의 행복은 마음의 평안에 있다고 하는 고전적인 말이 있잖아요. 너무 마음 아파하지 마세요. 저는 성경을 공부하는 것이 가장 마음이 평안하고 기뻐요.

참, 아빠, 제 결혼 너무 걱정하지 마세요. 30살 이전엔 시집갈 거니까요. 방금 전에 알리앙스 선생님이 프랑스 현대소설 번역 팀에 저를 끼우시겠데요. 그런데 제가 눈 때문에 거절했어요. 4월말쯤 2차 번역이 있는데, 그때는 같이 하자고 하시며 연락하시겠답니다. 옛날에는 문학 자체가 재미있었는데, 요즈음은 불어에 많이 흥미가 가요. 불어를 완벽하게 구사하고, 잘 번역하면 좋겠어요.

아빠, 생신을 진심으로 축하드려요. 몸 건강하세요. 약소하지만, 아빠의 사랑에 대한 감사의 표시에요. 저는 하나님께 저를 사랑하고 잘 이해해 주시는 부모님을 주신 것을 늘 감사하고 있어요. 아빠, 이제 그만 줄일 게요. 아빠 번역 사업이 잘 되도록 기도합니다.

(1997.2.28, 딸 하영이가 드립니다.)

엄마, 아빠 안녕하세요?

이렇게 늦게 편지를 하게 되어 죄송합니다. 시간이 무척 빨리 지나가네요. 처음에는 별로 안 갈 것 같던 시간이 참 빨리 갑니다. 벌써 한 달이 다 되었네요. 저의 하루 생활은 거의 정해져 있습니다. 6시 45분에 출발하여 Dexter 도착, 오후에는 도서관, 또는 스포츠 센터에 갑니다. 7시 정도에 돌아와 숙제를 하거나 TV를 본답니다. 수업은 처음에는 못 알아들었는데, 자꾸 들으니 약간 들립니다. 쉬운 수업도 있고요. 그러나 옆 사람과 말 한 마디만 하여도 잘 못 듣는 답니다. 이곳에는 한국인이 한 80명 정도 수업을 받는데, 다른 곳에 비하면 한국인이 적은 거랍니다.

참, 민박집에서의 생활은 할 만 합니다. 주인아저씨가 좋은 분이어서 생활에 불편함은 없습니다. 아침에는 아저씨가 Ride해주시니까요. 저의 Dexter는 Conversation Club을 운영하는데, Dexter와 상관없이 금요일 하루정도 우리 집에서 Conversation Leader 를 해주셔서 몇 명의 외국인도 만난답니다. 먹는 것도 마음대로 먹으라 하는데 그렇게 잘 안 되는 군요. 내가 장을 한 번도 안 봐 와서 염치없이 먹기만도 그렇지요. 가끔 라면도 끓여먹고, 또 밥도 해먹습니다. 애들이 둘 있는데, 아주 어립니다. 이곳 홈스테이 생활의 불편한 점이라면, 학교와 50분 거리라서 하교 후 누구도 만날 수 없다는 점, 그리고 7시 정각에 밥을 먹기 위해서는 돌아와야 한다는 것입니다. 가끔 밖에서 먹고 들어오기도 하지만, 이중부담이 되니 제시간에 맞춰서 돌아온답니다.

이곳의 물가는 한국과 비슷합니다. 전자제품만 싸고, 다른 것은 거의 비슷해요, 옷값도 비슷하고, 특별히 비싼 것은 없어요. 한국 식품이 2~3배(따로 파는 곳이 3개 있음), 그리고 볼펜, 샤프, 공책, 이러한 것들이 약간 비싼 편입니다. 이곳에서는 차가 없으면 많이 못 돌아다니지요. 여기는 작은 시골 같지만, 이곳(도시) 크기도 서울보다 약간 작을 정도예요. 교통편, 버스는 아주 잘 되어 있어요. 그러나 버스 타고 돌아다닐 만한 곳은 한정되어 있습니다. 오래 걸리니까요. 세 시간 정도 차타고 가면 휴스턴이나 달라스에 갈 수 있는데, 거기는 빌딩을 제외하고 볼거리는 별로라는군요. 여기 자동차는 중고 정책이 잘 되어 있어, 사고 되팔기가 참 좋답니다. 일 년 이상 체류하는 사람은 사서 쓰다가 파는 게 필요할 것도 같습니다.

할 수 있으면 여행은 해보려 합니다. 학원 자체에서 하는 것도 있지만, 아무래도 멀리 가봐야 달라스 정도일 거랍니다. 돈이 많이 들지 않는 범위 내에서 여러 가지 여행을 구상해 봐야겠습니다. 여기에서 특별히 불편한 점은 없으니, 제 걱정은 하지 마세요, 알레르기는 많이 나아졌습니다. 수업은 재미는 있는데, 쉬운 문법 위주로 하여 그렇게 마음에 들지는 않습니다. 여기 가까이에 UT가 있습니다. UT는 여러 나라 인종이 공부하고 있는 것 같아요. 많은 사람들을 보게 됩니다. 엄마 아빠 건강하시겠지요? 다음에 다시 편지할게요. 할머니, 할아버지께 안부 전해주십시오. 중현이에게도 건강히 잘 있으라고요. 그럼 안녕히 계십시오.

(1997.09.26, 택동 올림)

어머니, 아버지 보고 싶소.

이곳은 힘든 곳입니다. 하지만 이 정도가지고 힘들어하지 않아요. 나는 그동안 너무 고생을 모르고 자랐어요. 어머니, 아버지 사랑 속에 스물세 살이 되도록 아직도 의젓하거나 독립심이 강한 모습을 갖추지 못했어요. 그래서 이곳에 온 것은 어찌 보면 나에게 행운이라고 할 수 있어요. 걱정하지 마세요. 나는 이곳에서 고생, 참을성, 인내, 독립심, 자생력 등 앞으로 내가 세상을 살아가는데 꼭 필요한 것들을 몸소 체득하게 될 것이에요.

이곳은 외로운 곳입니다. 물론 이곳의 친구들은 아직 일주일도 안 되었지만, 많이 친해졌어요. 동기인데도 나에게 형님 대접을 해 줍니다. 전국 팔도에서 온 친구들인데 각자 개성 있고, 재미있습니다. 그러나 내가 사회에서 만났던 친구들, 그리고 가족과는 대화조차 단절되어 있다는 점에서 깊은 그리움에 젖을 때가 많아요. 엊그제 비가 많이 내리던 날, 우비를 쓰고 수백 명의 군인들과 함께 행진을 하고, 명령을 못 이행하여 기합을 받고, 밥을 먹기 위해 식당으로 한참을 걸어갈 때, 양말이 물에 다 젖고, 온몸이 피곤에 쌓였을 때, 지금껏 억누르고 있던, 집에 가고 싶은 마음이 처음으로 들었어요. 지금쯤 집에서 편히 누워 라면도 끓여먹고, TV도 보면서 잠도 자고, 친구도 만나고 할 수 있었던 그때가 좋았다고 생각했어요.

이곳은 자유가 없어요. 엄격한 통제와 훈육 속에서 나는 자신을 군인으로 변경시켜야 되는 과정이죠. 그러나 그 과정이 결코 나에게 나쁜 것만은 아니라는 생각이 있기에, 언젠가 변화된 새로운 나 자신으로 돌아올 것을 알기에 하루하루를 버텨나갈 자신이 있습니다. 남들은 전역할 날을 생각하며 막막해하지만, 나는 그저 하루하루 밤 10시만 오기를 기다리며 힘든 순간들을 버텨내고 있어요. 군대에서 꼭 지켜 주는 것이 있는데, 잠자는 시각, 밥 먹기, 휴일은 지킨다고 하네요. 그래서 아무리 힘든 시간들이 오더라도, 고통은 순간이라는 생각으로, 매일 밤 편히 누울 수 있는 10시를 기다리다 보면, 그런 밤들이 계속 지나다보면 전역의 때가 언젠간 오겠지요. 사회에서는 잠자는 시간조차 아까울 만큼 재밌고 행복했지만, 이곳은 잠자는 시간만을 기다릴 정도로 버티는 게 힘들고 지루한 시간들이네요. 그러나 앞으로 여러 가지 훈련들을 실시하고, 또 군인이 되기 위한 여러 가지 기술들을 배우다보면 재미가 붙을 날도 오겠지요.

아빠와 엄마를 생각하며 눈물 흘릴 뻔 할 때도 있어요. 엄마, 아빠 건강이 내 제일의 행복이요. 제발 건강하세요. 엄마, 아빠 건강하신 한 나는 훈련소 훈련이 아무리 힘들어도 엄마, 아빠 생각하며 참을 수 있소. 시간이 촉박하여 악필임을 이해해 주세요. 아버지, 어머니 시간이 없어 이만 씁니다. 쓸 내용은 무지하게 많은데 아쉬워요. 뒷페이지에 엄마, 아빠가 꼭 해 주어야 할 일과 해 줬으면 좋은 일들을 적어 놓을 테니 몇 가지는 꼭 해 주시고, 다른 것은 할 수 있는 한, 해 주세요. (...)

(2008. 6, 중현 올림)

나는 이 편지들을 읽으면서 그동안 엄마인 내가 자식들의 어려움과 외로움을 얼마나 이해하지 못했는지, 또 어떻게 다스려 주지도 못했다는 것을 깨닫고 자괴감이 들었다. 특히 지난날 딸아이의 편지 가운데서 "P. S. 교회 열심히 다니세요." 하는 말과 "너무 걱정하시지 마세요. 서울에 나 혼자만 있는 것이 아니라, 예수님의 보호 아래 있으니까요. 저는 성경을 공부하는 것이 가장 마음이 평안하고 기뻐요." 하는 부분을 읽었을 때에는, 나는 그만 울고 말았다. 그때는 몰랐던 딸과 아들들의 고독감, 독립심, 아픔 같은 것이 느껴지면서, 내가 딸, 아들들을 위로하고 보호한 게 아니라, 그들이 나의 외로움과 연약함 같은 것들을 걱정해 주고 기도해 주었구나 생각하며, 가슴 먹먹한 슬픔으로 눈물이 솟구쳐 올랐다.

사실 나는 이 편지들을 까마득하게 잊고 있었다. 아니 그 편지들을 읽었던 기억조차 희미해져 있었다. 심지어 처음 보는 편지들 같았다. 나는 그 시절 우리 아이들의 감정과 정서를 전혀 몰랐던 것 같다. 나는 아이들과 함께 자주 놀아주지도 못했고, 그렇게 친화적이지도 못했었다. 함께 할 시간도 물론 많지 않았다. 또 아이들도 내게 그렇게 의존적이지도 않았었다. 일찍부터 자기 할 일 잘 알아서 해 주는 편이어서, 나는 아이들에게 부대끼지도 않았고, 서로 부딪치지도 않았다. 나는 친구 같은 엄마는 아니었다. 어쩌면 보호자 내지는 지휘자 같은 느낌이었을까? 그렇게 아이들의 욕구와 정서와 관심들을 함께 나누지도, 공감하지도 못했던 것 같아 새삼 아이들에게 미안하고, 또 가슴이 뭉클했다.

우리 부부는 현실 감각이 부족했다. 무엇을 전공하든, 너희들이 하고 싶은 공부를 하라, 유학 가서 공부하라, 우리는 취업이라든지 장래성, 또는 현실성, 이런 것들을 따질 줄을 전혀 몰랐다. 참 고전적인 낭만파들이었다! 그리해서 결국 딸아이는 불문과를 선택했고, 막내아들은 철학과를 선택했다. 엄마가 독문학,

아빠가 철학 전공을 했으니, 당연한 선택이었을까? 딸은 대학졸업 후 프랑스 유학의 꿈을 접고, 영어교육과 편입시험을 거쳐 2년의 과정을 밟아 또 졸업을 했다. 외국어와 문학의 실력이 출중했던 딸은 그러나 눈이 아파서 유학의 꿈을 접고, 교회에서 소개받은 실력 있고, 멋진 남자와 27세에 결혼해서 남매 낳고, 잘 살고 있다.

막내아들 또한 재주 많은 낭만파여서 철학과 언론학을 전공하고, 문화콘텐츠 프로듀서를 지망했지만, 현실적으로 어려워 지금은 공무원(?) 시험공부 열심히 하고 있다. 아직 취업준비생인 우리 막내아들, 출중한 능력이 있음을 알기에 이제 곧 본인이 원하는 일을 찾아 즐기며 살 것을 믿어 의심치 않는다. 중현이도 빨리 결혼하여 딸, 아들, 둘은 낳아야 하지 않겠니!

유일하게 이과 지망생이었고, 내향적이었던 큰 아들은 부부 의사가 되었다. 영리하고 귀여운 남매를 낳아 세상에서 가장 사랑 많은 아빠가 되었다. 특히 장모님이 목사님이시기에 주일마다 교회에 참석하고, 또 우리 부부를 위해서 기도해 준다. 딸과 아들들의 기도 덕분에 오늘의 우리 부부가 있다는 생각이 든다. 우리 부부는 말년에 주위에서 많은 축복의 기도를 받고 있으니 얼마나 복된 삶인가! 이렇게 멋진 딸, 아들들을 허락해 주신 하나님 아버지께 감사하고, 그들의 앞길에는 항상 하나님의 보호와 사랑이 가득할 것이라고 믿는다. 모든 자연물은 시들어가고, 또 사라져 간다. 청춘도 그러하고, 장년도, 또 노년도 그러할 것이다. 다만 늙어만 가지 않고, 시들어만 가지 않고, 풍성하게 열매 맺고 익어가기를 바랄 뿐이다.

(2020.05.12)

지은이 **김정자**

1947년 전남 화순군 도곡면에서 태어났고, 광주광역시에서 수창초등학교와 전남여자중·
고등학교를 졸업했다. 1966년부터 한국외국어대학교에서 독일문학을 전공했고, 1970
년 대학교 전체 수석으로 졸업했다. 한국외국어대학교에서 석사, 박사 학위를 받았고,
독일 마인츠대학교, 영국 캠브리지대학교 연구교수를 지냈다. 한국독어독문학회 부회장,
한국독일언어문학회 회장, 목포대학교 어학연구소장과 교양과정부장 등을 역임했다.
저서로는 『유럽문학 오딧세이』, 공저 『파우스트, 그는 누구인가?』, 공역 『독일문학사』,
논문 「토마스 만의 『부덴부르크일가』에 나타난 몰락과 생에 관한 연구」, 「괴테의 셰익스
피어 수용」, 「페미니즘 시각에서 드로스테 휠스호프 문학 다시 읽기」, 「괴테의 『빌헬름
마이스터의 수업시대』에 나타난 여인상 연구」 등이 있다.
1981년 3월부터 2013년 2월까지 목포대학교 독일언어문화학과 교수로 재직했고, 현
재 목표대학교 명예교수이다.

캠(Cam)강 강가의 노란 수선화

©김정자, 2020

1판 1쇄 인쇄__2020년 07월 10일
1판 1쇄 발행__2020년 07월 20일

지은이__김정자
펴낸이__양정섭

펴낸곳__경진출판
　　　　등록__제2010-000004호
　　　　이메일__mykyungjin@daum.net
　　　　사업장주소__서울특별시 금천구 시흥대로 57길(시흥동) 영광빌딩 203호
　　　　전화__070-7550-7776 팩스__02-806-7282

값 15,000원
ISBN 978-89-5996-743-8 03810